魔神皇子の愛しき小鳥

CROSS NOVELS

宮緒 葵
NOVEL: Aoi Miyao

みずかねりょう
ILLUST: Ryou Mizukane

CROSS NOVELS

contents

CROSS NOVELS

魔神皇子の愛しき小鳥

――碧《あお》。

草むらに転がり、見上げた空には雲一つ無く、どこまでも澄んだ碧色が広がっていた。あいつの瞳と同じ色だ。

「……、っ……」

名を呼ぼうとしたとたん喉奥に鈍い痛みが走り、熱いものが溢《あふ》れ出た。とっさに受け止めた掌から、鮮血がしたたり落ちる。どうやら、いよいよのようだ。

撃墜され、鉄屑と化した戦闘機《テンペスタ》の残骸たちを見遣り、ヴィルベルはくっと唇を吊り上げる。自分の愛機が交じっているのは業腹だが、あの状況下で敵機を十体以上道連れにしたのは上々の戦果といえるだろう。命尽きる前に外へ脱出出来たのも。

おかげで、暗く狭い操縦室《コクピット》で最期の時を迎えずに済む。

「……はは、…………ラッキー」

微笑んだまま、ヴィルベルは再び空を見上げる。

この世の何よりも美しい碧に、意識はすうっと溶けていった。

「おっ、エダの実だ。ラッキー」

茂みの奥に赤く大きな実をいくつもつけた木を見付け、カイはにんまりと笑った。

甘くみずみずしいエダの実は、辺境の山村では貴重な甘味だ。持ち帰ったら、幼い弟妹はきっと大喜びだろう。

「…ん、甘い。ますますラッキー」

試しにもいでみた実にかぶり付き、カイは笑みを深くする。エダの実は当たり外れが大きく、酸っぱくて食べられないものも少なくない。山へ柴刈りに来た帰り道に、甘く熟した実を見付けられたのは幸運だった。

カイは特に甘そうな実を数個もぐと、首に巻いていた手拭いに包み、背負《しょい》い子《こ》にくくり付けた。柴を大量に積んだ背負い子はますます重くなったが、弟妹の笑顔を思えば山道を下る足取りも軽くなる。

……そういや、もうすぐゲルダの誕生日だったたっけ。砂糖でもあれば、ジャムを作ってやれるんだけどなあ。

九歳になった弟のハンスは甘味より肉だが、まだ五歳の妹ゲルダは甘いものに目が無い。村の祭の時だけ配られる蜂蜜《はちみつ》を毎年楽しみにしている。エダのジャムをたっぷり塗ってやれば、硬い黒パンでも喜んで食べてくれるだろうに。

あいにく、高価な砂糖を大量に使うジャムは貴族でもなければめったに食べられない高級品である。カイは十八歳になるが、幼い頃、出稼ぎから帰った養父が大奮発して買ってきてくれたのを何度か口にした記憶があるきりだ。

「ま、いいか」

手に入らないものを悩んだところで意味は無い。カイのお土産ならゲルダは何でも喜んでくれるはずだ。茶色の髪に茶色の瞳のカイはごく平凡な顔立ちで、同年代の娘たちにはもてないが、可愛い妹は『大きくなったらカイ兄ちゃんのお嫁さんになる』と常日頃言ってくれるのだから。

——ゴオ、オオ…。

気を取り直して歩き出せば、頭上から馴染んだ爆音が聞こえてきた。見上げた空には、うっすらと広がるおぼろ雲を切り裂くように飛翔する機影が一つ。

「戦闘機《テンペスタ》だ…」

錬金術の装甲を纏い、魔獣の心臓石を動力源として空を自在に飛び回り、強力な魔砲で敵を撃ち落とす鋼鉄の飛行機。そのパイロットになることは、アシュタル魔帝国に生まれた人間の民なら誰もが一度は夢見るだろう。

魔神の血を受け継ぐ貴族と違い、魔力を持たない人間の民は自由を厳しく制限されている。生まれ育った場所から移動することや、親と違う職に就くことは基本的に許されない。

唯一の例外が戦闘機《テンペスタ》のパイロットだ。パイロットを志望すれば国の金で軍学校に通わせてもらえる上、高い俸給と身分も保証される。いざ戦場に出て敵機を一機でも撃墜出来れば、人間の民では一生かけても稼げないほどの報奨金が与えられる。

村にも一攫千金《いっかくせんきん》を夢見て旅立っていった者が何人か居るが、カイはパイロットになりたいと思ったことは無い。

……だって、死にたくないもんな。

超高速で飛び回る乗り物同士の戦いだ。撃墜されれば逃げ場は無く、確実に死んでしまうだろう。実際、パイロットになるために旅立ち、無事村に帰ってきた者は一人も居ない。

家族に報奨金を遺《のこ》せるのなら悪くない死に方だと言われるけれど、カイは貧しくてもいいから生きて家族を支えたかった。それが村の近くに捨てられていた自分を拾い、実子の弟妹と分け隔て無く育ててくれた養父母への恩返しだと思うから。

「……あれ？」

ぼうっと見上げていると、カイは妙なことに気付いた。

訪れたことは無いが、山一つ向こうには軍の基地があるそうだ。だからこのあたりで戦闘機《テンペスタ》を見かけるのは珍しくない。弟のハンスは村の悪ガキ仲間としょっちゅう戦闘機《テンペスタ》の影を追いかけ回しては転んでいる。

……でもあの機影、いつものよりやけに大きくないか……？

普段見かけるのが小鳥なら、今飛行しているのは大鷲《おおわし》くらいか。しかも機影はどんどん大きくなっていく。

いや、とカイは息を呑んだ。大きくなっているのではない。…近付いているのだ。

目を凝らせば、鋼鉄の翼から黒い煙が幾筋もたなびいているのが見えた。どこかで攻撃を喰らってしまったのか。このまま落下し続けたら――。

「お、……落ちる⁉」

ゴゴゴゴゴゴオオオッ！

聞いたことの無い轟音《ごうおん》が鼓膜《こまく》をつんざいた。

とっさに伏せたカイの頭上を、翼を広げた大鷲に似た影が通り過ぎていく。

次の瞬間、ドオンッ、と大地が揺れた。

地震――ではない。きっとあの戦闘機《テンペスタ》がどこかに墜落したのだ。

　揺れが治まるのを待って起き上がり、カイはひやりとする。鬱蒼《うっそう》と茂る木々が無惨《むざん》になぎ倒されていたのだ。まるで巨人が無造作に掌を叩き付けたかのように。

　カイのすぐ横にも太い木が倒れていた。伏せる場所が少しでもずれていたら、ぺちゃんこにされていただろう。

　さすが俺、ラッキー！　などと口走る気分には、さすがになれなかった。あの戦闘機《テンペスタ》にもパイロットが乗っていたはずだ。いくら鍛えていても、機体ごと地面に叩き付けられてしまったら無事では済まない。

「…あそこか？」

　カイはぐるりとあたりを見回し、崖の下から黒い煙が立ちのぼっているのを発見した。迷い無く背負い子を外し、戦闘機《テンペスタ》がぶつかって崩れたのだろう急な斜面を慎重に下っていく。もしもまだパイロットが生きているのなら助けてやりたい。かつて自分が助けてもらったように。

　そうして下り立った崖下には、へし折られた木々を下敷きに、鋼鉄の機体が横たわっていた。

「……でっけえ……」

　地上からは鳥のように見えていた機体は、大鷲の翼に獅子《しし》の頭と胴を持つ魔獣の巨軀《きょく》をそっくり写し取り、乗り物と呼ぶにはあまりに生々しかった。今にも吼《ほ》えて動き出しそうだ。

　それだけに両翼が折られ、落下の衝撃か、前脚まで粉砕されてしまった姿は痛々しい。カイの家よりも大きな機体が、どうやって大空を飛ぶのだろう。

　……パイロットはどこだ？

　生まれて初めて戦闘機《テンペスタ》に触れるカイには、パイロットがどのあたりに乗り込んでいるのかすらわからない。

　爆発なんてしないだろうな、とびくつきながら周囲をぐるぐる回ってみると、機体の反対側に大きな穴が空いているのを見付けた。半円形のアーチを描くそれは、被弾して空いたにしてはやけに綺麗だ。

その奥には見たことも無い装置が詰め込まれ、ばちばちと火花を散らしていた。過熱した装置から発される熱気のせいで、外よりもずいぶんと暑い。

中心のシートには男が座り、ぐったりと天を仰いでいる。男のパイロットスーツの胸元に刻まれた紋章は『竜《りゅう》と毒蛇《どくじゃ》』。田舎者のカイでも知っている、このアシュタル魔帝国の紋章だ。

「……だ、大丈夫か⁉」

カイは思わず駆け寄り、男の鼻のあたりに手をかざした。…息はあるようだ。額から血を流している以外、怪我らしい怪我も見当たらない。あんな高さから墜落し、機体もぼろぼろになったのに、よくぞこの程度で済んだものだ。

しかし男はカイがどれだけ揺さぶっても苦しそうに呻くばかりで、目覚める気配は無い。

「くそ、仕方ねえな…」

こうなったら背負い子に男をくくり付け、村まで運ぶしかないだろう。厄介ごとの嫌いな村長は『軍人を連れてくるなんて』とぶつくさ文句を垂れそうだが、人の命がかかっているのだ。諦めてもらうしかない。

ゴゴ、ゴゴゴオオオ…。

遠くから爆音が聞こえてきたのは、カイが背負い子を取りに戻ろうと戦闘機《テンペスタ》から降りた時だった。はっとして仰いだ空を、小さな機影が群れを成して泳いでいる。

もしや、このパイロットの仲間が捜しに来てくれたのだろうか。

淡い期待はすぐに打ち砕かれた。カッと赤く輝いた上空の機影から、無数の炎の弾が撃ち出されたのだ。地上に叩き付けられた衝撃は震動と化し、カイの足元をかすかに震わせる。

「…な…っ、な、何で……っ…⁉」

炎の弾を撃ち込まれたのは、カイの村のあるあたりだ。小さいながらも建ち並ぶ家や畑が、上空から見えないわけがない。

にもかかわらず攻撃したのなら、あれは味方ではない。——敵だ。おそらくこのパイロットも、あれに撃墜されたのだろう。とどめを刺そうと追いかけてきたついでに、見かけた村を焼いてやろうとしているのかもしれない。

……そんな、ついでなんかで焼かれてたまるかよ！

村には家族が、家族同然の村人たちが居るのだ。

カイは戦闘機《テンペスタ》の中に取って返し、気絶したままのパイロットの肩をがくがくと揺さぶった。

「おい、起きろ！　起きろよ！」

村の皆を救うには、このパイロットを叩き起こし、戦闘機《テンペスタ》で敵機の群れを追い払ってもらうしかない。

だがパイロットはやはり目覚めなかった。カイがだらだらと汗を流しながら諦め悪く揺すっている間にも、上空からは炎の玉が次々と落とされる。

…皆、無事なのか。養父母は、弟は、妹は…。

「……くそぉっ！」

だんっ、と苛立ちまぎれにパイロットの前にあるテーブルのようなものを殴りつけた瞬間、低い声が響いた。


——パイロットの魔力を認証。

「え、…えっ？」

他に誰か乗っていたのか？　カイは慌てて見回すが、声の主らしき人影は無い。

——機体の損傷を確認。修復シークエンスを開始。

再び声が聞こえたのと同時に、鋼鉄のテーブルに淡い光を放つ球が浮かぶ。

人の頭ほどある大きさのそれの中に描き出されるのは、両翼を折られ、『竜と毒蛇』の紋章を刻まれた機体だ。絵と呼ぶには精密すぎ、気持ち悪いくらいだが。

「これは、……この戦闘機《テンペスタ》か？」

光の球の中で、戦闘機《テンペスタ》はみるまに修復されていく。まるで時間を巻き戻してでもいるかのように。

変化は機内でも起きていた。アーチ状の穴がふさがり、出口がなくなる。装置から絶えず散っていた火花が止まり、温度が下がったおかげで汗がすうっと引いていく。

やがて球の中の戦闘機《テンペスタ》が完全な姿を取り戻すと、

がくんと音がして、パイロットがシートから振り落とされた。

「あっ…」

助け起こす間は無かった。今度はカイが見えない何かに引きずり寄せられ、空いたシートに座らされたからだ。

立ち上がろうとしたとたん、しゅるっと伸びてきた細いベルトがカイの胴体をシートに固定する。

目の前のテーブルには用途すら不明の計器らしきものがいくつも埋め込まれ、その中心に半円を描く大きな取っ手があった。初めて見るはずのそれに、心臓がどくんと高鳴る。

——修復シークエンス終了。全システム再起動。戦闘可能《コンバット》。

低い声が告げると、計器がいっせいに光を放った。

グルゥ…、グルルルルゥ…、……グオオオオオオオッ！

獰猛《どうもう》な肉食獣の咆哮《ほうこう》めいたエンジン音が轟《とどろ》く。

普段のカイなら怯えて縮こまっただろうが、何故か今日はちっとも怖くなかった。どくどくと力強く脈打つ心臓が教えてくれるから。

こいつは敵じゃない、心強い味方だと。

己の鼓動に導かれるように、カイは取っ手を握る。

すると地面を蹴る感覚と共に、鋼鉄の巨体はふわりと飛び立った。前方の窓に広がっていた地上の景色がぐんぐん遠ざかっていく。

「……ほ、本当に飛んだ……！」

戦闘機《テンペスタ》の墜落した崖の巨大なくぼみが、まるで豆粒のようだ。けれど感動している暇は無い。村を襲う敵機の群れを追い払わなければならない。

……でも、どうやればいいんだ？

戦闘機《テンペスタ》は魔砲と呼ばれる強力な砲弾を撃って戦う。それくらいはカイも知っているが、ずらりと並ぶ装置のどれをどう扱えば撃てるのか、かいもく見当が付かない。

——さあ、どうしたい？

焦るカイに、低い声が問いかけてきた。さっきまでの取り澄ましたものとは違う、どこかいたずらっぽい笑みを含んだ声だ。

「…っ…、俺は…」

分厚く透明な窓の向こうでは敵機の群れが我が物顔で飛び回り、村を――カイの大切な人たちを蹂躙《じゅうりん》している。

地上からは何も出来なかった。

でも、今なら。…この不可思議な戦闘機《テンペスタ》なら、あいつらに手が届く。

「あいつらをやっつけて、村の皆を助けたい……！」

生まれて初めての狂暴な衝動に突き動かされるがまま叫ぶと、誰かが笑う気配がした。カイの脳裏に凶悪な、だが不思議と神々しい翼を持つ黄金の獅子がにいっと牙《きば》を剝《む》き出しにする姿が過《よぎ》る。

――よろしい。そう来なくてはな。

ぐんっ、と握ったままの取っ手が勝手に前へ沈み込んだ。

落ちないよう強く握り締めると、何かが身体の中から吸い上げられていくような感覚に襲われる。ふっと暗くなった視界は、どくんと心臓が脈打つや、すぐに明るさを取り戻した。

加速した戦闘機《テンペスタ》がおぼろ雲を切り裂き、エンジン音を響かせ、敵機の群れに突進していく。

突然現れたカイの戦闘機《テンペスタ》に、敵機は動揺したようだった。炎の玉を落とすのをやめ、カイを取り囲もうとする。

翼同士がぶつかりそうなほど近くに迫った敵機は、カイの機体に比べたら二回りは小さかった。

上部の窓から敵パイロットの顔がかすかに見える。大きく目を見開き、何か喚き散らしながら怒って…いや、怯えている？

――雷嵐よ、嵐の王たる我が命に従え！

低い声の咆哮に応《こた》えるかのように、かき曇った空から無数の雷が降り注いだ。

敵機は回避しようと統制を失って逃げ惑うが、巻き起こった嵐が彼らのささやかな翼をへし折り、からめとっていく。

生身の身体なら立っていることすら不可能だろう

嵐の中、カイの機体は安定飛行を保ち、ぶつかってくる敵機の破片に小揺るぎもしない。

「…す、すごい…」

これが魔砲なのか。同じ魔砲でも、敵機の炎の玉とは規模も威力もけた違いだ。

カイは倒れたまま動かないパイロットをちらりと見遣った。

これほどの戦闘機《テンペスタ》に乗っていて、このパイロットはどうして撃墜されたのだ？

答えを聞きたければこの場を切り抜けるしかない。視認した限り、敵機の九割はさっきの雷に撃ち落とされた。残りは一割ほどだ。もう一度あの雷を落とせれば、全滅させられるだろう。

「……あ、……え？」

だが声の主に頼もうとしたとたん、頭がずんと重くなった。

身体に力が入らない。ベルトに固定されていなかったら、シートからずり落ちてしまいそうだ。

……何だ、これ……。

小麦の収穫期には村じゅうの畑を手伝い、毎晩寝間着に着替えるのもおっくうなくらいくたくたになるが、あの疲労感とは何かが違う。まるで全身の血をごっそり抜かれたような、脳に鉛の塊をぶち込まれたような…。

ピーッ、ピーッ、ピーッ。

けたたましい警報が鳴り響いた。

光の球が赤く点滅し、無数の点を映し出す。カイから見て北東の方角から接近してくるこれは…、…まさか敵の増援を映し出しているのか？

外れて欲しい予想は的中してしまった。窓の外に新たな敵機の群れが現れる。ブウウン、とスズメバチの羽音のようなエンジン音を響かせて。その中には、今まで倒した敵機よりも明らかに大きな機影も交じっている。

あいつはやばい。本能が警告した。あいつだけはさっさと墜《お》とさなければ、とんでもないことになる。

——エネルギーの急激な減少を確認。至急魔力を供給せよ。

低い声に要求されるが、取っ手を離さないようにするのがやっとの有り様でどうしろというのか。

……魔力？　そんなもの、あるわけないだろ……。人間は魔力を持たない。持つのは魔神の血を引く王侯貴族だけだ。だから人間は死ぬまで彼らに支配され、搾取《さくしゅ》される。

でも、諦めるわけにはいかない。

途切れそうになる意識を必死に保つ。カイがここで倒れたら、誰が村の皆を助けてくれるのか。

「…俺が…、やらなきゃ…」

取っ手をきつく握り締めると、光の球が敵増援の後方に新たな点を映し出した。ここへ来てさらなる敵か。絶望しかけたカイの耳に、ザザッと雑音《ノイズ》が届く。

ぼやける目を必死に動かせば、左上のあたりに小さな穴がたくさん空いた丸い装置があった。雑音はそこから流れてくる。

『敵影捕捉――クロノゼラフ、交戦《エンゲージ》』

「っ……」

冷たい、だが不思議と蠱惑的《こわくてき》な男の声が雑音交じりに聞こえ、カイの背中はぞくりと震えた。初めて聞く声のはずなのに、どうして泣きたくなるほど懐かしく感じるのか。

『風よ、全ての暴風の源たる我が命に従い、敵を切り刻め』

グワアアアアアッ！

猛禽《もうきん》の鳴き声に似た咆哮が男の声に応えた。

窓の外で信じられない光景がくり広げられたのはその後だ。

ゴオオウ、とにわかに荒れ狂った暴風が不可視の刃と化し、藁束《わらたば》か何かのように敵の増援を切り刻んでいく。カイを取り囲んでいた生き残りもろともに。

まばたきの後、視界を埋め尽くさんばかりだった敵機の群れは消え失せていた。代わりに現れた戦闘機《テンペスタ》は暴風の余韻を漂わせ、悠然《ゆうぜん》と飛翔している。

この戦闘機《テンペスタ》も大きいと思ったが、あちらはさらに一回りは大きそうだ。羽ばたくだけで嵐を起こせそうな巨翼と鋭い蹴爪《けづめ》を持つ、大鷲の姿をかたどっている。

胴体部分に刻まれた紋章は『竜と毒蛇』――味方だ。

……助かった、んだ……。

カイの全身から強張りが抜けていった。

どうしてこの戦闘機《テンペスタ》が墜落したのか、敵機の群れはどこから現れたのか、暴風の戦闘機《テンペスタ》は何者なのか。わからないことだらけだが、村の皆が助かったのならそれでいい。

「…俺って…、やっぱりラッキー、だな……」

押し寄せてくる泥沼のような眠気に抗えず、カイは意識を手放した。

『不運であったな』

開口一番そう言い放たれ、ヴィルベルは蜂蜜色の瞳をぱちくりさせた。

はて、と首を傾げれば、背中まで伸びた金色の髪がさらりと揺れる。うっとうしいので切りたいのだが、そんなことをすればヴィルベルを『私の小鳥ちゃん』と呼んで可愛がってくれる母は泣いてしまうだろう。

『不運とは、どういうことでしょうか。皇子殿下に拝謁《はいえつ》が叶うことは、ラッ…幸運だと思いますが』

父もくどいくらい言っていた。魔神の血が濃く出たとはいえ、伯爵家の息子に過ぎないヴィルベルがたったの六歳で皇子殿下…皇帝コンスタンティンの二番目のご子息に拝謁出来るのは、望外の幸運であると。

その皇子殿下もまた先祖返りと謳《うた》われるほど魔神の血を強く発現させ、ゆくゆくは死神《グリムリーパー》級戦闘機《テンペスタ》のパイロットになれるのではと囁かれている存在なら尚更である。

といっても、皇子殿下もほんの七歳だからまだまだ先の話だ。

今の殿下に必要なのは無粋な兵器ではなく遊び相手であると父君の皇帝陛下が判断され、歳が近く、魔神の血も濃いヴィルベルが指名された。父からはそう聞かされている。殿下の機嫌を損ねたら、我がアルディナート伯爵家はおしまいだとも。

だから今日、生まれつき能天気なヴィルベルもさすがに緊張しながら皇宮に上がり、殿下に引き合わされたのだが、しょっぱなから不運などと言われるのは予想外だった。

『不運以外の何だというのだ？　こたびの一件でアルディナート伯爵は私の支持に回ったと看做《みな》され、皇太子殿下の不興を買っただろう。これから相当難しい立場に置かれることになる』

……この子、本当に俺と一つしか違わないのかな？

老熟さすら滲《にじ》む口調の少年に、ヴィルベルは作法も忘れてまじまじと見入ってしまった。

父に教えられていた通り…いや、それ以上に美しい少年だ。

少し癖のある髪は艶々と黒く、肌は血管が透けて見えるほどに白い。曇天の多い帝都ではめったに拝めない澄んだ空のような碧の瞳は、虹彩《こうさい》に淡くまだらな魔力のきらめきがちりばめられている。

ヴィルベルも持つ、魔神の血が特に色濃く出た証——魔瞳《まどう》だ。

ただヴィルベルの魔瞳が蜂蜜色の瞳を明るくきらめかせるのに対し、少年のそれは対峙《たいじ》する者を魅了せずにはおかない魅惑の艶めきを帯びている。母が読んでくれるおとぎ話に登場した、所有者をことごとく不幸のどん底に叩き落とすという魔の宝石が実在すれば、こんな色をしているのかもしれない。

我がアシュタル魔帝国の祖、魔神アシュタルトは天使すら堕落させるほどの美丈夫《びじょうふ》だと伝わる。皇子も成長したらとんでもない美形になること間違い無しだ。

魔神の血は魔力や身体能力、容姿のみならず、知性の発達も促進するという。ヴィルベルも同じ年頃の親戚の子たちに比べたら、それなりに聡《さと》い自覚はあった。

だがこの皇子は聡いというよりは、眉間に皺《しわ》を寄せ、最初から何かを諦めてしまっているような…。

『……クロノゼラフ様』

『ヴィ、ヴィルベル様、無礼ですぞ！』

はらはらしながら見守っていた皇子の侍従が声を上げた。

ヴィルベルもさんざん父に注意されたからわかっている。皇子の名を知っていても、身分の低い者が、名乗られもしないのに呼ぶのは不敬であると。

敢えてやったのは、綺麗な顔を台無しにするしかつめらしい表情を崩してみたかったからだ。

期待通り目を見開いた皇子――クロノゼラフに、ヴィルベルはにこっと笑いかけた。

『…って呼んだら、怒りますか？』

『あ、……ああ、いや。別に怒ったりはしない』

クロノゼラフの頰が紅く染まっている。どうやら見た目ほど気難しくはないようだ。少なくとも、ヴィルベルのちょっとしたいたずらにも目くじらを立てる異母兄よりは寛容である。

『そっか、ラッキー』

安堵のあまり、いつもの口癖がぽろりと出てしまった。あれほど口にするなと父に言い聞かされていたのに。


『……らっきー？』

育ちのいい皇子殿下の語彙《ごい》には無い言葉だったようで、クロノゼラフはおうむ返しにする。

きょとんとした顔がおかしくて、ヴィルベルは侍従がまなじりを吊り上げるのも構わず、くすくすと笑った。

『運がいい、って意味ですよ。いいことがあった時に使うんです』

『そうなのか？　私は初めて知ったが…そなたは知っていたか？』

クロノゼラフに問われ、侍従は首を振る。

まあ当然だろう。貴族が使うような、上品な言葉ではない。

『俺…、じゃなくて私も爺《じい》ちゃ…、…庭師から教えてもらったんです』

『そなたは庭師と話したりするのか？　庭師なら人間であろう？』

クロノゼラフの碧眼《へきがん》に驚きが広がった。

同じ姿かたちをしていても、魔神の血を引く王侯貴族と人間の民はまるで違う生き物だ。王侯貴族には、魔神の血も魔力も持たない人間を家畜同然に扱う者も珍しくない。

　人間の血も多く混ざった下級貴族ならまだしも、れっきとした上級貴族の子弟であるヴィルベルが庭師と気安く話すなど、普通はありえない。

『だって爺…、庭師の話は面白いですから。どうせ話すなら、面白い方がいいでしょう？』

『それはそうかもしれぬが…』

　眉根を寄せつつも頭ごなしに否定しないあたり、クロノゼラフの思考は柔軟だ。貴族の頂点に立つ皇族とは思えない。

『…ならばそなたは、その…私と会えたのは運がいいと思っているのか？』

　何故か頬を赤らめ、緊張ぎみなクロノゼラフに問われ、お説教を覚悟していたヴィルベルは何度も頷く。

『はい。殿下が父上みたいな歩くマナーブックだったらどうしようかと思っていましたが、おも……優しそうなお方で良かったです』

『…そなた今、面白いと言おうとしたであろう』

『あっ……』

　ずばりと言い当てられ、焦ったヴィルベルだが、クロノゼラフは眉間の皺をふっと緩める。

　……笑った！

　怖いくらい整った顔がわずかでもほころぶと、誰もが見惚れる笑顔になる。

　感嘆したのはヴィルベルだけではないようで、侍従も『殿下が微笑まれた…』と間抜け面をさらしていた。

『まあ、良い。面白いというのは、そなたにとっては誉め言葉なのだろう？』

『はっ、はい。もちろん』

　父のお説教を思い出し、全力で同意するヴィルベルの髪を、クロノゼラフはさらりと梳《す》いた。

『そなたのような者に出逢えたのは、私にとっても幸運だったのかもしれぬ。…来い。そなたの話を聞かせてくれ』

むろんヴィルベルに異存は無い。クロノゼラフが山ほど用意させてくれた極上の菓子に舌鼓を打ちながら、乞われるがまま色々なことを話した。

庭師の爺のこと、心配性で胃痛持ちの父のこと、優しく美しいが病弱な母のこと、どうにもそりの合わない歳の離れた異母兄のこと。

するとクロノゼラフも自分について少し話してくれたので、ヴィルベルは理解した。初めて会う皇子様に、どうして妙な親近感を抱いたのか。

…似ているのだ。自分たちの境遇は。皇子と伯爵子息という決定的な身分差を除いても。

ヴィルベルには十五歳上の異母兄、ローデリヒが居る。父の伯爵と正妻たる母の間には、長らく子が出来なかった。そこで父は当主の義務として側室を娶《めと》り、ローデリヒを産ませたのだ。

しかしそれから十五年が経ち、もはやローデリヒが次期当主になるのは確定だと誰もが思った頃、正妻たる母親は奇跡的な妊娠を果たした。

月満ちて生まれたヴィルベルが社交界の華と謳われた母譲りの容姿のみならず、魔神の血を濃く引いた者の証である魔瞳まで持っていたことで、ローデリヒは一転して危うい立場に追いやられてしまったのである。

魔神アシュタルトを祖とするこのアシュタル魔帝国において、貴族の条件はまず魔神の血を引くことだ。だが建国から千年以上経った今、魔神の血は薄れる一方で、魔瞳を持って生まれる者は皇族にさえ数代に一人しか現れない。

そこへ名門とはいえ伯爵家に、魔瞳持ちが生まれたのだ。しかも正妻腹である。周囲はヴィルベルこそが次期当主に相応しいとがぜん騒ぎ出した。

当然、ローデリヒとしては面白くない。当主になるために生まれてきたのに、突然現れた十五も年下の異母弟に家督《かとく》を奪われるかもしれないのだから。ヴィルベルのやることなすことをこき下ろし、隙あらば嫌がらせを企み、顔を合わせるたび罵声《ばせい》を浴びせたくもなるだろう。

クロノゼラフの遊び相手に選ばれたと報せがあっ

た時など、射殺《いころ》されそうな目で睨《にら》まれた。ヴィルベルは当主の座に何の興味も無いのに、迷惑な話だ。

一方のクロノゼラフにも歳の離れた異母兄が居る。皇太子レオポルトだ。レオポルトの生母は皇后で、クロノゼラフの生母は側妃だから、ここはヴィルベルと逆だが。

皇后の産んだレオポルトは何の問題も無く皇太子の座に就いた。だが若い側妃から生まれた異母弟クロノゼラフが魔瞳の主であったため、皇太子の身分こそ失わなかったものの、不安定な立場に陥ってしまった。

伯爵家に生まれたヴィルベルさえ御家騒動の元凶になったのだ。魔神を誰よりも尊ぶ皇族に生まれたクロノゼラフが、彼こそ次期皇帝に相応しいと熱烈な支持を受けるのは当然だった。

皇后を母に持ち、正式に立太子したレオポルトがそう簡単に皇太子の座から引きずり降ろされることは無い。

しかし短絡的なレオポルトは異母弟を己の立場を脅かす敵と決め付け、何かにつけクロノゼラフに陰湿な嫌がらせをくり返しているようだ。神官が憎ければ聖衣まで憎いとばかりに、クロノゼラフに近しい者たちにも八つ当たりをするらしい。

だから対面するなり不運などと言い放ったのか、とヴィルベルは納得したのだが、クロノゼラフは首を振った。

『それだけではない。小鳥のようにか弱く愛らしいそなたが陰謀渦巻く皇宮に上がるなど、哀れと思ったのだ。私に友を与えたいという父上のお気持ちはありがたいが、酷なことをなさる…』

『……はい？』

小鳥？　か弱い？　愛らしい？

それって誰のことですかと突っ込むより早く、クロノゼラフは碧眼を痛ましそうに細めた。

『だがこうなってしまった以上、皇太子殿下の憎悪はそなたにも向けられるだろう。かくなる上は私が必ずそなたを守る』

『で、……殿下？』

『クロノゼラフで良い。そなたには我が名を呼んで欲しい』

　何か盛大な勘違いをしているらしい皇子様を、ヴィルベルはここで止めるべきだった。名前など、おふざけ以外で呼んではいけなかった。貴人から名前を許されるということは、その人と強いつながりを持つということだから。

　なのに止められなかったのは——碧眼の奥に隠しきれない孤独の影を見付けてしまったせいだ。

　クロノゼラフは第二皇子である。本来なら父皇帝がじきじきに指名するまでもなく、高位貴族がこぞって子弟を遊び相手として送り込んでいるはずだ。そうならなかったのは、レオポルトと母の皇后の不興を怖れてのことに違いない。

　クロノゼラフの生母は息子を産んですぐ亡くなったと聞いた。確かな後ろ盾を持たず、たった一人で生きてきた皇子が…ヴィルベルとよく似た境遇の少年が自分を友に求めている。むげになど出来るわけがなかった。

『……クロノゼラフ様』

　おずおずと呼ぶと、クロノゼラフは破顔した。分厚い雲が消え去り、太陽の輝く青空が広がったような笑顔だった。

『ヴィルベル、我が金色の小鳥。そなたに出逢えて、私もらっきーだったぞ』


「不運であったな」

　カイが目を覚ますと、不思議な光を放つ碧眼の男に覗き込まれていた。少し癖のある黒髪に尊大さの滲み出る紅い唇が印象的な、魂を抜かれそうなほど美しい男だ。

「ぎゃあっ！」

　とっさに逃げを打とうとしたカイから、男は素早く身を引いた。おかげで男との正面衝突は免れたものの、代わりに壁に頭を打ち付けてしまう。

「…い…、痛……」

　……こんなところに壁なんてあったっけ？

じんじんする頭を押さえながら考えていると、男が再び声をかけてきた。

「大事無いか？　医師を呼ぶか？」

「あ…、だ、大丈夫…、です。ぶつけただけだ、…です、から」

しどろもどろになりながらも、カイは必死に慣れない敬語を使った。

カイが寝かされたベッドの傍《かたわ》らの椅子に座る男は、黒の軍服を纏っている。たまに基地から食料の買い付けに訪れる軍人より素材も作りも明らかに豪《ごう》奢《しゃ》なそれには、『竜と毒蛇』の紋章が金糸で刺繍《ししゅう》され、いくつもの勲章がぶら下がっていた。

つまり男はかなり高位の軍人なのだ。

アシュタル魔帝国において、高位軍人になれるのは貴族だけだ。人間の民が貴族の高位軍人相手に無礼を働いたら、どんな目に遭《あ》うかわからない。下手をしたら本人のみならず、家族まで巻き添えを喰らうはめに…。

「…っ…、村は？」

殊勝な考えは、頭にかかっていた靄《もや》が晴れるなり吹き飛んだ。

墜落した戦闘機《テンペスタ》、初めて飛んだ空、見知らぬ装置の山、雷に撃ち落とされる敵機の群れ、助けてくれた超大型の戦闘機《テンペスタ》。沈んでいた記憶が次々と頭の奥で弾ける。

「皆は無事か？　父さんと母さん、ハンスとゲルダは？　…ここはいったい、どこなんだ⁉」

がばりと起き上がり、摑みかからんばかりに訴えるカイを男は無言で見返す。

透徹した碧眼がカイに少しばかりの冷静さを取り戻させた。貴族にこんな真似をしたら、この場で殺されても文句は言えない。

「ここはお前の村の南東に位置する魔帝国軍北面師団第一旅団駐屯地だ。ハンスとゲルダは、お前の家族か？」

だが男は意外なくらい丁寧に答え、問いかけてきた。低く無感情な、それでいて蠱惑的な声にはどこかで聞き覚えがある。

「…っ、は、はい。弟と妹だ…、です」

「そうか」

少し待て、と言い置き、男は軍人らしいきびきびとした足取りで退出していった。その隙に、カイは室内を見回す。

カイが家族と暮らす家よりやや小さな部屋には、ベッドと椅子、そして書き物机とチェストが置かれたきりだ。

だがどれも見るからに上質な木材を使われているし、ベッドにはぎっしり綿を詰めたマットが敷かれている。高価な綿のマットなんて、村長だって持っていない。

人間の民には不相応な部屋に、どうしてカイが寝かされていたのか。戦闘機《テンペスタ》の中で気を失った後、何があったのか。

村の南東の基地ということは、食料を買い付けに来る軍人たちが所属するあの山向こうの基地だと思うが、基地とはもっと殺風景で兵士がうろうろしている場所だと思っていた。

「待たせたな」

ほど無くして戻った男は、一枚の紙を持っていた。手渡されたそれを読むよう促され、カイは困惑する。

「あの…、俺、いやワタクシは、字が読めな、…読めませんのでして…」

カイに限らず、田舎住まいの人間の民のほとんどは読み書きが出来ない。せいぜい自分の名前を書けるくらいだが、村の暮らしでは読み書きなど求められないので不自由は無いのだ。

「…では、私が代わりに読もう」

男は苛立ちもせず紙を取り上げ、カイには意味不明な文字の羅列を解読してくれた。どうやら軍の報告書だったらしく、カイの村の被害状況が事細かに記されているようだ。

報告書によれば、村は敵機の炎の弾を受けて大きな被害を受けた。作付けしたばかりの畑は大部分が焼かれ、民家も半分以上が火事で焼け落ち、家畜も助からなかったらしい。

隣村に通じる道も炎の弾に崩され、しばらくは通行不能だという。村が自力で立ち直るのは不可能だと、報告書は冷たく断じていた。

だが、それだけの物的被害を出したにもかかわらず、村人たちは全員が無事だった。

あの戦闘機《テンペスタ》が山に墜落した衝撃は、村にも伝わっていた。そこでカイが山へ柴刈りに行ったことを知る弟のハンスが、悪ガキ仲間を引き連れ山に突撃したのだ。

本人としては兄を助けるつもりだったのだろう。しかし山はなだらかに見えて危険も多く、たまにゴブリンも出るため、子どもが入ることは禁じられている。

養父母や悪ガキ仲間の親は慌ててハンスたちを追いかけ、緊急事態に何が起きるかわからないと村長含む残りの大人たちも続いた。そこへ敵機の群れが出現し、炎の弾を落とし始めたのだ。

驚いた村の人々は山にひそみ、息を殺していた。カイの乗った戦闘機《テンペスタ》が敵機を殲滅《せんめつ》するまで、ずっと。

その後山向こうの基地から派遣された軍の救助隊に助けられ、今にいたるらしい。

「ハンスの奴、絶対山には入るなって言ってるのに……でも、ラッキー」

全員無事、と聞いた瞬間、いつもの口癖と共に緊張が抜けていった。がくりと倒れ込みそうになったカイの肩を、力強い手が支える。

「何と言った」

「……へ？」

「今、何と言った」

まつげが触れ合いそうなほど近付けられた碧眼の奥で、ぎらつく光が乱舞している。

これは本当に生き物の瞳なのだろうか。まるで炎を閉じ込めた宝石のような…。

「ハ、ハンスの奴…？」

「そこではない。もっと先だ」

生きて動いているのが不思議なくらい整った顔の貴族様が、じりじりと肩に指を食い込ませてくる。このまま骨ごと砕かれるんじゃないだろうな、とおののきながら、カイは一生懸命口を動かした。

「ラ、……ラッキー……？」

「――！」

声にならない叫びを漏らし、男はきつく目をつむった。カイの肩を掴む手が震えている。

大丈夫なのか、やっぱり無礼すぎて殺されるのかと命の不安を覚えだした頃、男はゆっくり離れていった。軍服の左胸をさすり、息を整える。

「…お前は、あの村の者だな。名前はカイで間違い無いか？」

質問する男に、さっきまでの動揺の気配は微塵も無い。

その唇に刻まれた己の名にどきりとしつつも、カイは頷いた。きっと村の誰かから聞いたのだろう。

「はい、そうです」

「私は魔帝国軍上飛将《じょうひしょう》、クロノゼラフ・アシュタルだ。死神級《グリムリーパー》戦闘機《テンペスタ》、フレースヴェルグのパイロットでもある」

男――クロノゼラフの名乗りは、カイに二重の驚《きょう》愕《がく》をもたらした。


……ク、ク、クロノゼラフ様って、皇子様じゃないか……！

皇帝コンスタンティンには二人の息子が居る。皇后の産んだ皇太子レオポルトと、側妃の産んだ第二皇子クロノゼラフだ。

帝都から遠く離れた田舎の民は皇族の血縁関係にはとんと疎く、皇帝以外の名など知らないことがほとんど。

しかしクロノゼラフだけは特別である。魔神の血を特に濃く引いた者にしか操れない最強の戦闘機《テンペスタ》を駆り、数々の勝利をもたらした第二皇子。

魔帝国の戦神とまで謳われた皇子の華々しい武勲は、カイの村にまで鳴り響いていた。帝都の女性は貴族も庶民も、老いも若きも『一度は殿下のお傍に上がりたい』と恋い焦がれるそうだが、これでは当然だろう。

だがカイにとって、優雅さと尊大さの溢れ出る美貌より重要なのは…声だ。ずっと聞いていて確信した。

『敵影捕捉――クロノゼラフ、交戦《エンゲージ》』

もう駄目だと覚悟したあの時、助けに来てくれた声の主はクロノゼラフだ。つまりあの巨大な戦闘機《テンペスタ》こそが最強と名高いフレースヴェルグということになるが…。

……ええと、死神級《グリムリーパー》？　って何だ？

皆同じだと思っていたが、戦闘機《テンペスタ》に階級のようなものが存在するのだろうか。だとしたらずいぶん小さく感じた敵機や、増援に来たもう一回り大きな敵機、そしてカイが乗り込んだ不思議な喋る機体にも階級があるのか？

疑問は次々と溢れてくるが、何から尋ねていいのかわからない。

カイのごちゃごちゃした頭の中を見透かしたように、クロノゼラフは告げた。

「何もかも不明な点だらけだろう。まず私が一通り説明し、解消されない疑問があれば後にまとめて答えようと思うが如何か」

「ぜ、ぜひそれでお願いします！」

カイが喰い付くと、クロノゼラフはさっそく説明を始めてくれた。少し長くなるぞ、と前置きをして。

――カイたちの住むこのラクリマ大陸には数多の国々が割拠するが、それぞれの国は大きく三つに分かれる。

民も君主も人間である国、魔神を祖とする君主が人間の民を支配する魔国、天使を祖とする君主が人間の民を支配する聖国だ。

魔神とは、魔力を持つ人ならざるモノたちの中でも特別な存在の総称である。カイたち民がたまに野山で遭遇するゴブリンや一角兎などの魔獣も、魔力を持つという点では同じだ。

だが人を襲って厄介者扱いされる奴らと魔神は、圧倒的な魔力と人間など及びもつかぬ知性、人に似た感情を有するという点で一線を画している。ゆえに神と崇《あが》められたのだ。

とりわけ人に近い姿を持つ魔神は太古の昔、彼らの住まう魔界からたびたびラクリマ大陸に舞い降り、気に入った人間と契りを交わすことがあった。

そうして生まれた半魔半人の子——魔神の子たちは人間を凌駕《りようが》する寿命と身体能力、親譲りの膨大な魔力を操り、体力知力魔力全てにおいて劣る人間を支配下に置き、後に魔国と呼ばれる数々の国を打ち建てていった。魔神アシュタルトを祖とするアシュタル魔帝国もその一つだ。

対して天使とは、人々を堕落させる悪しき存在である魔神を殲滅するため天上神が遣わした御使い……と、その末裔《まつえい》たちは称している。もちろん魔神の子孫は断じて認めていない。

天使の目的は魔神の殲滅。しかし理由は不明ながら、千年以上前に魔神は魔界へ、天使は天上の世界へ全てが帰還してしまい、以降どちらも人の世には降臨していない。

残された子孫たちはそれぞれの祖の目的だけを引き継ぎ、対立している。

「だが建国から千年も経てば状況は変わってくる。魔神の子も天使どもの末裔も祖の血は薄れ、かつてほどの圧倒的な力は失われた。血族結婚を重ねてどうにか血を保とうとはしているが、短命な子が多く生まれ、その数は減る一方だ。…どうした？」

居心地悪くもぞもぞしていたことに気付かれてしまったらしい。碧眼を向けられ、カイは縮こまった。

「…あ、あの、どうしてそんな昔の難しいことまで話すのかと思って…。俺、いやワタクシが基地に連れてこられた理由を教えてくれ…、下さるんです、よね？」

「そのために必要だから話している。しばらく黙って聞け」

皇子殿下に命じられれば従うしかない。カイが姿勢を正すと、クロノゼラフは再び語り始めた。

——魔神の子も天使の末裔も数を激減させていった結果、互いに争い合うだけの余裕がなくなってしまった。祖先の敵よりももっと厄介な存在が台頭してきたからである。

人間だ。

かつては一方的に支配されるだけだった人間は、支配者たる王侯貴族が祖の血を薄れさせ、弱体化しつつあると見るや、今までの鬱憤《うっぷん》を爆発させて王侯貴族を襲った。

いかに魔神の血を受け継ぐ者であっても、数の暴力には勝てない。特に王侯貴族が民を虐《しいた》げていた国では民の怒りが激しく、一人も残らず処刑された事例もあるそうだ。

民が蜂起《ほうき》せずとも、血族結婚をくり返した結果新たな子が生まれなくなり、魔神の血を受け継ぐ王侯貴族が全滅したり、国同士の争いに敗れて族滅《ぞくめつ》させられたりと、様々な理由で魔神を祖とする国々…魔国は減少していった。

現在まで存続している魔国は、アシュタル魔帝国を含めても五国しか無い。そしてこの五国は飛躍著しい人間の国々から常に敵視されている。同胞である人間の民を不当に苦しめる悪の支配者として。

魔力を持たない人間は、己の弱さを補うために文明を発展させていった。馬を使わずに走る馬車を造り出し、攻撃魔術には鉛の弾を撃ち出す銃で対抗し、とうとう大空を自在に滑空する鋼鉄の機体…飛行機まで発明したのだ。カイの生まれる百年以上前のことである。

クロノゼラフの祖先である当時の皇帝は、飛行機を見て思い付いた。

その頃の飛行機は高度も速度もあまり出ず、飛行可能時間も短い。だが貧弱な機械のエンジンの代わりに心臓石を搭載し、魔力を燃料として動くよう改造してやれば、魔帝国にとって最高の兵器になるのではないかと。

魔獣はその魔力を心臓に溜め込み、死ねば石と化した心臓だけが残る。それが心臓石だ。心臓石に溜め込まれた魔力の強さは魔獣の強さに比例する。

アシュタル魔帝国には、魔神アシュタルトが狩ったという最上級魔獣の心臓石が三つ、国宝として伝わっていた。

全ての暴風の源と怖れられた大鷲の魔獣フレースヴェルグ、炎と生命力を司る魔鳥フェニクス、獅子の頭に鷲の身体を持つ雷雲の魔獣イムドゥグド。どれも魔神でなければ倒せない、伝説の魔獣ばかりである。フレースヴェルグたちほどではなくとも、歴史の長い魔帝国には他にも数々の心臓石が貯蔵されていた。

皇帝は拉致《らち》させた人間の技術者を拷問し、飛行機の技術を吐かせると、魔帝国で長らく受け継がれてきた錬金術と魔術を組み合わせた。錬金術で生み出された魔法金属で作り上げた機体に魔獣の心臓石を組み込ませたのだ。

誕生した戦闘用の飛行機――戦闘機《テンペスタ》は、皇帝の狙い通り、いやそれ以上の性能を発揮した。

エンジンの代わりに搭載された心臓石はパイロットの魔力を何倍にも増幅《ブースト》し、大きな揚力を得て高速飛行させ、さらに生身で放つより強力な攻撃魔法を機体の砲身から放てる。これは生身で放つ魔法に対して魔砲と呼ばれ、高空から放たれる魔砲は地を進軍する軍勢に理不尽なまでの火力を誇った。

皇帝は戦闘機《テンペスタ》を反抗的な人間の国々に送り込んだ。生意気な人間どもを圧倒的な力で蹂躙し、魔神の偉大さを思い出させてやる必要があると信じて。

その目論見は当たった。高空からの魔砲攻撃に、射程距離の短い銃や大砲しか持たない人間の軍勢は太刀打ち出来なかったのだ。同胞の奪還を唱えて魔帝国に攻め込んでくる人間の国は、戦闘機《テンペスタ》の登場以降激減することになった。

しかし強力無比な戦闘機《テンペスタ》も、利点ばかりではない。搭載された心臓石の魔力が強いほど強力な魔砲を撃てるわけだが、フレースヴェルグやイムドゥグド、フェニクスのように伝説となるくらいの魔獣はすでに人の世を去り、新たに獲得することは困難だ。存在したとしても、魔神がようやく狩れたほどの魔獣を、血の薄れた現代の王侯貴族が狩るのは不可能だろう。

そこで皇帝は現代でも存在するガーゴイルやピクシーなどの下級魔獣や、ハーピーやペガサスなどの中級魔獣、ワイバーンやグリフォンなどの上級魔獣を狩り集め、それぞれ戦闘機《テンペスタ》に搭載させた。

しかし下級魔獣の心臓石で動かせるのは、最も小さく装甲も薄い小型級《スパロウ》まで。厚い装甲に中規模の魔砲を備えた中型級《クロウ》には中級魔獣の、たいていの魔砲を跳ね返す装甲に大規模魔砲を備える大型級《イーグル》には大型魔獣の心臓石が必要になってくる。だが中級以上の魔獣は討伐が難しく、その数も少ない。

さらに魔獣は死してもなお己を倒した者に対し強い反抗心を持つ。最上級魔獣にいたっては明確な意志すら持つため、強い魔力を持つ者しかパイロットになれない。パイロットの持つ強い魔力で、魔獣の反抗心をねじ伏せるのだ。

しかし魔力でどうにか出来るのはせいぜい下級まで。中級以上の魔獣を御するには、魔獣を超越した存在――魔神の血が必要だった。

魔神の血を引くのは皇族と貴族のみだが、最強と謳われる死神級《グリムリーパー》戦闘機《テンペスタ》に搭載された最上級魔獣をねじ伏せられるほど濃く魔神の血を発現させた者は、ここ百数十年の間に数えるほどしか居ない。現代ではクロノゼラフともう一人のみだ。

下級魔獣の心臓石を搭載した小型級《スパロウ》とて、魔砲を撃つには相応の魔力を求められる。

魔力が足りなければ生命力そのものを代償に差し出すことになるから、人間のパイロットでは数度乗れればいい方だ。かといって貴重な皇族や貴族のパイロットを小型級《スパロウ》に回すわけにもいかない。

そうした経緯から、戦闘機《テンペスタ》は九十九パーセントが小型級《スパロウ》、〇・七パーセントが中型級《クロウ》、〇・二パーセントが大型級《イーグル》、〇・一パーセントが死神級《グリムリーパー》といういびつな比率となった。

それは後に魔帝国から技術を盗み、戦闘機《テンペスタ》を配備するようになった他の魔国でも変わらない。人間も負けじと戦闘機《テンペスタ》を撃ち落とせるほどの火砲を開発したが、その技術は魔国にも流出し、各国が前線に装備している。

「…当然の流れとして」

淡々と言葉を紡いでいたクロノゼラフの口調に、皮肉の色が交じった。かすかにゆがんだ口元さえ、この男に魅惑の影を添えずにはいられないようだ。

「どの国においてもまず小型級《スパロウ》を大量に突撃させ、火砲に可能な限りの損害を与えてから地上軍を進軍させるのが戦術の基本になった。戦闘機《テンペスタ》を墜《お》とせるほどの火砲は、地上軍にとっても脅威だからな」

「で…、でも、火砲を壊すまでは小型級《スパロウ》だって攻撃されるし、敵だって戦闘機《テンペスタ》で邪魔してくるんじゃ…」

「むろん、そうだ。小型級《スパロウ》の装甲では、数発でも被弾すれば撃墜されるだろう。…だが問題は無い。小型級《スパロウ》のパイロットは全員人間だからだ」

断言され、カイの心臓は冷たい手で摑まれたように痛んだ。

…そう、軍の上層部…王侯貴族にとって、人間の民が何人死のうと何の問題も無いのだ。人間は家畜も同然の、放っておけばいくらでも増える存在なのだから。

同時に察してしまった。戦闘機《テンペスタ》のパイロットを志望した人間の民が、どうしてあれほど厚遇されるのか。

……命の代償、だったんだ。

魔力を持たない人間が戦闘機《テンペスタ》に乗れば、代わりに生命力を差し出すことになるとクロノゼラフは言った。

運よく撃墜されなくても、乗り続けていればいずれ待つのは死。それを承知しているからこそ、軍はパイロット志望の人間に高額の報奨金を惜しまないのだ。

……俺たちは、いくらでも替えのきく捨て駒ってことかよ……。

わかっていたはずなのに、改めて思い知らされると苛立ちがこみ上げた。

国じゅうからもてはやされる皇子様だって、きっと同じに違いない。カイはそう思ったが、ほんの少しだけゆがんだクロノゼラフの眉根にためらいを覚える。

「…殿下は、その戦術が良いものとは思ってない、のですか？」

「戦略的に見れば理に適《かな》っているのは確かだ。最小限の損傷で最大の戦果を得られるのだからな。…だが我が心優しき小鳥は、誰かの犠牲のもとに得られる勝利を決して喜びはすまい。ゆえに私が小型級《スパロウ》の玉砕前提の戦術に賛同することは無い」

「こ、小鳥…？」

戸惑うカイにクロノゼラフは何の説明もしてくれなかったが、その『小鳥』が彼にとってとても大切な存在であることだけはわかった。凍り付いていた美貌に、初めて笑みらしきものが滲んだからだ。

「――さて、前置きが長くなったが、ここからが本題だ」

いつもそんな顔をしていればいいのに、というカイの願いも虚しく、元の無表情に戻ったクロノゼラフが再び口を開いた。

大陸南方に位置するアシュタル魔帝国は、南端は海に面し、北方は三つの国と国境を接している。

うち西端の国、ネルガ魔王国は魔神ネルガルを祖とする魔国だが、古くより南方の不凍港を欲して何度も攻め込んでいた。魔帝国にとっては不倶戴天《ふぐたいてん》の敵だ。

この基地も、そもそもは山岳経由で攻め込んでくるネルガ軍を迎撃するために建設された。だが最近では時折思い出したように小競り合いが起きる程度だったという。

「だが三日前、ネルガ空軍は中型級《クロウ》一機を含む戦闘機《テンペスタ》の大部隊で魔帝国の領空に侵入した。お前の村を襲った、あの部隊だ」

「…あれは、ネルガの軍だったんですね。あっ…！　もしかして俺、…ワタクシが見付けたあの機体は、ネルガ軍を迎え撃とうとし…、…て…？」

だんだん声が小さくなったのは、クロノゼラフの顔が怒りに引きつっていったせいだ。

クロノゼラフは荒れ狂う憤りを治めるように腕を組み、とんとん、と指先で己の二の腕をつついた。

「逆だ。アレが無断でイムドゥグドを出撃させたから、ネルガ軍を呼び込むはめになった」

「え…、イムドゥグド…？」

それは確か、魔神アシュタルトに倒されたという伝説の三魔獣の一頭のはずだ。つまりカイが見付けて乗り込んだあの機体こそが、死神級戦闘機《グリムリーパーテンペスタ》の一機だったのか。

「じゃああのパイロットが、死神級《グリムリーパー》に乗れるもう一人の、……っ⁉」

「――違う」

低い声は、冷たい殺気を孕《はら》んでいた。碧眼の奥でぶわりと光が乱舞する。

「アレは私の小鳥ではない。アレは…ペリアスはこともあろうに、皇宮の宝物庫から魔髄晶《まずいしょう》を盗み出し、イムドゥグドに乗り込んだのだ」

カイの見付けたあのパイロットはペリアスといい、侯爵家の嫡男だそうだ。母親は降嫁した皇帝の妹姫だというから、名門中の名門である。

その血筋に相応しく、ペリアスは魔神の血を濃く受け継いで生まれ、大型級戦闘機《イーグルテンペスタ》マンティコアを乗りこなすエースパイロットだった。

しかし従兄弟のクロノゼラフ、クロノゼラフが小鳥と呼ぶ死神級《グリムリーパー》のパイロットが現れたせいで、ペリアスの存在はすっかりかすんでしまう。二人は魔神の血を特に濃く引く証、魔瞳の主だったのだ。

嫉妬と焦燥を募らせ続けたペリアスは、とうとう禁断の方法に手を出した。魔髄晶…魔神アシュタルトの血が凝《こご》ったと伝わる宝玉を盗み出し、魔髄晶に宿る魔神の気配でイムドゥグドをねじ伏せ、操縦室《コクピット》の制圧に成功したのである。

あとは無事に基地を飛び立ち、自在に操れることを証明すれば死神級《グリムリーパー》パイロットの仲間入りだ。

「だがイムドゥグドはそこまで甘くない。何せ造られて以来一人しか乗せていない、三魔獣の中でも最も気難しいといわれる機体だからな」

クロノゼラフはどこか嬉しそうだった。同じ軍の仲間のはずだが、ペリアスとは相当仲が悪いらしい。

「どうにか飛び立ちはしたものの、無理やりねじ伏せられたことにイムドゥグドは怒り狂い、ペリアスの命令を受け付けなかったのだろう。焦ったペリアスがどうにか制御しようと格闘するうちに、運悪く哨戒《しょうかい》に出ていたネルガの部隊に捕捉されてしまったのだ」

死神級《グリムリーパー》にはいずれも強力な防御結界システムが搭載されているが、イムドゥグド自身に拒まれたペリアスには発動させられなかった。魔砲で迎撃することも出来ず、集中砲火で撃墜されたところをカイが発見したのだ。

思わぬ戦果に恵まれたネルガ軍は増援を要請し、撃墜したイムドゥグドをパイロットごと回収しようとした。村を襲ったのは、ついでに魔帝国軍基地への食料供給路を少しでも減らすためだったのだろう。

だがそこへカイが乗り込んだイムドゥグドが現れ、想定外の反撃を受けたネルガ軍は壊滅状態に陥った。遅れて到着した増援を、ペリアスの愚行に気付き、イムドゥグドの機体を奪われてはまずいと出撃したクロノゼラフがフレースヴェルグの魔砲で仕留めてくれたのだ。

「幸い、イムドゥグドはこちらの指示を受け付けたから、基地までフレースヴェルグに随行させた後、お前とペリアスを回収したというわけだ。…理解したか?」

「…は…、はい…。ですがその、…わからないことが、色々あって…質問、してもいいでしょうか?」

クロノゼラフは無言で頷いた。

碧眼の奥ではまだ光の粒が舞っている。魔瞳というのは、この不思議な光を孕んだ瞳のことなのだろう。

「まず、その…ペリアス様は、無事だったんでしょうか」

「……無事だ。魔力を消耗しきっていたがマナポーションの投与で回復し、今は謹慎している」

……この皇子様、本当にペリアスって人が嫌いなんだな……。

不本意そうな表情は、いっそ無事でない方が良かったと物語っている。ペリアスの母親は皇帝コンスタンティンの妹姫だそうだから、ペリアスとクロノゼラフは従兄弟のはずなのだが。

「そうですか。…良かったです」

話を聞いた限りとうてい好きになれそうもない貴族のお坊ちゃまだが、命が助かって本当に良かったと思う。

　ほっと胸を撫《な》で下ろすカイを、クロノゼラフは不思議そうに見詰めた。

「喜んでいる場合か？　あの愚か者のせいで、お前は一生を軍に捧げさせられることになったというのに」

「え…、ど、どうして…」

「ここまで話して、まだわからないのか？」

　組んでいた腕を解き、クロノゼラフはずいと顔を近寄せた。

「ペリアスは愚物だが、魔神の血の濃さと操縦の技術に関してだけは一流と言って良かった。そのペリアスさえ魔髄晶を持ち出してようやく動かせたイムドゥグドを、お前は交戦《エンゲージ》させ、魔砲まで撃ったのだ。魔瞳は持っていないようだが…お前には、相当濃い魔神の血が流れている」

「え、ええっ…？」

　そんなことを言われても、信じられるわけがなかった。カイは人間の庶民だ。王侯貴族とは縁もゆかりも無い。

「…な、何かの間違いじゃないですか？　お、…ワタクシは人間で、戦闘機《テンペスタ》の操縦なんて習ったこともありません。ペリアス様が乗っていたから、イムドゥグドはワタクシの言うことも聞いてくれたんじゃないですか？」

「イムドゥグドが誇りを傷付けた者を受け容れることは無い。それは私のフレースヴェルグも同じだ。…よく思い出せ。お前が見付けた時、イムドゥグドはどのような状態だった？」

　うろたえつつも、カイは必死に記憶を掘り返す。

　…崖の下で発見した巨大な機体は、無惨に破壊されていた。翼は折れ、胴体には穴が空き、操縦室《コクピット》の装置は火花を散らしていた。

「とても飛行出来る状態ではなかったはずだ。だが私がフレースヴェルグの操縦室《コクピット》から目視したイムドゥグドに墜落のダメージは無かった」

　何故だ？　と問われ、カイの口は勝手に動き出す。碧眼の奥で舞う妖《あや》しい光に、操られたかのように。

「……俺が触ったら、パイロットの魔力を認証とか何とか言って…、勝手に直っていった…」

「死神級《グリムリーパー》はパイロットの魔力と引き換えに、ある程度までの損傷なら自己修復する機能を備えている。心臓石の主である魔獣に認められればの話だが。…それで、その後はどうなった？」

「シートに座らされて…、どうしたいって聞かれたから、敵をやっつけて村の皆を助けたいって言った…。そうしたらいきなり空を飛んで、雷をばんばん落として…」

「…どうしたいと『聞かれた』？　どういう意味だ？」

クロノゼラフは白皙《はくせき》の顔に初めて動揺を滲ませるが、驚いたのはカイの方だ。

「え、…だって戦闘機《テンペスタ》ってしゃべりますよね？　何か今にも笑い出しそうな低い声で、『よろしい、そう来なくてはな』とかも言ってましたし…」

「……」

「あの……？」

戦闘機《テンペスタ》がしゃべることくらい、歴戦のパイロットなら当然知っていると思ったのだが、クロノゼラフは何故か絶句したままカイを凝視している。碧眼に乱舞する光はさっきまでとは違う熱を孕み、カイを困惑させた。

「……、……ヴィルベル……」

クロノゼラフが己の左胸にそっと触れる。

絞り出された囁きは愛おしさと切なさに震えており、カイは確信した。この美しい皇子様に『我が小鳥』と呼ばれ、もう一人の死神級《グリムリーパー》パイロットだったという人物こそヴィルベル——クロノゼラフの心の聖域に住まう人なのだと。

「あ、あの、殿下…」

どうしてだろう。初めて会った人…雲の上の人のはずなのに、そんな姿を見せられると心がずきずきと痛むのは。放っておけなくなってしまうのは。

「…基本的に、システム以外で戦闘機《テンペスタ》が音声を発することは無い。私もフレースヴェルグに話しかけられた経験は無いからな」

だが冷静さを取り戻したクロノゼラフは、カイの慰めなど必要としてはいなかった。

「だが我が小鳥…死神級戦闘機《グリムリーパーテンペスタ》『フェニクス』のパイロットであったヴィルベルには、フェニクスの声が届いていた。心清き小鳥ゆえ、不死鳥《フェニクス》のさえずりも聞こえるのだろうと思っていたが…、ふむ…」

クロノゼラフは顎に指をやり、じっとカイを見詰めた。

「お前、もしやアルディナート伯爵家に縁ある者か？」

「は、伯爵家？　無いです、ありません！」

「であろうな。その平凡な容姿、教養の無さ。どれを取っても我がヴィルベルとは似ても似つかぬ。…だが当代では誰も御し得なかったイムドゥグドを訓練無しで操縦した能力、損傷した機体を戦闘《コンバット》可能状態まで修復した魔力の高さは、魔神の血を受け継がなければありえぬことだ。おそらくお前は、どこぞの名門貴族が人間に手を付けて産ませた子なのだろう」


貴族は魔神の血を濃く保つため、必ず貴族の正室を娶る。だが正室だけでは満足出来ず、人間の使用人に手を付ける者は多い。

そうして使用人から子が生まれると、ほとんどの貴族は母親ごと子を追い出してしまう。輝かしい系譜に人間の子の名前を記すわけにはいかないという、身勝手極まりない理由で。

「…お前の母親も、お前を産んだ直後に追い出されてしまったのだろう。困り果てた母親はお前を捨てていった」

魔帝国では珍しくもない話だ、と切り捨てつつも、クロノゼラフの碧眼にはほのかな同情めいた光が宿っていた。王侯貴族なんて血も涙も無い奴らだと思っていたが、カイの出自を憐《あわ》れんでくれたのかもしれない。

しかし、肝心のカイは。

「何だ。お、…ワタクシ、ラッキーだったんですね」

「……何？」

「ワタクシ、馬鹿で粗忽者《そこつもの》だから、きっと窮屈な貴族の家は合わなかったと思うんです。拾ってくれた養父母はすごく優しいし、ハンスもゲルダも可愛い。捨てられたおかげで今の家族に出逢えた上、生き延びられたんだから、ラッキーでした」

破顔するカイが、虚勢を張っているのでも強がっているのでもないとわかったのだろう。

クロノゼラフはまた左胸に触れ、深い溜め息を吐く。禁欲的な口元を、かすかに緩めて。

……今、笑った？

思わず見開いた目の奥につきんと痛みが走り、小さな男の子の顔が浮かんだ。癖のある黒い髪と光の乱舞する碧眼の美しい少年が、嬉しそうに笑っている。

『…そなた今、面白いと言おうとしたであろう』

これは誰だ――いや、誰の記憶だ？　カイはこんな少年なんて知らない。会ったことも無いはずなのに、どうして目の前の男に重なる？

「そうか。…だが私は、お前はじゅうぶんに不運だと思うぞ」

――不運であったな。

目覚めた瞬間も、クロノゼラフはそう言っていたと思い出す。今のように笑みを浮かべてはいなかったけれど。

「お前は今日より私の麾下《きか》に入り、我が直属の部下としてイムドゥグドのパイロットを務めなければならないのだからな」

……庶民の俺がパイロットになるなんて冗談じゃない。なりたいと思ったことすら無い！

カイは湧《わ》き上がる怒りを堪え、可能な限り丁寧な言葉で言い募ったが、クロノゼラフには聞き届けてもらえなかった。

『パイロットの資格を持つ者は軍に入り、国防に尽くすのが義務だ』

どう訴えても、そう片付けられてしまうのだ。

『どうしても嫌だと言うのなら止めはしないが、お前が軍を出れば村の復興支援も止められるぞ』

そしてとどめにこれである。

軍がわざわざ山向こうの基地から村を救援に来てくれたと聞いた時、カイは内心驚いたのだ。

軍の指揮権を持つのは貴族である。貴族が人間の民を助けるために兵を出動させるなんて、ありえないと思っていたから。

実際、カイの予想は正しかった。カイは眠っている間、クロノゼラフによって勝手に彼の部下として軍に登録され、少尉などというご立派な階級まで頂いていたのだ。村が手厚い庇護を受けたのは、死神《グリムリーパー》級パイロットの故郷に対する特別措置だったのである。

もちろんクロノゼラフは、そうなることを見越した上でカイを部下に登録したのだろう。

恨みきれないのは、家族をひそかに基地へ連れ込み、会わせてくれたせいだ。

『兄ちゃん、兄ちゃん！』

『にいさま…、あいたかった…！』

不安そうな面持ちのハンスとゲルダは、カイが現れるなり抱き付いてきた。小さく温かい身体を抱きとめるカイを、養父母は涙を滲ませながらいたわってくれた。

『パイロットに選ばれたなんて誇らしいけれど、つらかったらいつでも帰ってくるのよ』

『そうだ。誰の血が流れていようと、お前は俺たちの家族なんだからな』

二人が本気で言ってくれているとわかるからこそ、カイは笑って胸を叩いた。

『大丈夫。こう見えて俺、けっこう才能あるみたいでさ。クロノゼラフ様も良くして下さるから、きっとやっていけると思うんだ』

それは決して、養父母を心配させないための嘘《うそ》ではなかった。本当に皇族かと疑ってしまうくらい、クロノゼラフは良い上官だったのだ。

『中型級《クロウ》以上のパイロットは士官学校を卒業していなければならないが、お前にそんな時間的余裕は無い。よって私が直接指導する』

傲然と宣言された時には幸運もついに尽きたかと

思ったが、すぐに理解した。クロノゼラフは彼なりに、カイを守ろうとしてくれているのだと。

「…おい。見ろよ、あれが…」

「人間のくせに…」

クロノゼラフの指示で戦闘機《テンペスタ》の格納庫へ向かっていると、廊下の前方から現れた兵士たちが陰湿な囁き声を交わすのが聞こえてきた。たぶん貴族の士官だろう。

今日に始まったことではない。十日前、カイが目を覚まし、クロノゼラフの部下として扱われ始めた頃から基地内の士官たちはカイに対する嫌悪を隠そうともしないのだ。

人間の下士官ならたくさん居るが、自分たちと同じ士官になったばかりか、死神《グリムリーパー》級のパイロットに選ばれたのは彼らにとって屈辱だったのだろう。

クロノゼラフが君臨する基地内でさえこの有り様なのだから、王都の士官学校に放り込まれたら、想像を絶するほどの虐めが待ち受けていたはずだ。それを考えたら陰口程度——。

「チッ……」

カイが天井から突如降ってきた水をすっと避けると、忌々《いまいま》しそうに舌打ちしながら金髪の士官が追い抜いていった。

何も無いところに自然現象を発生させる…魔法だ。初めて見た時には驚いたが、今は『それ、畑で大々的にやってくれれば、水汲みしなくて良くなるからラッキーなんだけどなあ』と思う程度である。

——今のように、陰口では済まないこともたまにある。けれど村でさんざんハンスや悪ガキ連中のお守りをさせられた身としては、クロノゼラフにはばかり、傷は負わせないよう水を浴びせたり足を引っかけて転ばせたりする程度のお上品な嫌がらせなどそよ風のようなものだ。

……俺もいつか、あんなこと出来るようになるのかな?

窓の前で立ち止まり、磨き抜かれた硝子《ガラス》に全身を映してみる。平凡な顔立ちに、普通は貴族しか許されない士官の制服は我ながら似合っていない。

士官は皆貴族だから、魔力に応じた魔法の使い方を士官学校で学んでいる。

名門貴族の落胤《らくいん》だというカイも、いずれクロノゼラフから教えてもらうことになるのだろうが、魔法をさっそうと使いこなす自分なんて想像も出来なかった。自分の中にもあるという魔力の存在を、まるで感じ取れないから。

……クロノゼラフ様はそのうち必ず感じ取れるようになる、って言ってたけど……。

はあ、と息を吐き、カイは重い足を格納庫へ向ける。基地の構造については、初日にみっちり教え込まれた。生死に関わると言われ、必死に覚えたのだ。

カイたちが『山向こうの基地』と適当に呼んでいたこの基地の正式名称は、『魔帝国軍北面師団第一旅団駐屯地』。カイが何度も舌を噛みそうになっているのを見て、クロノゼラフは『…基地でいい』と渋面で許してくれたが。

基地はかのネルガ魔王国との国境線に位置しており、ネルガが攻め込んできた際は最前線となる重要拠点だそうだ。そのためクロノゼラフというたった一人の死神級《グリムリーパー》パイロットを筆頭に、国内の戦闘機《テンペスタ》部隊の五割をここに集中させている。

規模は数ある基地の中でも二番目に大きく、カイの村が十はゆうに入るほどの面積を誇る。農作業で鍛えられているカイさえ、クロノゼラフに連れられて各施設を一周した時には疲労を覚えたほどだ。今後、自分と関係の無い施設には基本的に立ち寄らなくていいと言われて心底ほっとした。

カイたちパイロットにとって、最もお世話になるのは格納庫である。戦闘機《テンペスタ》が羽を休めるそこには整備士や魔法術具師などの技術者たちが常駐し、日夜機体の整備と保管のために働いている。

「おっ、カイじゃねえか。俺様の実験に付き合う気になったか？」

独特の油の匂いが漂う空間に入っていくと、作業着をはだけた男が小型級《スパロウ》の翼から飛び降りてきた。

普通の人間なら足の骨を折りかねない高さだが、男は直前で風を起こし、ふわりと着地する。

おおざっぱなのに繊細な魔法制御は、高い教育を受けた貴族である証だ。もっとも小山のように筋肉の盛り上がった肉体や凶悪な面相は、貴族というよりは山賊を連想させるが。

「ダニエルさん、こんにちは。今日はクロノゼラフ様に呼ばれて来ました」

「くそ、なら付き合わせるわけにはいかねえか。でも後で絶対に寄れよ。イムドゥグドのご機嫌がどんなもんか、知りてえからな」

がしっとカイの肩を掴むダニエルは基地内の整備士を取り纏める責任者であり、れっきとした貴族でもある。

階級も軍歴もカイよりずっと高く、本来ならこんな気安い態度など許されないのだが、戦闘機《テンペスタ》に魅せられて入軍したという変わり種だけあって、堅苦しい礼儀や貴族の矜持《きょうじ》など歯牙《しが》にもかけない。たぶん頭の中は戦闘機《テンペスタ》一色なのだと思う。

『お前がイムドゥグドに戦闘させたって野郎だな⁉ どうやってあいつをその気にさせたのか、洗いざらい吐きやがれ！』

何せ引き合わされた瞬間、そう叫びながら血走った目で迫ってきたのだから。傍にはクロノゼラフが居たにもかかわらず。

甘やかされた貴族のお坊ちゃまなら引いてしまうかもしれないが、村育ちのカイにはこれくらいの方が心地よかった。

ダニエルもカイの肝《きも》の据わり具合を気に入ったらしく、何かと目にかけてくれている。貴族らしく長ったらしい家名や階級ではなく、名前で呼べと言い出したのもダニエルである。

……まあこの人の場合、本命はイムドゥグドなんだろうけどな。

アシュタル魔帝国の所有する死神《グリムリーパー》級戦闘機《テンペスタ》で、パイロットが存在するのはクロノゼラフのフレースヴェルグだけ。残る二機のうちの一機、イムドゥグドはこの格納庫で眠り続けていたのだ。ペリアスが無理やり飛び立たせるまでの間、ずっと。

フレースヴェルグの整備を任されていたダニエル

だが、叶うものならイムドゥグドが稼働するところを見たい、とひそかな野望を抱いていたそうだ。そこへカイが現れたのだから、がぜん燃え上がるのは当然…かもしれない。カイとしてはもう少し抑えて欲しいけれど。

名残惜しそうなダニエルと別れて格納庫の奥へ進む間、ほうぼうから視線が突き刺さってくるが、士官たちと違い好奇心ばかりなので気にはならなかった。ダニエルには及ばずとも、ここに居るのは皆戦闘機《テンペスタ》のために集められた技術者だ。パイロットには敬意を払う。

小型級《スパロウ》や中型級《クロウ》からは離れた、最重要区画のさらに奥。フレースヴェルグの巨大な機体の足元に佇《たたず》むクロノゼラフは、カイが声をかける前に振り返った。

「来たか」

半分開いた天井から差し込む陽光に照らされた長身は、不思議な素材で出来た黒のパイロットスーツを纏っていた。

錬金術で造り出されたという素材は麻や綿と違って伸縮性があり、身体にぴったり吸い付くので、同性でも惚れ惚れするほどのクロノゼラフの鍛えられた体格がくっきり描き出されている。

「でん、……クロノゼラフ様。待たせてすみません」

「構わん。私も今戻ったところだ」

士官たちには『無礼な』と罵《ののし》られる言葉遣いに、クロノゼラフは眉一つ動かさない。本来なら同格の者にしか許されない名前を呼ばれても憤るどころか、どことなく嬉しそうな気配が滲み出る。

『そのうち覚えてもらわなければならぬが、慣れるまでは普段の言葉遣いで構わない。私のことも名前で呼べ』

そう申し出たのはクロノゼラフなので当然といえば当然なのだが、破格の扱いであることはさすがのカイも理解していた。

死神《グリムリーパー》級パイロットであり、この基地における総司令官でもあるクロノゼラフは全隊員の憧憬の的だ。ぽっと出の人間など、普通は近付くことすら許されない。

……それだけ、同じ死神級《グリムリーパー》のパイロットが増えて嬉しいのかな？

たった一人だけだったのが二人に増えたのだ。カイがクロノゼラフだったら、やはり嬉しいと思うだろう。でも。

……もう一人、居たはずなんだよな。

ヴィルベル。フレースヴェルグ、イムドゥグドと並ぶ伝説の三魔獣の一体、フェニクスの心臓石を搭載した死神級《グリムリーパー》戦闘機《テンペスタ》のパイロット。クロノゼラフが『我が小鳥』と愛おしそうに呼ぶ人物と、カイはいまだに会ったことが無い。

フェニクスらしき機体も見かけていない。あれば必ずダニエルが言及したはずだから、ここには無いのだろう。

別の基地に配備されているのか？　それならヴィルベルについてカイに尋ねられ、ダニエルが『その名前は絶対口にするな。特に上飛将閣下の前ではな』と真顔で忠告などしないはずだ。

「…それで、私の居ない間、言い付けておいた課題はこなしていたか？」

革手袋を外したクロノゼラフが大きめの手巾で汗を拭う。毎日六回、フレースヴェルグを駆って基地周辺の領空を哨戒しているのだ。

ペリアスにつられたネルガ軍が大編成で侵入してきたばかりだから…ではない。もう十八年以上続けられてきた日課なのだ。だからこそあの日、クロノゼラフはいち早く駆け付けられた。

「はい。朝食の後はずっと課題に取り組んでいました」

「部屋からは出なかったであろうな？」

「もちろんです」

即答するカイに、クロノゼラフはふっと眉間の皺を緩めた。

「よろしい。では、手を」

差し出された手は皇族に相応しく白いが、ごつごつと節ばっており、長い軍歴を物語る。

「……は、はい」

恐る恐る己の手をクロノゼラフのそれに重ねる。

こっそり見上げたはずなのに碧眼と目が合ってしまい、カイは慌ててまぶたを閉ざした。

……やっぱり、信じられないよなあ。このきらきらした人が父さんより年上だなんて。

てっきり二十代の半ばくらいだと思っていたのに、今年で四十六歳だと教えられた時には腰を抜かしそうになった。カイの村では孫が居てもおかしくない歳だ。

クロノゼラフによれば、魔神の血は魔力と身体能力を高めるだけではなく、老化を遅くする効果もあるのだという。

といってもクロノゼラフのように肉体の全盛期で老化が止まるのはまれで、たいていの王侯貴族は実年齢より数歳若く見える程度だそうだ。

もしかして自分もそのうち歳を取るのが遅くなったりするのだろうか、と呑気に考えていられたのは短い間だった。重なった手から熱いものが流れ込んでくる。

「……っ、あ、……」

身体の中を冷たい手に撫で回されているような感覚と、熱い炎に肌を焼かれるような感覚がせめぎ合う。クロノゼラフの指導が始まって以来、毎日行われていることなのに、何度やられても慣れない。

「集中しろ」

身じろいだとたん、低い叱責が飛んできた。…そうだ、集中しなくては。多忙なクロノゼラフがカイのために時間を割いてくれているのだから。

クロノゼラフいわく、魔力とは三つ目の瞳のようなものだという。

王侯貴族は生まれてすぐその使い方を学ぶが、カイはずっとまぶたを閉ざし続けてきた。イムドゥグドに吸われたことによってこじ開けられても、放っておけばいずれまた閉じてしまう。

そこでクロノゼラフには読み書きに加え、己の中に眠る魔力を呼び覚ますことを課題として命じられた。一人では難しいので、クロノゼラフが協力してくれている。

クロノゼラフの魔力をカイに流し込み、その刺激で魔力の瞳を開かせるのだ。やがて開くことに慣れれば、自力で開いたままになるとクロノゼラフは言っていたが…。

「う、うぅ……」

流れ込む魔力が止まるなり、足元がふらついた。クロノゼラフが支えてくれなかったら、床に倒れ込んでしまったかもしれない。

……これ、慣れる日、来るのかな……？

いや、慣れるんだと己を叱咤する。いずれカイはイムドゥグドを操縦し、大空で戦わなくてはならないのだ。カイが使い物にならなかったら、村への支援は打ち切られてしまう。

「…ふむ。反応する魔力が多くなってきているな」

決して華奢《きゃしゃ》ではないカイの体重を軽々と支え、クロノゼラフが呟いた。汗を吸ったパイロットスーツから漂う匂いが、初めて嗅いだ時から懐かしく感じるのは何故だろう。

「ほ…、本当、ですか？」

「偽りを述べる必要などあるまい。少しずつだが着実に増加している。この分なら、そろそろイムドゥグドに乗り込んでみてもいいだろう」

思わぬ評価に、全身の熱とけだるさが吹き飛んだ。まだ魔力をろくに扱えないのに近付くのは危険だと、初日以来イムドゥグドへの接近は禁じられていたのだ。

「死神級《グリムリーパー》に乗れるのが嬉しいか？」

クロノゼラフが形の良い眉を皮肉っぽくゆがめる。

死神級《グリムリーパー》は意志を持つ機体だ。かつて魔神とも戦った伝説の三魔獣に受け容れられることは、全貴族の夢であり誉れである。士官たちが自分を目の仇にするのも無理は無い、と今ならわかるのだが。

「そうですね、イムドゥグドに会えるのは嬉しいです」

「…会えることが、か？」

「だって、あいつのおかげで村は助かったんですよね？　なのに、お礼の一言も言えてませんでしたから」

養父母はあれで礼儀には厳しかったから、助けて

もらったのにお礼すら告げていない状況は落ち着かず、尻がむずむずするのだ。

「…お前はまるで、イムドゥグドを友か何かのように語るのだな」

「友…うーん、どうなんでしょう。めちゃくちゃ図体でかいし、偉そうだし、雷どんどん落とすし、あんまり友達にはなりたくないから…恩人、ですかね」

　ダニエルあたりが居合わせたなら、図体でかいとか偉そうとか、そういうことじゃないだろう…と頭を抱えたに違いない。

　だがあいにく上級パイロットと整備士のみが立ち入りを許されたこの区画に近付く者は居らず、クロノゼラフの碧眼が大きく瞠《みは》られ、狂おしい光を乱舞させながら眇《すが》められたことに気付いた者も居なかった。

「ならば、存分に礼でも告げるといい」

　クロノゼラフは柱に埋め込まれている長方形の小さな箱を手の甲で叩いた。

　すると箱のふたがしゅっと上に滑り、小さな穴がたくさん空いた丸い装置が現れる。イムドゥグドの操縦室《コクピット》にもあったのと同じ装置は無線といって、離れた場所に居る相手と通話が出来る魔法をかけられた魔法術具だそうだ。戦闘機《テンペスタ》にも搭載され、パイロット同士や地上軍との意思疎通に役立てられている。

「イムドゥグドを上げろ」

　クロノゼラフの短い命令に、『承知しました』と無線越しに返答したのはダニエルだろう。ゴゴゴと唸り声を上げ、フレースヴェルグの隣に広く空けられていた床が二つに割れていく。

「相変わらず、でっかい…」

　割れた床下からせり上がってきた巨大な機体を見上げ、カイは呟いた。

　小型級《スパロウ》や中型級《クロウ》ならダニエルたちが整備しているところを何度も見たし、ペリアスが乗っていたという大型級《イーグル》のマンティコアも特別に見せてもらった。

　どれも畑からぼんやり見上げていた時よりはるかに大きく、マンティコアにいたっては家が動いているようだった。ダニエルによればマンティコアとは、獅子の肉体に蠍《さそり》の尾、蝙蝠《こうもり》の翼を持つ人面獣だそうだ。人の世に残された数少ない上級魔獣で、討伐のために千人以上の兵が犠牲になったという。

その心臓石を搭載したマンティコアは、在りし日を彷彿《ほうふつ》とさせる妖気さえ感じる機体だった。生きたマンティコアが機甲を纏い、現れたのではないかと思ったくらいだ。

これほどの機体のパイロットとして認められながら、どうして罪を犯してまでイムドゥグドを求めたのかと不思議でならなかった。

でも今、一流の整備班によって隅から隅まで磨き上げられたイムドゥグドの偉容を見せ付けられると、ペリアスの気持ちがほんの少しだけわかってしまう。

イムドゥグドは獅子の頭に大鷲の肉体を持ち、天候を自在に操るため、いにしえの時代には神そのものとして崇められた魔獣だ。その絶大な魔力の一端はカイも目の当たりにしたが、肉体を失い心臓石だけの存在になっても、生きる者に本能的な恐怖を抱かせる霊威は大鷲をかたどった両翼から溢れ出ている。マンティコアと並べば、どちらが強者かは一目《いちもく》瞭然《りようぜん》だ。

「乗ってみろ」

クロノゼラフに促され、カイは戸惑った。山で発見した時には両翼が折れ、地面にめり込むように墜落していたから胴体の穴から操縦室《コクピット》に入れたが、完全に修復されたイムドゥグドは鷲の鉤爪《かぎづめ》の生えた両脚をきちんと揃えるようにして停まっているため、胴体がカイの身長より高い位置にあるのだ。

梯子《はしご》らしきものも見当たらない。どうしようと迷っていたら、後方がにわかに騒がしくなった。見れば、ダニエルや整備士たちが入り口に詰めかけている。

「しょ…っ、少飛将閣下、止まって下さい!」

「それ以上の侵入は反抗と看做されます、どうか!」

「…ええい、うるさい!」

怒声が響き、整備士たちは吹き飛ばされた。ダニエルもだ。

取り縋《すが》ろうとするダニエルを、侵入者は軍靴で忌々しそうに踏み付けた。

「俺はマンティコアのパイロット、次期ハウセンテ侯爵だぞ！　貴様らごときに止められる謂《いわ》れは無い！」

「あっ……」

思わず声を上げてしまった。マンティコアのパイロットということはペリアスだ。イムドゥグドの中ではずっと気絶していたので、まともに姿を見るのは初めてである。

クロノゼラフの従兄弟だけあって、なかなか整った顔立ちの男だった。見た目は三十路の始めくらいだが、たぶん魔神の血の恩恵で、実年齢はクロノゼラフとそう変わらないのだろう。

「……貴様っ！」

血走った目がカイの姿を捉える。

次の瞬間、ペリアスの姿はカイの目と鼻の先まで迫っていた。魔法で風を操り、爆発的に加速したのだと理解したのは、ペリアスが拳を振り上げた後だ。

……避けられない！


カイはぎゅっとまぶたをつむったが、覚悟した衝撃はいつまで経っても襲ってこなかった。恐る恐る開いた目に、パイロットスーツに包まれた広い背中が映る。

「――どういうつもりだ、ペリアス」

あのダニエルさえ簡単に吹き飛ばしたペリアスの腕を、クロノゼラフがひねり上げていた。碧眼の奥にはぎらついた光が乱舞していると、全身から発散される怒りの波動が教えてくれる。

「お前には部屋で謹慎を命じておいたはずだ。何故こんなところに来た」

いつもよりさらに低く殺気のこもった詰問《きつもん》に、カイは震え上がった。

ペリアスも激痛と恐怖に怯みかけたが、イムドゥグドを一瞥《いちべつ》し、怒声を張り上げる。

「…私のイムドゥグドが汚らわしい人間に与えられると聞いたからだ！　そのような暴挙、パイロットとしても皇族の血を継ぐ者としても看過するわけにはいかぬ！」

「……っ…」

お前は馬鹿か、と詰《なじ》ってやりたかった。

イムドゥグドはペリアスのものではないし、そもそもペリアスが身勝手な真似をしなければ村は危機に陥らずに済んだのだ。カイがこうしてパイロットに迎えられることも無かっただろう。

「汚らわしい人間？」

クロノゼラフが呟くと、白い手に掴まれた部分からペリアスの腕に氷の蔦《つた》が這《は》っていった。蔦はみるまにペリアスの全身を覆い、締め上げる。

「ぐ…っ、あ……」

「それは誰のことだ。答えよ」

勲章で飾り立てられたペリアスの軍服を突き破り、心臓の真上で動きを止める氷の蔦は、クロノゼラフの感情をそのまま表している。

「っ…、決まっているだろう。そこでみっともなく震えている、薄汚い人間のことだ…っ…！」

ペリアスが叫んだ瞬間、クロノゼラフはペリアスの顎に拳をめり込ませた。

ごきゅ、と骨の軋《きし》む嫌な音と共にペリアスの身体は高々と打ち上げられ、天井にぶつかって急激に落下する。

「あ、危ない…っ！」

あの高さから落ちたら、いくら貴族のパイロットでも命が危険だ。

とっさに飛び出そうとしたカイを、クロノゼラフはすっと伸ばした腕で制止した。落ちてくるペリアスの身体を、ボール遊びか何かのように蹴り上げながら。

「……ぐはぁっ！」

ペリアスは再び宙に浮かび、今度こそ床に叩き付けられた。血を吐き、のたうち回る程度の怪我で済んだのは、皮肉にもクロノゼラフが途中で落下を止めてくれたおかげだ。

「痛いか？」

「がぁっ⁉」

悶絶《もんぜつ》するペリアスの胸を、クロノゼラフはブーツで踏み付けた。ぐりぐりと容赦無く踏みにじられ、ペリアスは血の混じった吐しゃ物をぶちまける。

「そうか、痛いか」

「…ぐ、…ぅ、あ、あ……」

「そうやって醜態をのうのうとさらしていられるのは、貴様が蔑《さげす》んだ人間がイムドゥグドでネルガ軍を撃退したからだ。貴様はカイに額を擦り付けて感謝しこそすれ、暴言を叩く権利など無い」

ごきっ、と不吉な音が響いた。たぶんペリアスのあばら骨が折れたのだ。

目の前で振るわれる一方的な暴力を、誰も止めない。…止められない。

……これが、魔神の血の力……。

カイはひとりでに震える身体を抱き締めた。

ペリアスが突進してきた時、今の自分では絶対に勝てないと悟った。そのペリアスを、クロノゼラフは反抗すら許さず蹂躙している。

「わかったらカイに謝罪し、営倉で軍法会議を待て。この件は皇宮にも報告する」

頼むから従ってくれと、カイは心からペリアスに願った。自分に対する謝罪なんてどうでもいいが、従わなければきっとさらに酷いことになる。

しかし、願いは通じなかった。

「…誰が…、人間ごときに謝罪するか…！　クロノゼラフ、貴様はやはり狂っている。大罪人のヴィルベルばかりか、人間まで庇うなど…！」

ペリアスはぺっと血痰《けったん》を吐き、クロノゼラフを睨み付けたのだ。

張り詰めていた空気が一瞬で凍り付いた。

「…あのクソ坊ちゃん、よりによってこんな時に禁句を…」

ダニエルがらしくもなく青ざめる。

……禁句？　ヴィルベルのことか？

疑問をぶつける暇は無かった。

「……貴様ごときが」

呟いたクロノゼラフの碧眼から、つかの間、一切の感情が抜け落ちる。

直後にぶわりと爆発したのは――怒りの炎だ。近付く者全てを焼き尽くすほどの。

「我が小鳥を、……愚弄《ぐろう》するな！」

雷が落ちたのかと思った。実際に巻き起こったのは風…いや、暴風だ。頑丈な格納庫の骨組を軋ませるほどの暴風がクロノゼラフを中心に荒れ狂う。ネルガ軍の増援が無数の風の刃に切り刻まれた時と同じように。

……駄目だ……！

猛烈な拒否感が腹の奥底から突き上げた。

…見たくない。クロノゼラフがペリアスを切り刻むところなんて。ペリアスのせいで、クロノゼラフが責任を追及されるところなんて。

でも魔力すら満足に操れない今のカイでは、怒れるクロノゼラフを止められない。さまよわせた視線がイムドゥグドを捉える。

伝説の三魔獣の心臓石を搭載し、敵機の群れを一撃で撃ち落とした死神《グリムリーパー》級戦闘機《テンペスタ》。彼ならきっと——

——。

カイがイムドゥグドの側面に回り込むと、胴体部分に半円形のアーチを描く穴が空いた。操縦室《コクピット》から見えない手が伸び、カイを内部へ招き入れると、アーチ型の穴はひとりでにふさがる。

カイはシートに座り、操縦桿を握った。

——パイロットの魔力を認証。

低いシステム音声が響き、メイン操作卓《コンソール》の計器類に光が灯った。戦闘機《テンペスタ》の知識を学び始めたばかりのカイには意味不明な装置ばかりだが、どうすればいいのかはわかっている。

「…イムドゥグド。俺の声が聞こえるか？」

ややあって、システム音声とは違う低く寂びた声が聞こえてきた。

——聞こえるとも。久しいな、パイロットよ。

「良かった。…遅くなったけど、この間はありがとう。お前のおかげで村の皆が助かったよ」

少し間が空いたのは、面食らったのだろうか。

く、くく、と噛み殺しそこねた笑い声が聞こえるたび、計器の光がちかちかと点滅する。

——構わぬ。久々に暴れられて、吾《われ》も爽快であった。

「その…、それで、またお願いがあるんだけど…」

——あのフレースヴェルグのパイロットを、止めよと言うのだな？

「…み、見えるのか？」

操縦席を覆う透明な円蓋《キャノピー》からは、暴風を巻き起こすクロノゼラフと逃げ出そうとするペリアスが見下ろせる。だが心臓石だけの状態のイムドゥグドに、視覚など無いはずなのに。

——吾を誰だと思うておる？　まあ任せよ。

獅子の頭が牙を覗かせ、にやりと嗤《わら》う姿が思い浮かんだ。操縦桿を通じ、カイの魔力がイムドゥグドに流れ込んでいく。

——グオオオオオオオオオオッ！

獅子の咆哮に似たエンジン音がとどろいた。

これにはクロノゼラフもはっとしてこちらを見上げる。碧眼の奥に乱舞する光が、不思議とはっきり見えた。驚愕にゆがんだ唇が何かを呟くのも。

「……『ヴィルベル』？」

カイがクロノゼラフの唇を読むのと、円蓋《キャノピー》の外で雷光が弾けるのは同時だった。嵐の王が放った雷光はクロノゼラフとペリアスだけを正確に捉え、四肢を麻痺《まひ》させる。

ペリアスは…ずたぼろだが、どうやら無事らしい。倒れたクロノゼラフとペリアスにダニエルたちがわっと駆け寄っていく。

「……ラッキー、だったな……」

カイは操縦桿を握ったまま、ぐったりと操作卓《コンソール》に倒れ込んだ。

『…おお魔神アシュタルトよ、我が愛しき小鳥を救いたまえ…』

『……お前、何やってるの？』

ふと目が覚めたら親友が窓辺にひざまずき、組んだ手を高々と掲げて祈りを捧げていたので、ヴィルベルは真顔で尋ねてしまった。窓辺には彼が持ち込んだのだろう見舞いの山が、祭壇のごとくこんもりと盛り上がっている。

『……ヴィルベル！　我が小鳥！』

クロノゼラフはぱっと碧眼を輝かせ、ヴィルベルの横たわるベッドに風魔法の加速付きで駆け寄った。毛布から出たヴィルベルの手をそっと取り、頬を擦り寄せる。

『…良かった…、もう二度と目を覚まさないかと思ったぞ…』

『風邪引いて寝てただけなのに…？』

『ただの風邪でも、か弱いそなたには命取りになりかねぬ。手もまだこんなに熱くて…可哀想に。叶うなら私が代わってやりたい…』

……こいつ、変わったよなあ。いや、そのまんまなのかな？

されるがまま手を差し出しながら、ヴィルベルはしげしげとクロノゼラフを観察する。

出逢いから十年。十七歳になったクロノゼラフは、かつての予想通りとんでもない美形に成長していた。

数年前まではまだ美少女と見紛うばかりだったのに、成長期に入ったとたん魔神の血が本気を出したのか、均整の取れた長身と貴婦人たちの目を釘付けにする美貌を手に入れたのだ。頭一つ以上身長差をつけられた挙げ句、顔立ちも男らしさとは無縁に育ってしまったヴィルベルとしては、魔神に一言もの申したいところである。

さなぎから蝶《ちょう》へ変身したかのようなクロノゼラフだが、たった一つ変わらなかったのがヴィルベルを見る目だ。

何故かわからないが、この完璧皇子様はヴィルベルがちょっとでも強い風に当たれば死んでしまうか弱い金糸雀《カナリヤ》か何かだと思い込んでいる。

出逢った頃…六歳のヴィルベルは、儚《はかな》い雰囲気を漂わせていたかもしれない。だが十六歳になった今はクロノゼラフに遠く及ばずとも成長し、か弱さや幼さには別れを告げたのだから、『我が小鳥』はやめて欲しい。

ヴィルベルはごく普通の貴族の少年だ。いや、普通よりだいぶ図太い自信がある。

伯爵夫人たる母が亡くなってから増長した異母兄たちに嫌がらせをされようと、事なかれ主義の父親が見て見ぬふりを決め込もうとまるで堪えないし、風呂上がりには冷たいジュースを飲みながら素っ裸のまま平気で歩き回るし、菓子や果物と同じくらい肉の塊が好きだし、同じ服を何日着ていても気にならない。どこに小鳥要素があるのか。

そんなヴィルベルのあられもない姿を、クロノゼラフはしっかり見てきているはずである。何せ遊び相手として毎日のように皇宮へ上がり、『自宅のようにくつろぐがいい』という寛大なお言葉に甘え倒していたのだから。

その結果、第二皇子殿下を呼び捨てにし、敬うどころかごく普通の友人扱いする伯爵令息が誕生したのだが、クロノゼラフは相も変わらずヴィルベルを『我が小鳥』と愛で続ける。おかげで『金糸雀の君』などという屈辱的なあだ名を頂戴してしまった。

……魔神の血が濃すぎると、視力に悪影響が出るのかな？

ヴィルベルも同じ魔瞳持ちだが、視力は常人よりはるかに高く、動くものを見極める能力も高いので異母兄たちの嫌がらせをかわすのに役立ってくれている。

皇族の魔瞳とは違うのだろうかとぼんやり考えていたら、硝子の器に品良く盛られたアイスクリームを差し出された。ウエハースと桜桃《さくらんぼ》も添えられている。

『わあっ…！　これ、食べていいの？』

大好物の登場に、ヴィルベルの気分は急上昇した。蜂蜜色の瞳の奥では、金色の光が舞い飛んでいるだろう。

『もちろん。そなたのためにこしらえたのだから』

お許しが出たので、ヴィルベルはさっそく硝子の器を受け取った。まごまごしていたら、皆の憧れの皇子様に『はい、あーん』と一匙《ひとさじ》ずつ食べさせられるという苦行を押し付けられてしまう。

『美味しい…！』

熱っぽい身体に冷たさと甘さが染み渡り、自然と笑顔になる。

たっぷりの牛乳と卵と砂糖を使って作るアイスク

リームは贅沢な氷菓子だ。凍らせるには大量の氷が必要だが、アシュタル魔帝国では北方の氷山から切り出されてくる氷を購《あがな》わなければならないため、上級貴族や皇族くらいしか手に入らない。

しかし魔法の中でも特に難しく、膨大な魔力と繊細な魔力操作を必要とする氷魔法を習得したクロノゼラフなら、アイスクリームの製作などたやすいことだ。

皇宮で出されたデザートのアイスクリームをヴィルベルが蕩けそうな顔で食べていたから、好きな時に食べさせてやりたいと思って氷魔法をものにしたと真顔で言われた時にはどうしようかと思ったが。

『お代わりは…』

『あるぞ』

あっという間に食べ終わり、ちらっと窺《うかが》えば、クロノゼラフは新しいアイスクリームの器を出してくれる。いつものクロノゼラフなら、一度にたくさん食べたらお腹を壊すだろうと母親のようなことを言って絶対に許してくれないのだが。


『やった、ラッキー！　風邪引いた甲斐があった』

『またそなたは、そのようなことを言って…』

クロノゼラフの唇が皮肉にゆがんだ。

その唇に一度でいいから口付けられたい、と熱望する貴婦人は数えきれないが、ヴィルベルは別の意味でどきりとする。親友がこういう顔をする時には、たいていお説教が待っているからだ。

『風邪などではない。あの女狐《めぎつね》の仕業であろう』

『違……』

『私を欺《あざむ》けると思うなよ。…そなたのかぐわしい身体から、わずかだがあの女狐の気配がする』

クロノゼラフが女狐と忌々しそうに呼ぶのは、異母兄ローデリヒの生母…ヴィルベルの継母だ。かつては跡継ぎを儲けるために迎えられた側室だったが、三年前にヴィルベルの母親が亡くなると、待ちかねたとばかりに正妻の座に納まった。

継母は我が子が次期伯爵になることを渇望《かつぼう》しているが、異母兄ローデリヒは三十一歳になる今でも後継者に指名されず、妻も迎えていない。父の伯爵が迷っているせいだ。ローデリヒとヴィルベルのどちらが己の跡継ぎに相応しいのか。

　ヴィルベルとしてはさっさと異母兄を後継者に指名して欲しい。伯爵の座に何の興味も無いからだ。だが持って生まれた濃い魔神の血の証である魔瞳と、クロノゼラフの唯一の友という立場が邪魔をする。

　皇后と皇太子に忌み嫌われ、爪弾きにされていた第二皇子は一年前、士官学校へ入学した。魔瞳持ちは士官学校への入学が義務なので、ヴィルベルも近いうち通うことになっている。

　クロノゼラフは入学直後に死神《グリムリーパー》級戦闘機《テンペスタ》フレースヴェルグのパイロットに選ばれ、一躍時の人となった。クロノゼラフの存在を無視していた高位貴族たちは慌てて息子や娘を学友、婚約者候補として送り込んだが、クロノゼラフは虫がいいと全てを拒絶した。

　そうなると注目されるのはヴィルベルだ。クロノゼラフに住まいである離宮への出入りを許され、『我が小鳥』と微笑みかけられる唯一の存在。

　上位貴族たちは少しでもクロノゼラフに近付こうと、ヴィルベルに贈り物や見合いの釣り書きを山ほど送って寄越すようになった。父の命令でたまに夜会へ顔を出せば、人垣に取り囲まれ身動きが取れなくなってしまう。

　帝位を継がなくとも、フレースヴェルグに選ばれたクロノゼラフがいずれ英雄になるのは確実である。英雄の友であるヴィルベルこそ伯爵家の後継者になるべきだ。

　亡き母の実家を中心にそう主張する者は多く、さりとて後継者を産むために迎えた継母を蔑《ないがし》ろにするわけにもいかず、父伯爵は両者の板挟み状態だ。

　ヴィルベルさえ居なくなれば。継母がそう思い詰めるのも無理の無いことだった。正妻となって奥向きを支配したのをきっかけに、ヴィルベルへ悪意の牙を剝いたのも。

　湯浴みの湯を冷水に替えたり、食事に毒を盛ったり、ヴィルベルが亡き母から受け継いだ薔薇園《ばらえん》に毒草を植えたりと、一つ一つはささいなことだ。毒は致死量ではなかったし、毒草も身体が痺れる程度の毒しか含んでいなかった。

だが積み重なっていけば、いかに魔神の血を濃く受け継いだ身体でも痛手を負う。一昨日の夕食ではメインの肉料理に嫌な予感を覚え、残したのだが、就寝前に香草茶を飲んだとたんめまいがして倒れてしまった。毒を回避し、安堵した隙を突いたのだろう。

継母はヴィルベルが風邪をこじらせたと主張し、医師も呼ばず部屋に閉じ込めた。昔からヴィルベルに良くしてくれていたメイドたちは母の死亡と同時に追い出されてしまったから、継母に歯向かう使用人は居ない。唯一継母を諌《いさ》められる父は領地に戻っていて留守だ。

……それでも、ラッキーだと思ったんだよなあ。

たぶん継母は父の留守中にヴィルベルを死なせるか、最悪でも寝たきりの状態に追い込むつもりだったのだろう。毒はいつもの数倍強かった。

けれどヴィルベルの中に流れる魔神の血がほとんどを中和してくれたし、それに。


『…俺が寝込んだって聞いたら、お前が絶対に来てくれると思ったから』

『ヴィルベル…』

『お前なら何があっても助けてくれて、アイスクリームも食べさせてくれるだろう？　だから…』

『…らっきー、などと言うな』

碧眼が悔しげに眇められた。

知識、教養、美貌、鋼のごとき肉体。この十年で多くのものを得たクロノゼラフだが、俗な言葉遣いだけは身に付かなかったようだ。

『そなたは優しすぎる。そもそも正統なる嫡子であるそなたが、女狐とその息子に配慮してやる必要など無いのだ。早々に追い出せ。何なら伯爵も一緒にな』

『父上も？』

『そなたを守れぬ男に伯爵の位など不相応だろう。自決用の短剣だけを持たせ、南の果ての砂漠にでも放り出してやればいい』

クロノゼラフ以外なら『冗談を言うな』と笑い飛

ばせるが、皇帝の第二皇子はそれを現実に出来るだけの権力を持っている。

　フレースヴェルグに選ばれたことでますます皇帝コンスタンティンの寵愛《ちょうあい》が深まっているクロノゼラフだ。皇帝に願えば、さほど有力でもない伯爵一人、簡単に処断出来るだろうが…。

『…あんなのでも父親なんだ。異母兄上《あにうえ》も継母上《ははうえ》も、死んで欲しいとまでは思わない』

『あちらはそなたを殺そうとしたのに？』

『もとはといえば、俺が生まれたせいだから。母上が亡くなったのも、病弱なのに無理をして俺を産んだせいだ。…俺さえ生まれなければ、今頃…』

　震えるヴィルベルの唇を白い手がふさいだ。

　じっと見詰めてくる碧眼の奥に、狂おしい光が乱舞している。

『それ以上言うことは許さぬ。いくら我が小鳥でもな』

『…っ…、……』

『そなたと出逢えたことが、我が人生において最大のらっきーだ。そなた無くして私の心に平安は訪れぬ。我が愛しき小鳥よ…』

　クロノゼラフはそっと手を引き、溶けたアイスクリームが付着した指先を舐めた。ちらりと覗いた舌の紅さと流し目の艶やかさに、心臓がどきんと跳ね上がる。

『心優しいそなたがそう申すであろうことは薄々察していた。…ならばだ、ヴィルベル。今日より私の離宮に居を移し、私と共に士官学校に通え』

『……えっ？』

　きょとんとするヴィルベルの前で、クロノゼラフは掌を打ち鳴らした。すると皇宮のお仕着せを纏った使用人たちが次々と入ってきて、家具を運び出していくではないか。

『ひとまずこの部屋にあるものは全て運ぶとして、他に何か持ち出したいものはあるか？　庭師も連れてきたから、そなたの母君の薔薇園もそのまま離宮に移せるぞ』

『な、なな、なんで…』

『うん？　小鳥には羽を休める止まり木が必要であろう？　むろんそなたの指を傷付ける不埒《ふらち》な棘《とげ》は全て取らせるが』

『そうじゃなくて、何で俺が離宮に引っ越すことになってるの⁉』

　ヴィルベルがうろたえる間にも、やたら手際のいい使用人たちによって家具はどんどん運ばれていく。残っているのはクロノゼラフが腰かけた椅子と、ヴィルベルのベッドくらいだ。

『…逆に問うが、私がこれ以上愛しい小鳥を傷付けられることを許すと思うのか？』

　碧眼の奥の光がぎらつきを増した。

『そなたがここに留まる限り、あの女狐は何度でも害そうとするだろう。それでも生かしておいてやりたいのなら、距離を取るしかない』

『クロノゼラフ…、でも…』

『文句は言わせぬ。アルディナート伯爵にも女狐にもその息子にも、…そなたにもな』

　帝王のごとく宣言するクロノゼラフの足元に、使用人に指示を出していた侍従がひざまずいた。

　初めて皇宮に上がった時から世話になっている侍従は、いたましげな、それでいて気の毒そうな眼差しをヴィルベルに投げかけてくる。

『全ての荷を積み込みました、殿下。薔薇園の薔薇も回収が完了しております』

『そうか。…では、行くぞ』

　言うが早いか、クロノゼラフはヴィルベルをベッドから抱き上げた。一瞬感じた寒さは、クロノゼラフの高い体温がすぐに打ち消してくれる。

　クロノゼラフが向かったのは扉ではなく窓だった。魔法で風を起こし、開いた窓からひらりと身を躍らせる。

『……っ…！』

　ヴィルベルの部屋は二階だ。とっさに目をつむったが、クロノゼラフは風魔法を絶妙に制御し、一切の衝撃も無く庭に着地した。

　玄関の外には『竜と毒蛇』の紋章が刻まれた四頭立ての馬車が待ち受け、その後ろに荷馬車が何台も連なっている。

『…殿下⁉　これはいったい何事ですか』

右往左往していた異母兄ローデリヒが駆け寄ってきた。クロノゼラフのことだから先触れも寄越さず、挨拶《あいさつ》も無しにヴィルベルのもとへ乗り込んできたに違いない。

『ヴィルベルは今日より我が手元に預かる。伯爵が戻ったらそう伝えおけ』

『そ…、そのようなご無体、いかに殿下でも許されませぬぞ』

『許さぬ？』

空気が凍り付いた。

比喩《ひゆ》ではなく本当に凍ったのだ。真冬よりも強い冷気がクロノゼラフから放たれ、氷の蔦と化してローデリヒに絡み付いていく。

『ひぃっ…』

『許さぬとは誰が許さぬのだ。貴様か？』

意志を持つ生き物のように、氷の蔦はぎりぎりとローデリヒの四肢を締め上げる。

『ならば止めてみよ。母親に頼るのではなく、己の力でな』

『ぐ…っ、う、ううぅっ…』

ローデリヒの顔色が一気に悪くなった。ヴィルベルに対する母親の所業がクロノゼラフにばれているのだと気付いたのだろう。時の人である第二皇子のお気に入りを害したと露見すれば、次期伯爵どころか伯爵家そのものを潰されかねない。

やがて氷の蔦が消え失せると、ローデリヒはばたりと地面に倒れ込んだ。

咳き込むローデリヒには一瞥もくれず、クロノゼラフはヴィルベルを抱え直す。

『見苦しいものを見せてしまったな。寒くはないか？』

『うん。…大丈夫』

ならば良かった、と微笑んでくれるクロノゼラフに心がほんのり温かくなった。

…ローデリヒはヴィルベルを心配し、クロノゼラフを止めようとしたわけではない。戻ってきた父伯爵と、ヴィルベルから事情を打ち明けられたクロノゼラフが伯爵家に鉄槌を下すかもしれないことを怖れているだけだ。

父とてローデリヒよりヴィルベルが可愛いのではない。亡き母の実家とクロノゼラフにはばかっているだけ。

ひんぱんに領地に戻るのは、継母とヴィルベルの板挟みになりたくないからだ。騒動の種になってばかりの息子など、いっそ生まれなければ良かったのにと思っているかもしれない。

何の打算も無しにヴィルベルを思ってくれるのはクロノゼラフだけだ。

『ヴィルベル…?』

魔神の恩寵を一身に受けた美貌が迫ってきて、ヴィルベルは緩みそうになった目元を慌てて引き締めた。こんなところで泣いたりしたら、クロノゼラフはローデリヒを邸ごと潰しかねない。

『ありがとう。…俺のために怒ってくれて』

『礼など要らぬ。そなたの怒りは我が怒り、そなたの悲しみは我が悲しみだ』

クロノゼラフは微笑み、侍従が開けた扉から馬車に乗り込んだ。

抱えたままだったヴィルベルを隣に座らせると、脱いだ上着をそっとかけてくれる。クロノゼラフのために極上の絹地で誂《あつら》えられたそれは、小柄なヴィルベルをすっぽり包んでなお余りある。

『離宮までは少しかかる。起こしてやるから眠っているといい』

クロノゼラフは寒くないようにと肩を抱き寄せ、寄りかからせてくれる。

碧眼の奥に親愛とは違う感情の炎を見い出したのは、いつ頃だっただろう。これ以上燃え上がらせてはならないと思ったのは…。

『…本当に良かったのか?』

寝ようとしたが、ずっと眠っていたせいで目が冴《さ》えてしまっている。まぶたを閉ざしたまま問えば、長く伸ばした金髪を撫でられた。母亡き後はクロノゼラフが切るなと懇願《こんがん》したせいで、切れずにいる。

『何がだ？』

『俺を離宮に住まわせることだよ。…だってその、お前が離宮に移ったのは、皇太子殿下のせいだろ？』

　クロノゼラフは一年前、皇宮の西端にある離宮へ移り住んだ。士官学校入学を期に独立した…というのは建前。本当の目的は、異母兄の皇太子レオポルトを避けるためである。

　二年前、レオポルトは皇太子の派閥の公爵家から皇太子妃リスティルを迎えた。未だ不安定な地盤を少しでも固めるためだ。魔神の血もなかなか濃い妖艶な美女で、完全なる政略結婚ながらもレオポルトは一目で夢中になったらしい。

　そして同時に、不安に陥った。自慢の美しい妃がクロノゼラフに心を奪われはしまいかと。リスティルは皇太子の派閥の令嬢だが、夫が忌み嫌うクロノゼラフにも義姉として親しげに振る舞うからだろう。

　辟易《へきえき》したクロノゼラフは、さらなる軋轢《あつれき》を避けるためにも離宮へ移ることにしたのだ。

　おかげでレオポルトはいったん落ち着いたのだが、異母弟がフレースヴェルグのパイロットに選ばれたことで妬心は再燃した。そこへ同じ魔瞳持ちのヴィルベルが加わったら、レオポルトをいっそう煽《あお》ってしまうのではないだろうか。

『離宮に移る前も、そなたはひんぱんに私のもとを訪れていた。今さらであろう』

『それはそうかもしれないけど…』

　成人前の子どもが遊ぶのと、士官学校に入学した貴族の子弟が交流するのとでは意味が違うのではないか。あの家から離れられたのは嬉しいが、クロノゼラフの負担にはなりたくない。

『離宮の主はこの私だ。異母兄上であろうと口出しは許さぬ。それに…』

　クロノゼラフがヴィルベルの耳朶に唇を寄せる。

『士官学校の生徒たちにも、前もって知らしめてやらねばならぬからな。我が小鳥が誰のものか……』

　熱い吐息に肩が跳ねそうになるのを、ヴィルベルはどうにか堪えた。

「カイ、大丈夫か？」

ぱっと開いた視界にダニエルの厳つい顔が飛び込んできて、一瞬、頭に白い霧がかかった。

……俺、何をしていたんだっけ？

誰かと話していたはずだ。極上の温もりに包まれ、頼りがいのある肩に寄りかかって。長い金髪を優しく梳かれながら。

……長い、金髪？

そっと胸のあたりを探った手は空を切った。…当たり前だ、洗うのにも農作業にも邪魔だから、髪は常に短く切り揃えている。

伸ばしたことは無いし、カイの髪は茶色だ。あんなに見事な金髪を持つのは貴族だけである。

「…おい、カイ。俺が見えるか？」

眉根を寄せたダニエルが大きな掌をかざし、ひらひらと振ってみせる。未だ残る霧を追い払い、カイは頷いた。

「はい、見えます」

「本当か？　二重に見えたり、頭が痛んだりもしないか？」

重ねて頷くと、はあーっ、とダニエルは息を吐いた。

「良かった…。軍医は異常無しと言っていたが、死神《グリムリーパー》級がパイロットに及ぼす影響についてはまだまだ未知数な部分が多いからな」

「…俺…、どうしちゃったんですか？　ここは…」

カイはきょろきょろとあたりを見回した。

造り付けの棚とテーブル、そしてカイが寝かされているベッドがあるだけの小さな部屋だ。枕元の小さな丸椅子に巨体のダニエルが無理やり座っているせいで、よけいに狭く感じる。

「ここは医療棟の個室だよ。お前はイムドゥグドに魔砲を撃たせた後、ぶっ倒れたんだ」

「ああ……」

ずきんと頭は痛んだが、おかげで少しずつ思い出してきた。怒れるクロノゼラフがペリアスを切り刻むのを止めたくて、イムドゥグドに願ったのだ。クロノゼラフを止めて欲しいと。

するとイムドゥグドは雷光を走らせ、クロノゼラフを麻痺させた…。

「あれ、魔砲だったんですか…」

「…お前、知らずにやってたのか？」

「知らずにも何も、クロノゼラフ様を止めて欲しいってお願いしたら、イムドゥグドがやってくれたんですけど」

「……何だって？」

ダニエルはあんぐりと口を開いていたが、やがて脚を組み、頬杖をついた。

「戦闘モード《コンバット》でもない戦闘機《テンペスタ》に、お願いするだけで魔砲を撃たせる…か。上飛将閣下が肩入れをなさるわけだな。お前は金糸雀の君に似すぎている」

「…それはヴィルベルという人のことですか？　クロノゼラフ様が『我が小鳥』と呼んでいる…」

直感のまま問うと、ダニエルは頬杖のまま分厚い唇をゆがめた。

「…そうだ。この基地、いや、この国では禁句になっているがな」

「前も『絶対に口にするな』と言っていましたよね。…もしかしてそれは、ヴィルベルさんが大罪人だからですか？」

――クロノゼラフ、貴様はやはり狂っている。大罪人のヴィルベルばかりか、人間まで庇うなど…！

確かペリアスはそう言っていたはずだ。

ダニエルは頬を支えていた手をずるずると額に滑らせた。肯定も否定も拒むかのように。

「…軍の公式の記録ではそういうことになっている。ヴィルベル・アルディナート…死神級《グリムリーパー》戦闘機《テンペスタ》フェニクスのパイロットは、無断出撃と交戦《エンゲージ》、戦闘機《テンペスタ》破壊の罪を犯した。どれ一つ取っても重大な軍規違反だ。魔瞳持ちの貴族でも死刑は免れなかっただろうな。…生きていれば」

「生きていれば？」

「死んじまったのさ。…十八年前、無断出撃した時にな」

ヴィルベルはクロノゼラフより一つ年下の、アルディナート伯爵家の次男だった。歳が近く、同じ魔瞳持ちだったことからクロノゼラフの遊び友達に指名され、幼馴染みの親友として仲睦まじく育ったのだそうだ。

　二人の友情は士官学校に入学したクロノゼラフがフレースヴェルグに選ばれ、追いかけるように入学したヴィルベルがフェニクスに選ばれるといっそう強固なものになった。

　魔帝国広しといえども、死神級《グリムリーパー》パイロットはクロノゼラフとヴィルベルだけしか居ない。唯一の同志であるヴィルベルを、クロノゼラフは片時も傍から離さなかった。本来なら最大戦力として別々の重要拠点に配備されるべきところ、皇子の権力を行使し、この基地に伴ったほどだ。

　碧と蜂蜜色。対照的な魔瞳を持つ二人は基地の中心だった。

　戦力においても、士気においても。

　非凡ゆえに凡人の心を理解出来ず、身分もあいまって遠巻きにされがちなクロノゼラフだが、ヴィルベルの前ではただの心配性な男になる。ヴィルベルもまたクロノゼラフをごく当たり前の幼馴染み、僚友として気安く扱った。そんな光景を眺めているうちに、ダニエルを含め、基地の者は皆二人と打ち解けていったのだ。

　フレースヴェルグとフェニクスが出撃すれば、ネルガ軍がどれほどの大軍を差し向けてこようと敗北は無かった。二人が居る限りこの基地は落ちない。誰もがそう信じていた。

　しかし十八年前、ヴィルベルは誰にも…クロノゼラフにすら何も告げず出撃し、運悪くネルガ軍の大軍に捕捉され撃墜されてしまった。まるで今回のペリアスの行動をなぞるかのように。

　ペリアスと違うのは、ネルガ軍も全機ヴィルベルに撃墜されたこと。そしてフェニクスの機体も心臓石も、ヴィルベル自身の骸《むくろ》さえ残されていないことだった。

　ただ基地を発進したフェニクスの位置情報と、ヴィルベルの生体魔力反応がそこで途絶えたこと、ネルガ軍がフェニクス撃破を喧伝して回ったことから、撃墜された折に機体も大破し、ヴィルベルの骸と心臓石もろとも焼き尽くされたのだろうと推定された。

　皇帝より軍の統帥権《とうすいけん》を預かる皇太子レオポルトはヴィルベルが功名心を逸《はや》らせ、無断出撃した挙げ句撃墜されたと断罪し、すでに失われた命以外の全てを剥奪した。それまでに勝ち得た武勲も魔帝国貴族の身分も抹消され、ヴィルベルの存在そのものが無かったことにされたのだ。

　皇太子の裁定にまっこうから反対したのはクロノゼラフだけだった。

『ヴィルベルは功名心から無断出撃などという無謀かつ無責任な行動は決して取らない。それにヴィルベルなら、たとえネルガの大軍に囲まれようとむざむざと撃墜されるはずがない…！』

　しかしレオポルトは異母弟の訴えを黙殺し、ヴィルベルを貴重な死神《グリムリーパー》級戦闘機《テンペスタ》を失わせた大罪人と断定した。ヴィルベルの実家、アルディナート伯爵家は父親が隠居し、当主となった異母兄ローデリヒがヴィルベルを絶縁したことにより連座を免れたそうだが。

「…それ以来、上飛将閣下は変わっちまった。一切の感情を見せず、皇太子殿下に命じられるがままあちこちの戦線に出撃し、基地に居る間もほとんどの時間をフレースヴェルグに乗り込んで過ごしてる。まるで金糸雀の君を捜し回るように。そのせいでとんでもない武勲を立て続け、皇太子殿下より人望と名声を集めちまったのは皮肉としか言いようがねえな」

「…そんなことが…」

　だから誰も彼もがヴィルベルについて固く口を閉ざしていたのか。納得すると同時に疑問が生まれる。

「でも、どうして話してくれる気になったんですか？　ばれたら…その、まずいんですよね？」

「ああ、皇太子殿下の腰巾着の耳にでも入ったらどっかに飛ばされるかもな。…だが、カイ。お前には話しておかなきゃならねえと思ったんだ。金糸雀の君に似ているお前にはな」

　魔神の血の恩恵で十代後半の若さを保ち、儚げな美少年にしか見えなかったというヴィルベルとカイとでは、見た目にはまるで似たところは無い。だがヴィルベルもまたカイ同様、フェニクスと意志の疎通が出来ていたそうだ。

「クロノゼラフ様も言ってましたけど、戦闘機《テンペスタ》と話せるのってそんなに珍しいことなんですか？　探せば俺たち以外にも居るんじゃあ…」

「俺の知る限りは居ねえ。戦闘機《テンペスタ》ってのは、心臓石になった魔獣の抵抗をいかに上手くねじ伏せるかがパイロットの腕の見せどころなんだ。出来なきゃ最悪墜落しちまう。…あのクソ坊ちゃんみてえに」

悲惨な墜落の光景がよみがえり、カイはぞくりとする。一歩間違えば、自分も同じ道をたどるかもしれないのだ。

「いつ牙を剝くかわからない獰猛な獣に命を預けるようなもんだ。パイロットにとって戦闘機《テンペスタ》は味方であると同時に、潜在的な敵でもある。…でも金糸雀の君は違ってた。いつも笑顔でフェニクスと話していた」

「…フェニクスは、どんな戦闘機《テンペスタ》だったんですか？」

「フレースヴェルグとイムドゥグドが破壊に特化してるのに対し、炎による攻撃魔砲と生命魔法によ
る治癒をこなせる万能型だな。生命魔法を使える魔獣はフェニクスだけだ」

それもそのはず。フェニクスの別名は不死鳥。たとえ滅ぼされようと、ひとつまみの灰さえあれば炎の中からよみがえると伝承される魔鳥である。

不死のはずの肉体を滅ぼし、心臓石だけを残すという芸当など、魔神アシュタルトでなければ不可能だろう。

「フェニクスの使う生命魔法は肉体はもちろん、戦闘機《テンペスタ》の機体まで治癒させる。そのフェニクスをパイロットごと破壊し尽くすとしたら、フェニクスの装甲を上回る圧倒的な火力を用い、一瞬で墜《お》とすしかない」

「可能なんですか？　そんなことが…」

カイが聞くと、ダニエルは唸り、ばりばりと髪をかきむしった。

「…正直、今でもわからねえんだ。金糸雀の君と相討ちになったっていうネルガ軍に、大型級《イーグル》以上は編成されていなかった。中型級《クロウ》が二機、他は全て小型《スパロウ》級だ。死神《グリムリーパー》級を墜《お》とすにはとうてい足りない。だが実際、フェニクスは墜《お》とされている…」

「ネルガ軍が何か、秘密兵器みたいなものでも使ったとか?」

　我ながらハンスのようなことを言ってしまった。ハンスは悪ガキ仲間たちと戦ごっこに興じては、『秘密兵器だ!』とそこらで拾った長い枝を振り回している。

　一笑に付されると思ったら、ダニエルは真顔で頷いた。

「実は俺もそう考えた。戦闘機《テンペスタ》は搭載する心臓石の強さで性能の九割が決まる。なら、装甲や魔砲に魔帝国には存在しない新素材を使ったんじゃねえかってな。それこそ死神《グリムリーパー》級の装甲さえ簡単にぶち抜くくらいの」

「フェニクスはそれで撃墜されたと?」

「そうとしか考えられねえ。…だが、戦闘機《テンペスタ》に対しそれだけの破壊力を発揮するとしたら、神聖力くらいしか思い付かねえのがなあ…」

　神聖力とは天使の末裔が使う聖なる力のことだ。かつては魔神を討伐するため振るわれただけあって、魔獣や魔神には致命的なまでの威力を発揮するという。

　その神聖力を込めた装甲なら死神《グリムリーパー》級の魔砲もある程度は防げるし、神聖力を込めた魔砲ならフェニクスにもダメージを与えられる可能性が高いそうだが。

　カイはここ十日間、必死に勉強した知識を掘り起こした。

「確か、天使の末裔の国…聖国ってもう一つしか残ってないんじゃありませんでしたっけ? ええと…そうだ、セラフィエル聖王国だ」

「よく覚えてんじゃねえか。そう、ネルガとセラフィエルが手を組み、神聖力を込めた素材を融通したのなら、フェニクスを墜《お》とせてもおかしくはない。

しかしなあ…、人間の国ならまだしも、あのセラフィエルが魔国と手を組むなんてありえねえからなあ」

　セラフィエルの国王マルケルスは魔国の打倒を国是に掲げる一方、人間の国とは協調路線を歩み、人間の国が魔国の民を解放する手助けをしているという。魔国に協力することはまず考えられない。

「それにそんな秘密兵器が実在するのなら、セラフィエルはとっくに人間の国を扇動し、魔国の殲滅を始めているはずだ。だが金糸雀の君の一件から十八年も経つってのに、何の動きも見せちゃいねえ」

「じゃあ、秘密兵器は存在しないと？　でも…」

　ならばどうしてフェニクスは墜《お》とされたのかという、最初の疑問に戻ってきてしまう。

　ダニエルは静かに首を振った。

「俺が…俺たちが十八年もの間、ずっと考えてきてもわからなかったんだ。そう簡単に答えが出てたまるかよ。…だが、お前なら何か摑めるかもしれねえ」

「俺が？　でも俺は、パイロットになったばっかりで…」

「イムドゥグドだよ。金糸雀の君が前に言ってたが、イムドゥグドはフェニクスと仲がいいらしい。お前が乗りこなせるようになれば、十八年前、フェニクスに何が起きたのか教えてくれるんじゃねえか。あいつらは思念を使って意思疎通をしているそうだからな」

　まあこれも金糸雀の君の受け売りだが、と苦笑するダニエルの厳つい顔にはかすかな罪悪感が滲んでいる。

『――金糸雀の君！　自ら最前線に出ないで頂きたいと、何度言ったらおわかりになるんですか⁉』

　ふと、頭の奥に見知らぬ若い男が浮かんだ。

　知らない男…いや、これはダニエルだ。今よりだいぶ若く、筋肉もついておらず、しかもきちんと軍服を着用しているので別人のようだ。

『俺があそこで前に出なきゃ地上の歩兵部隊は全滅してたよ。ネルガが東に伏兵をひそませていたの、ダニエルも聞いただろう？』

ひょうひょうと肩をすくめるのはヴィルベルだ。一目でわかった。長い金髪に蜂蜜色の魔瞳、触れれば壊れてしまいそうな美少年。聞いた通りの特徴を備えているから。

もっとも細身から溢れる強い生気は、儚さとは無縁だけれど。

『むろん聞いております。だからこそ忠告申し上げているのです。貴方が最前線に飛び出された時、空にはまだ敵の中型級《クロウ》が数機残っておりました。いかにフェニクスでも、背後に取り付かれれば危うかったかもしれません』

『……』

『地上の兵はいくらでも替えがききます。貴方様が危険を冒してまで助ける価値など…』

『あるよ』

ヴィルベルが魔瞳を輝かせた。ダニエルより一回り以上小さな身体が大きく見える。

『価値はある。俺たちパイロットは、地上で戦う仲間を援護するために存在するんだから』

『金糸雀の君…』

『それに、敵の中型級《クロウ》はクロノゼラフが蹴散らしてくれたんだから、敵戦力も減らせた上に地上軍が助かってラッキー！　ってことでいいんじゃない？』

細い指で鼻先をつつかれ、ダニエルは苦虫を噛み潰したような顔をしていたが、やがて諦めたように息を吐いた。

『…敵いませんな。貴方様には』

ほろりと笑う若いダニエルが頭の奥から消えていく。

瞬きの後、カイを怪訝《けげん》そうに見詰めているのは筋骨隆々とした現在のダニエルだ。

「…ぼーっとして、どうした？　やっぱりまだ調子が戻らねえか？」

「あ…、……大丈夫、です。ヴィルベルさんとダニエルさんは仲が良かったんだな、と思って」

「昔の俺は頭でっかちで融通のきかないクソガキだったから、放っておけないと思ってくれたんじゃねえか。…受けた恩をちっとも返せねえうちに、あんなことになっちまったが」

　深い後悔を感じ、カイは思った。さっき見えたのがかつてのダニエルなら、ヴィルベルのために何も出来なかった己を悔い、心身を鍛え上げたのかもしれないと。

　……あれは、何だったんだ？

　知らないはずの過去。知らないはずのヴィルベル。さっきだけじゃない。イムドゥグドに乗り込んでからというもの、誰かの記憶がカイの頭に溶け出してきている。まるでとろ火にかけられたチーズのように。

『…ダニエル。おい、ダニエル！』

　ざざっ、と雑音《ノイズ》交じりの声が窓の方から聞こえてきた。よく見れば、白いカーテンの陰に無線が取り付けられている。

「何があった？」

『上飛将閣下が、そっちへ…』

　ダニエルが応じるが、無線からはすぐに雑音しか流れなくなった。

　代わりに遠くから響いてきたのは…軍靴の足音だ。誰かが駆けてくる。まっすぐに、この個室に向かって。

「――カイ！」

『ヴィルベル！』

　開け放たれた扉から現れたクロノゼラフに、少年の頃のクロノゼラフが重なった。心配を露わにした碧眼と惹かれずにいられない美貌は、いつでも変わらないけれど。

　……俺は…、どうして、少年のクロノゼラフ様なんて知ってるんだ？

　混乱するカイの傍らで、うわあっ、とダニエルが悲鳴を上げた。無線が粉々に壊れたのだ。

　後で知ったことだが、魔力で制御されている構造上、強すぎる魔力にさらされると回路が焼き切られてしまうそうだ。

　もっとも、無線を破壊するほど強力な魔力を垂れ流しにする者などめったに居ない。その数少ない例外が、碧眼の奥に熱っぽい光を乱舞させながらずかずかと近寄ってくる。

「無事か？　気分は？　どこにも怪我は無いな？」

「は、はい、無事です。気分も悪くないし、怪我もありません」

矢継ぎ早の質問にどうにか答えると、がくん、とクロノゼラフの膝が折れた。鍛えられた長身を包むパイロットスーツは、よく見ればあちこち焦げている。

「クロノゼラフ様…っ…⁉」

すぐ原因に思い当たってひやりとした。生身でイムドゥグドの魔砲を受けたのだ。麻痺させるだけだったとはいえ、いくらクロノゼラフでも相当の痛手を負ったに違いない。

ベッドを支えに、クロノゼラフはのろのろと顔を上げた。もう一方の手は、パイロットスーツの左胸のポケットを押さえている。

「……て、……のだ」

「え……？」

「どうして、居なくなったのだ……」

――ヴィルベル。

震える喉の奥に沈んだ狂おしい囁きが、カイには聞き取れた。

シーツを握り締める手に、カイはそっと己のそれを重ねる。なめらかな皮膚の下で炎が燃え盛っているような熱さを、確かに覚えている。

「……俺はここに居ますよ、クロノゼラフ様」

「……、カイ……」

「ここに居ます。勝手に消えたりしませんから」

理知の光を取り戻していく碧眼は宝石のように綺麗だと、カイは思った。


イムドゥグドの魔砲を喰らったクロノゼラフとペリアスもまた医療棟に運ばれ、カイとは別の個室で治療を受けていたそうだ。

動けるようになってすぐ、クロノゼラフはカイの個室に駆け付けてくれたらしい。精密検査を、と追い縋る医官たちを振り切って。

クロノゼラフに遅れること数時間後、どうにか回復したペリアスは営倉送りとなった。営倉は軍規違反を犯した軍人を収容する牢獄だ。

今までは人型級《イーグル》パイロットかつ侯爵家嫡子という身分ゆえに自室での謹慎に留まっていたが、勝手に脱出した上、新たな死神級《グリムリーパー》パイロットのカイを侮辱した件が問題視されたのである。軍本部から護送部隊が到着し次第帝都に運ばれ、軍法会議にかけられる予定だ。

脱出に手を貸した士官たちは魔力封じの処置を受け、下士官に降格された。下士官のほとんどは彼らが蔑む人間の兵士だ。貴族の血筋を最大の誇りとする彼らにはこれ以上無い罰だろう。

カイが嫌がらせを受ける機会は激減し、基地もずいぶん過ごしやすくなった。おかげでパイロットの勉強もはかどり、そろそろ実戦への出撃を許可されそうだった頃、予想外の事件が起きたのである。

「……皇太子殿下と皇太子妃殿下が、基地にいらっしゃる……？」

「ああ、二日後にな」

あっさり肯定され、カイの手からぽろりとペンが落ちた。

テーブルに叩き付けられる寸前で受け止めたクロノゼラフがそっと握り直させてくれるが、ペンよりも座学の途中、思い出したように皇太子夫妻の来訪を告げられた部下の心の方を慮って頂きたい。

「ど、どど、どうして…」

「表向きは基地の視察だが、本当の目的はお前…イムドゥグドのパイロットであろうな」

亡きヴィルベル以来の死神級《グリムリーパー》パイロットの誕生は、魔帝国はもちろん、皇太子レオポルトにとっても非常に喜ばしいことなのだそうだ。

「…皇太子殿下が、軍の統帥権を預かっているからですか？」

「それだけではない。皇太子は戦闘機《テンペスタ》を量産し、その兵力をもって大陸全土をアシュタルの領土にすることを熱望しているのだ」

異母兄上《あにうえ》ではなく皇太子と呼ぶクロノゼラフの口調には、氷のような冷ややかさと侮蔑が滲んでいる。

「つまり、アシュタルが大陸を征服するってことですか？」

「そうだ。ネルガも他の魔国もセラフィエル聖王国も人間の国々も全て滅ぼし、アシュタルこそが大陸の覇者たらんと身の程知らずの野望を抱いている。…実に愚かしい」

碧眼の奥に殺意の刃が見え隠れする。皇后の息子のレオポルトと側室の子のクロノゼラフは生まれつき敵同士なのだと、ダニエルが教えてくれた。

『つっても、皇太子殿下が一方的に対抗心を募らせて突っかかってる感じだな。殿下が上飛将閣下に勝ってるのは、ぶっちゃけ正妻の子ってところだけだから』

その立場さえもクロノゼラフの魔瞳と輝かしい武功の前ではかすみっぱなしで、高位貴族たちの間ではクロノゼラフ殿下こそ次の皇帝に相応しいのでは…と囁かれているのだそうだ。

父帝コンスタンティンも帝位継承をためらい、レオポルトを長らく皇太子の地位のまま留め置いている。レオポルトが戦闘機《テンペスタ》による大陸制覇を目指すのは、彼らに自分を認めさせるためでもあるのかもしれない。

もっとも、レオポルトに対するクロノゼラフの憎悪の根幹を成すのはヴィルベルだろう。大切な幼馴染みを断罪し、存在まで抹消した異母兄を、クロノゼラフは決して許さない。

「我が気高き小鳥は争いを嫌っていた。与えられた力を平和のために役立てたいと、それだけを望んでいたというのに…」

案の定、クロノゼラフは切なげに声を震わせた。こんなふうに囁かれたら、どんなに身持ちの堅い貴婦人でもころりとなびくに違いない。

――そんなご大層な志なんて、持った覚えは無いんだけどなあ。戦闘機《テンペスタ》がただの空飛ぶ乗り物になって、あちこち旅行出来るようになったらラッキー！とは思ってたけど。

苦笑交じりの呟きが頭の奥に響く。めまいに似た感覚に襲われそうになり、カイは小さく頭を振った。

「あの…、じゃあ俺、皇太子殿下と妃殿下にご挨拶をしなければならないってことでしょうか？　正直言って全然自信が無いんですが…」

クロノゼラフから授けられた知識に、雲の上の存在に対する礼儀作法は含まれていない。

「貴族の血を引いているらしいといっても、カイの身分は人間のままだ。無礼を咎《とが》められたら最悪その場で殺されるかもしれない。

カイの訴えに、クロノゼラフはふっと嗤った。

「殺されぬよ。私が許さないからな」

「クロノゼラフ、様…」

「あちらとて、念願のイムドゥグドのパイロットにくだらぬ難癖をつけたりはせぬだろう。…お前はいつもの態度でいい。しょせん畏まる価値など無い者たちだ」

長い指がカイの前髪を梳きやり、眉間から鼻先をたどってゆく。何かを懐かしむように…確かめるように。

ペリアスの一件以来、クロノゼラフは時折こうしてカイに触れるようになった。

出逢ったばかりの頃なら、驚きと緊張でかちこちになってしまっただろう。だが今は緊張するどころか、もっと触れられてみたいと願うカイが居る。

……俺、本当にどうしちゃったんだろう？

クロノゼラフの傍に居ると苦しいのに、離れるともっと苦しい。こんな感覚は生まれて初めてだった。

いっそ逃げてしまえば楽になれるのだろうか。けれど人里から離れた基地に逃げ場など無い。

悶々《もんもん》とするうちに、皇太子夫妻の基地視察の日はやって来た。

着飾った近衛騎士たちに囲まれた夫妻が士官たちの居並ぶ玄関ホールに現れる。出迎えの最前列にクロノゼラフと共に並び、カイは魔帝国で二番目に尊い夫妻をこっそり観察した。

……確かに、クロノゼラフ様に勝ってるのは身分だけかも。

真っ先に抱いた感想は、レオポルトに聞かれたら不敬罪間違い無しのものだった。

実年齢はクロノゼラフと五、六歳しか変わらないはずだが、見た目の年齢が二十代の異母弟に対し、レオポルトは三十代後半だ。崩れ始めた身体の線は、勲章で飾られた軍服や元帥《げんすい》にしか許されない緋色のマントでも隠しきれていない。それなりに整った貴族的な顔立ちも、クロノゼラフと比較したら格段に見劣りする。

一方、皇太子妃リスティルは見た目の年齢こそ夫と変わらないが、今でもじゅうぶん男心を騒がせそうな婀娜《あだ》めいた美女だった。潤んだように輝く瞳は寄り添う夫ではなく、クロノゼラフをちらちらと窺っている。

「我が基地にご来臨《らいりん》を賜《たまわ》り、衷心《ちゅうしん》よりお礼申し上げます」

「……うむ。出迎え大儀である」

クロノゼラフが敬礼すると、レオポルトはにこりともせず答礼した。濁った瞳をカイの方に向け、尊大に顎をしゃくる。

「それがイムドゥグドのパイロットとやらか？」

「はい。…カイ、ご挨拶を」

クロノゼラフに促され、カイは教えられた手順を反芻《はんすう》しながら進み出た。空軍の頂点に立つクロノゼラフと新参少尉のカイとでは、敬礼一つ取っても手順が違う。

……ええと、確か最初に左胸を軽く叩いて、顎は心持ち引いて、目は合わせないよう、でも逸らさないように……。

「…格別のお志をもちまして、アシュタル上飛将閣下のご麾下に加わりましたカイと申します。皇帝陛下のご恩に報いるため精進する所存です」

何度もとちりそうになったが、どうにか最後の敬礼までやり遂げられた。

ほっとするカイを、レオポルトはじろじろと無遠慮に眺め回す。

「これがイムドゥグドのパイロット、か…。人間にしか見えぬが、死神《グリムリーパー》級に選ばれたのなら確かに我らが尊き祖の血が流れておるのであろう。…カイとやら」

「は、はいっ！」

「お前のような者が選良たるパイロットに任じられたのは、我が魔帝国の繁栄を願うからこそだ。身に余る恩義を忘れず励むが良い。——くれぐれも、かの大罪人の轍《てつ》を踏《ふ》むでないぞ」

ねっとりと嫌味たらしいレオポルトの眼差しと、殺意を凍結させたクロノゼラフのそれがぶつかり合った。

出迎えの兵士たちが声にならない悲鳴を上げる。この異母兄弟の確執を知らない者は居ない。

「…殿下。そろそろわたくしも、クロノゼラフ閣下とお話ししたいですわ。もちろんそちらの可愛らしいパイロットさんともね」

蠱惑的な笑みを浮かべ、一触即発の空気を溶かしたのはリスティルだった。ほっそりとした腕を絡められたとたん、レオポルトは厳しかった表情を緩める。

「おお、そうであったな。では上飛将、さっそくだが部屋へ案内せよ」

「…はっ」

先導に立つクロノゼラフを、カイも胸を撫で下ろしながら追いかける。

どうなるかと思ったがリスティルのおかげで助かった。夫と犬猿の仲の義弟を、リスティルは嫌ってはいないらしい。それどころか好意を抱いているようだ。

やがて一行がたどり着いたのは、上級士官用のサロンだった。テーブルにはカイが見たことも無いご馳走がぎっしりと並べられている。この日のため帝都から取り寄せた食材を、厨房が兵士の献立を簡略化してまで作り上げた力作だ。

「ふむ、むさ苦しい基地にしてはまずまずではないか」

レオポルトは満足そうに頷き、リスティルを侍《はべ》らせて中心の席に着いた。周囲は近衛騎士やクロノゼラフをはじめとする上級士官たちが座り、食事会が始まる。

これがレオポルトの『視察』なのだと聞いた時は

驚き、呆れたものだ。基地もろくすっぽ見ずに帰るのでは、はるばる帝都からやって来た意味が無いではないかと。

『視察したところで戦略などわからぬさ。奴が知りたいのは本当にイムドゥグドが使い物になるのかどうか、それだけだからな』

クロノゼラフは冷笑していたが、食事の後、レオポルトの御前でイムドゥグドを操縦してみせることになっているカイはとても笑う余裕など無い。クロノゼラフの長身に隠れ、ちびちびと水を飲むのが精いっぱいだ。

「ほんにお久しゅうございます、クロノゼラフ閣下。たまには皇宮の夜会にもおいで下さればいいのに。きっと帝都じゅうの娘たちが詰めかけますわ。皇太子殿下もそろそろ閣下に良きご令嬢を、と仰っておりますのよ」

「恐れ入ります」

「皇子たちも叔父上の武勇伝を聞きたいと常日頃申しておりますの。いつでもいらして下さってもいいよう、離宮も整えさせてありますのに」

「多忙の身ゆえ、機会がありましたら」

クロノゼラフのすげない返事にもめげず、リスティルは笑顔で話題を振る。その横でレオポルトはむっつりとワインの杯を重ね、皇宮から付き従ってきた側近が必死に機嫌を取っている。

皇太子妃としては英雄と名高い異母弟と夫の間を取り持ちたいのだろうが、どちらも歩み寄る気が無いので会話はいっこうに盛り上がらない。

「…ねえ、新しいパイロットさんもそう思われるでしょう？」

「へっ？」

突然話題を振られ、カイはグラスを取り落としそうになった。無礼を咎めず、リスティルは花のように微笑む。

「魔帝国の守護神たらんとする閣下のお志は尊いものですけれど、相応しきお方を妻に迎え、温かな家庭を築かれるべきだと。そう思われませんか？」

「あ…、ええと、その…」

そう思いますと即答出来なかったのは、突き刺さる強い視線を感じてしまったせいだ。今横を向けば、光を乱舞させた碧眼と目が合うだろう。

……クロノゼラフ様が、妻を迎える？

皇族の妻に選ばれるのなら、きっと身分も血筋も優れた美しい令嬢だ。目の前のリスティルのように。相応しい令嬢と結ばれ、安らげる家庭を築く。それが皇族でもあるクロノゼラフのあるべき姿だと、村育ちのカイにもわかるのだが。

「…私は…、閣下が望まれるようにされるのが一番いいと思います」

気付けばそう答えていた。碧眼の眼差しに熱が宿ったのを感じる。

まあ、とリスティルは目をしばたたいた。

「閣下は妻をお持ちにならない方が良いと仰るの？」

「違います。閣下が妻を望まれるのならそうされればいいし、望まれないのならやはりそうされればいいと思うだけです」


必死に言葉を紡ぐカイを、リスティルはじっと見詰めていた。無礼だと思われただろうか。

「…金糸雀の君と同じことを仰るのね」

謝罪すべきなのかと迷っていたら、リスティルは予想外のことを呟いた。

彼女もヴィルベルを知っているのか。義弟の親友だし、もう一人の死神級《グリムリーパー》パイロットだったのだからおかしくはないが…何だろう。リスティルの瞳の奥にちらつく炎は、レオポルトがクロノゼラフを見る時と同じ…。

……嫉妬？

「妃よ。それは大罪人であろう。皇太子妃ともあろう者が口にしてはならぬ」

まずそうにワインを飲み干したレオポルトがたしなめる。反論したのはリスティルではなく、クロノゼラフだった。

「皇太子殿下。我が小鳥は大罪人ではない」

「まだそのような戯れ言をほざいておるのか。皇帝陛下より軍の統帥権をお預かりした、この私の裁定に逆らうのか？」

「統帥権など関係無い。十八年前、空で何が起きたのかろくに調べもせず、我が小鳥が罪を犯したと決め付ける。その危険性を指摘しているまでだ。…裁定を下した者が戦闘機《テンペスタ》の操縦経験すらろくに無いのでは、尚更のこと」

友好的ではなかった空気が一気に張り詰めた。

レオポルトの側近や近衛騎士たちが青ざめている。カイはダニエルから聞いた話を思い出した。レオポルトは皇族としては平均的な魔力と魔神の血を持つが、中型級《クロウ》を動かすのが精いっぱいだったため、異母弟と比較されるのを嫌い、軍には入らなかったのだと。軍を統率する皇太子は、一度は従軍しなければならないのが決まりだったのに。

「……クロノゼラフ、貴様……」

最大の劣等感を刺激され、レオポルトはまなじりを吊り上げた。殿下、と袖を引くリスティルを一顧だにしない。

ビーッ、ビーッ、ビーッ。

警報《アラーム》が鳴り響いたのは、レオポルトが怒声を発しようとした直後だった。

『北北東より高速移動中の飛行物体の一団を捕捉。魔力レーダーに反応は無し。鉄鋼機《カリュプス》と思われる』

壁に埋め込まれた無線から管制官の声が流れると、クロノゼラフをはじめとする士官たちはいっせいに立ち上がった。

レオポルトやリスティル、近衛騎士たちは何が起きたのかわからず、色めき立つ士官たちをぽかんと見上げる。

「ま…、待て、クロノゼラフ。いったい何が起きたというのだ」

……おい、大丈夫か？

カイさえ心配になったのだから、居合わせた士官たちは全員呆れ果てただろう。皇太子の身で今さら何を言っているのかと。

鉄鋼機《カリュプス》は人間の国が魔国の戦闘機《テンペスタ》に対抗するため、開発した鋼の飛行機だ。心臓石の代わりに機械のエンジンを、魔砲の代わりに火薬の砲弾を撃ち出す砲身を搭載している。魔力機関を持たないため、魔力レーダーには感知されない。

その鉄鋼機《カリュプス》の一団が出現したという状況は、人間の国がアシュタルに攻撃を仕掛けてきたことを意味する。

機械のエンジンは長時間の飛行には耐えられないから、おそらく相手はリベル——ネルガ魔王国の隣に位置し、建国以来魔国を敵視し続けている国だ。パイロットになりたてのカイでもそれくらい即座に察したのに。

「…リベルが攻撃を仕掛けてきた。殿下はただちに皇宮へ帰還し、皇帝陛下に報告の上、下知を仰がれよ」

「リ、リベルだと？　汚らわしい人間どもの国が、何故高貴なる我が魔帝国を侵すのだ⁉」

「殿下、早く脱出を！」

取り乱すレオポルトを側近が急かした。その判断は正しい。鉄鋼機《カリュプス》の一団はおそらく偵察も兼ねた先行部隊だ。

そう時間を置かず、地上軍も進攻してくるだろう。基地が包囲される前に脱出しなければならない。

「鉄鋼機《カリュプス》どもが飛び回っている中、逃げよと申すか？　馬車が砲弾の標的にされるかもしれないではないか！」

「その心配はありません。上飛将閣下のフレースヴェルグ、それに今はイムドゥグドのパイロットまで居るのです。鉄鋼機《カリュプス》ごとき、一機たりとも近付かせないでしょう」

「だ、…だが…」

レオポルトは不安そうに唇を震わせる。…信じられないのだ。憎み合う異母弟が自分を守りきってくれないと…見殺しにするかもしれないと疑っている。

——クロノゼラフは、そんなことしないのに。

頭の奥で誰かが嘆いた。

——クロノゼラフは誰よりも熱心に国を守ろうとしていた。それが魔瞳を持った皇族の、…死神級《グリムリーパー》パイロットの務めだと言い聞かされて育ったから。

なのに、皇太子が疑うなんて。

「……脱出するのが嫌なら、どこかに隠れていて下さい」

喉奥から溢れた声は、自分でも驚くくらい冷たかった。まさかカイに無礼な口を叩かれるとは思わなかったのか、レオポルトは怒るのも忘れてきょとんとする。

「殿下をお連れして下さい。鉄鋼機《カリュブス》の迎撃に間に合わなくなる前に、早く」

「は…、ははっ！」

側近は近衛騎士たちにレオポルトを取り囲ませ、半ば無理やりサロンから連れ出していった。

彼らも内心ではいつ鉄鋼機《カリュブス》の爆撃が始まるかと、気が気ではなかったのだろう。基地には強力な結界が張られた防護区画があるから、そのどこかにひそんでいれば安全なはずだ。

「待って、わたくしも…」

リスティルが長いドレスの裾をひるがえしながら追いかけていく。肩越しに苛立ちの滲んだ眼差しを投げかけて。

……今日、初めて会ったはずだよな？

強烈な既視感を抱き、戸惑うカイの肩を大きな手が叩く。

「よくやった」

「クロノゼラフ様…、でも俺、皇太子殿下にとんでもない無礼を…」

「お前がやらなければ私が叩き出していた。緊急事態に文句など言わせぬ」

こうしている間にも警報は鳴り続けている。これほど長い間鳴りやまないのは、カイが基地に来てから初めてだ。かなりの大軍が押し寄せているらしい。

「これより私はフレースヴェルグで出撃する。出来たらお前は、もっと別の機会に初出撃させてやりたかったが…」

「大丈夫です。…俺、やれます」

正直言って、鉄鋼機《カリュブス》に埋め尽くされているだろう空へ飛び立つのは怖い。今日に備えて何度も飛行訓練は積んだが、空に敵機は居なかったのだ。

戦闘経験もほとんど無いパイロットには荷の重す

ぎる初任務。…でも、頭の奥で誰かが警告していた。クロノゼラフを一人で往かせてはならないと。共に戦わなければならないと。

「忘れるな。たとえ万の敵機に囲まれようと、お前は独りではない。私が共に飛んでいることを」

『忘れるな。そなたは独りではない。私と勝利の栄光は常にそなたと共に在る』

真摯《しんし》な表情のクロノゼラフに、今よりほんの少し若いクロノゼラフのそれが頭の奥で重なる。

あれはいつだ？　そうだ、自分もクロノゼラフも東の戦線に駆り出され、へとへとに疲れ果てて基地に帰ったらネルガの大軍に取り囲まれていた時だ。

ほとんど残っていない魔力を絞り出すように魔砲を撃ちまくり、どうにか撃退したが、うっかり魔力が枯渇《こかつ》しかけて死にそうになった。クロノゼラフが居なかったら、本当に死んでいたかもしれない。

……何だよこれ、……こんなの知らない。

知らないはずなのに知っている。頭の中から塗り替えられてしまいそうな感覚を振り切り、カイは頷いた。

「……はい！」

格納庫は戦場と化していた。全開にされた天井から次々と小型級《スパロウ》戦闘機《テンペスタ》が飛び立っていく。

「うっ…」

ギィィィィイン、と絶え間無く響く轟音が空気を震わせる。

カイは思わず耳をふさいだが、クロノゼラフはまるで堪えた様子も無く左腕の腕輪に触れた。パイロットに支給されるそれは特殊な魔法が仕込まれており、魔力を流せば一瞬でパイロットスーツに着替えられる優れものだ。

「閣下、フレースヴェルグはいつでも出撃可能です」

パイロットスーツに着替えたクロノゼラフに、ダニエルが駆け寄ってきた。すでに相当数の戦闘機《テンペスタ》を出撃させたのだろう。山賊めいた顔には軽い疲労が滲んでいるが、全身から闘志をほとばしらせている。

「戦況は？」

「…押されています。我が軍の小型級《スパロウ》が、把握しているだけでもすでに五十機墜《お》とされました」

「五十⁉」

カイは思わず声を上げた。基地に配備されている小型級《スパロウ》の半数近くが、この短い間に撃墜されたというのか。

魔獣の心臓石を搭載せず、魔力機関を持たない鉄鋼機《カリュプス》は魔砲攻撃に対する防御力が極端に低い。一方で小型級《スパロウ》は物理攻撃に対する防御力が無に等しく、鉄鋼機《カリュプス》の砲弾が命中すれば簡単に墜《お》とされてしまう。互いが互いの弱点なのだ。

だが飛行性能においては戦闘機《テンペスタ》が勝るはず。一方的に蹂躙されるなど、普通はありえないのに。

「レーダーの反応を信じるなら、鉄鋼機《カリュプス》の数は二百を超えます」

ダニエルが苦々しげに告げた数は、おそらくリベルの保有する鉄鋼機《カリュプス》の半数を占めるだろう。

戦闘機《テンペスタ》も鉄鋼機《カリュプス》も、製造には膨大な費用がかかるのだ。戦闘機《テンペスタ》による大陸制覇を唱えるレオポルトが皇帝の支持を得られないのは、国庫に途方も無い負担がかかるからでもある。

リベルの予算で常備出来る鉄鋼機《カリュプス》の最大予想数は四百だ。その半分を差し向けてきたということは…。

「よほど今回の侵攻に自信があるようだな。あるいは秘密兵器でも開発したか」

――なら、装甲や魔砲に魔帝国には存在しない新素材を使ったんじゃねえかってな。それこそ死神《グリムリーパー》級の装甲さえ簡単にぶち抜くくらいの。

ダニエルの言葉がよみがえる。はっとダニエルを見れば、あちらも覚えていたようで、真剣な顔で頷かれた。

「上飛将閣下。実は私も真っ先にその可能性を疑いました。されど未だ基地に帰還した小型級《スパロウ》は一機も居らず、一切の情報が入っていない有り様です」

「…無線からの通信は？」

「呼びかけておりますが、返答はありません」

つまり無線に応答する間も無く墜《お》とされたか、応答する余裕すら無いということだ。

　ふ、とクロノゼラフは唇を吊り上げた。

「では私が見極めてやろう。奴らの息の根を止めるついでにな」

　底光りする碧眼の圧力に、ダニエルが巨体を震わせる。走り回っていた他の整備士たちもつかの間危機を忘れ、クロノゼラフに目を釘付けにされている。

　……これが、死神級《グリムリーパー》パイロットなのか。

　そこに居るだけで味方を鼓舞し、敵を戦慄《せんりつ》させる存在。

　レオポルトがクロノゼラフを妬《ねた》み、怖れる気持ちがわかった気がした。絶え間無く争いの続くアシュタルにおいて、望まれるのは軍事に疎いレオポルトより自身が最強のパイロットであるクロノゼラフの方だろう。

「出るぞ。…カイ、空で待っている」

　カイの背を叩き、クロノゼラフはフレースヴェルグに乗り込んだ。大鷲をかたどった機体はパイロットの魔力を認識し、武者震いにも似たエンジン音を響き渡らせる。

　開け放たれた天井から垂直に飛び立っていく姿は、こんな時でも見惚れるほど華麗で勇ましい。

「カイ、お前もだ！」

　ダニエルに促され、カイもパイロットスーツに着替え、イムドゥグドに乗り込んだ。操縦桿を握ったとたん、面白がるような声が聞こえてくる。

　──小さき者どもが大騒ぎだな。何やら尋常ならざる気配が空を覆っているが、そのせいか。

　かつて人々の畏怖《いふ》の対象だった伝説の魔獣にかかっては、人間も魔神の末裔も同じ『小さき者』だ。

「何か感じるのか？　イムドゥグド」

　──ああ、内側から腹をつつかれるような忌々しい気配だ。…気を抜くなよ。

　真摯な警告に身が引き締まる。やはりリベルは新たな兵器を持ち込んだのか。

「……出撃！」

　カイの命令に従い、イムドゥグドは重量を感じさせない軽やかさで飛び立った。

円蓋窓《キャノピー》から興奮しきったダニエルたちの姿が見える。訓練飛行は何度も行ったが、実戦に投入されるのはまた格別らしい。

……実戦。そうだ、本当に戦うんだよな……。

ペリアスの代わりに飛んだ時は無我夢中だった。イムドゥグドが話しかけてきて、気付いたら敵機の群れが雷撃の餌食になっていた。

けれど今日は違う。自分の意志で敵機を撃墜する――人を殺す……。

『で…っ、出た！　アシュタルの死神だ！』

無線から悲痛な叫びが流れてきた。

戦闘機《テンペスタ》に搭載された無線は、周波数を合わせることで敵機の無線通信内容をある程度傍受出来る仕組みになっている。声だけで敵味方の区別はつかないが、これは確実に敵パイロットだ。

何故なら。

グワアアアアアアッ！

群れを追い込むように舞ったフレースヴェルグが高らかに鳴き、無数の風の刃を巻き起こす。

鉄鋼機《カリュプス》の鉄の翼はたちまちもぎ取られ、胴体ごと切り刻まれていった。乗り込んでいたパイロットは当然助かるまい。

『…た…、助かった…』

『上飛将閣下だ…、閣下が来て下さった！』

次に流れてきた無線は、先行した味方の小型級《スパロウ》パイロットたちだ。

……少ない。

カイは溜め息を吐きそうになった。

レーダーを確認した限り、味方の戦闘機《テンペスタ》はあと二十機ほどしか残っていない。フレースヴェルグの出撃がもう少し遅かったら、さらに減っていただろう。

『こちらフレースヴェルグ。状況を報告せよ』

クロノゼラフの問いに、生き残った小型級《スパロウ》パイロットたちが次々と答える。

『敵に数機、奇妙な機体が交じっております』

『目視した限り装甲は通常と変わりません。しかしその機体から放たれる砲撃を喰らうと、たとえかすった程度でも制御《コントロール》がきかなくなり、墜落してしまうのです』

『そのせいで我らは下手に接近も出来ず、回避に専念せざるを得ませんでした』

いくら小型級《スパロウ》の装甲が薄いからといって、かすっただけで墜落というのはさすがにありえない。戦闘機《テンペスタ》に絶大な威力を発揮する砲撃――ダニエルの懸念は的中したようだ。

『…了解した。小型級《スパロウ》は全機基地へ帰投せよ』

クロノゼラフが命じると、無線の向こうでざわめきが起こった。

『正体不明の敵の前に、上飛将閣下だけを置き去りにするわけには…！』

『左様です。閣下がおいで下さったからには、我らも踏みとどまって勇戦いたします！』

反論するパイロットたちに、クロノゼラフは重ねて命じる。

『帰投せよ。私は一人ではない』

カイは高度を上げ、フレースヴェルグの後ろについた。もう一機の死神級《グリムリーパー》の登場に小型級《スパロウ》パイロットたちは沸き立つ。

『イ…、イムドゥグドが…』

『嵐雷の魔獣が暴風の化身に加われば、敵う者など居らぬ…！』

『お願いします。どうか基地を…、…我らをお守り下さい！』

生き残りの小型級《スパロウ》たちは基地へ進路を変更し、飛び去っていった。切なる懇願が鼓膜にこびりつき、肩をずんと重くする。

正体不明の砲撃を搭載した機体を含め、ここでリベルの鉄鋼機《カリュブス》を全滅させなければ基地が攻撃されてしまう。基地には今、皇太子夫妻も居るのだ。

二人の身に何かあれば、生き残った基地の将兵には厳罰が下されるはず。…この肩に、数多の人々の人生がかかっている。

イムドゥグドが嗤った。

――何だ。緊張しておるのか？

「…当たり前だろ。こんなの初めてなんだから」

――そなたなら問題あるまい。多少厄介ではあるが、慣れておるのだからな。

「慣れて…？」

実戦二度目のパイロットに何を言っているのかと、問い詰める前に警告音が鳴り響く。

背後に迫る機影がレーダーに捉えられていた。

戦闘機《テンペスタ》とは違う、空気抵抗を減らすのに特化した流線形の機体。鋼鉄の翼――鉄鋼機《カリュプス》だ。

「イムドゥグド、交戦《エンゲージ》」

カイは無線で宣言し、操縦桿を強く握り締めた。

迫る機影は一つ。魔砲を撃てばたやすく墜《お》とせるだろうが、イムドゥグドの魔砲はかなりの魔力を消耗する。連発すればたちまち魔力切れを起こしてしまう。

――なら、ぶっ飛ばせばいい！

頭の奥に誰かの好戦的な笑みが浮かんだ。どうすればいいのかも。

カイは操縦桿を操り、背後を取ろうと突っ込んでくる敵機の進行方向へ鋭く旋回した。敵機は巨体に似合わぬ機動に付いてゆけず、イムドゥグドを追い越し、カイに無防備な尾翼をさらしてしまう。

「やれ、イムドゥグド！」

――承知！

イムドゥグドは空を駆け、獅子をかたどった巨大な前脚を敵機の尾翼に叩き付けた。あたかも獲物を仕留める獅子のように。

すさまじい重量の衝撃に耐えきれなかった敵機は空中で爆発、四散する。

……墜《お》とした。…一人、殺した。

間違い無く自分の意志で他人の命を刈り取った。氷の塊を呑み込んだような寒気は、すぐさま項が逆立つ感覚に取って代わられる。レーダーを埋め尽くす、大量の機影…。

――どうやら、あれが本隊のようだな。

イムドゥグドが唸り、レーダーを数か所赤く点滅させた。

――用心せよ。このあたりから忌々しい気配が発散されている。

イムドゥグドが内側から腹をつつかれるようだと

評した気配は三つ。それぞれ分厚い僚機の壁に囲まれるようにして接近してくる。

　そうまでして守るということは、リベルにとっても簡単には失えない秘蔵の兵器だということだ。

「…にしても、なんて数だ…」

　雲霞のごとく押し寄せる敵機の群れを、さっきのようにいちいち格闘戦《ドッグファイト》で仕留めていたらきりが無い。ある程度集中したところに魔砲を叩き込み、まとめて撃墜したいのだが、敵も死神《グリムリーパー》級の魔砲の恐ろしさは把握しているのか、絶妙の間合いで散開して的をなかなか絞らせない。

『……小賢しい』

　無線から苛立たしげな、だがどうしようもなく蠱惑的な声が聞こえた。

『っ…、クロノゼラフ様、気を付けて下さい！　忌々しい気配が接近しているって、イムドゥグドが…！』

『承知している。こちらのレーダーにも表示されているからな。…今度こそ…』

　最後の方は雑音《ノイズ》に交じり、ほとんど聞き取れなかった。

　クロノゼラフが魔砲を放ったのだ。

　グワアアアアアッ！

　フレースヴェルグの咆哮に応え、大気が逆巻いた。瞬きの間に生じた巨大な竜巻は鉄鋼機《カリュプス》の群れを巻き込み、かろうじて逃れた機体をも吸い込んでいく。

『なっ…、あれが、魔神の……』

『信じられない…、一度にあれだけの数を墜《お》とすなんて…』

『…ひ、怯むな！　我らはこれまでとは違う。天上神のご加護があるのだから！』

　赤い点滅を囲む敵機の群れはたちまち一枚薄くなり、恐怖と驚愕の入り混じった悲鳴が無線を飛び交った。

「天上神の、ご加護…？」

　思わず復唱すると、頭の奥に鈍い痛みが走る。まるで脳を直接揺さぶられたように。

　戦闘機《テンペスタ》の操縦室《コクピット》は魔力と装甲で保護され、地上と変わらぬ状態が維持されているが、地上から高空へ移動すると脳に負担がかかり、めまいや頭痛に襲われることもあるという。

違う、と直感した。頭は確かに痛むけれど、思考はかつてないくらい明瞭だ。初めてに等しい空の戦場で、どうすれば最も効果的に戦えるか、猛烈な勢いで脳が計算している。

……まずは、あいつらだ。

群れを抜け出し、帰投中の小型級《スパロウ》を追跡しようとしている数機の鉄鋼機《カリユプス》。その一団の中央目がけ、一条の雷を落とす。

ドンッ……！

雷は真下の敵機に命中し、爆発させた。雷はなおも爆風を伝い、周辺の敵機をからめとり、爆発が連鎖していく。

『…雷が？　ま、まさか…』

『まさかあれも、…あれも死神級《グリムリーパー》なのか⁉』

混乱しきった敵パイロットたちのざわめきを聞き流し、イムドゥグドを羽ばたかせる。

たちまち敵本隊との距離は縮まった。散開する暇を与えず、カイはイムドゥグドに命じる。

「雷の雨を降らせて」

——応とも！

オオオオオオオン、とイムドゥグドは高らかに吼えた。魔力を吸い上げられる感覚の直後、澄んだ青空に黒雲がみるみる立ち込め、無数の雷を降り注がせる。

魔力耐性を持たない上、鉄の塊である鉄鋼機《カリユプス》は戦闘機《テンペスタ》以上に雷撃に弱い。

かなりの魔力を持っていかれたが、それだけの甲斐はあった。群れを構成する機体は半分以下まで減り、赤い点滅の正体がカイの目にさらけ出される。

「……っ…」

小型級《スパロウ》のパイロットたちが言っていた通り、他の鉄鋼機《カリユプス》と外見は変わらない。少し大きく、機首が銀色に塗装されている程度か。

死神級《グリムリーパー》なら怖れるに足りない機体に——その両翼に設置された砲身に、カイは全身が凍り付きそうな感覚を抱いた。操縦桿を握る手が勝手に震え出す。

……何で、だ？

怖くない。怖くなんてないはずなのに。

止まらない。震えが。……涙が。

——墜《お》ちるなら、お前たちも道連れだ！

頭の奥で誰かが叫んだ。

…誰か？　違う、あれは自分だ。長い黄金の髪に蜂蜜色の魔瞳、金糸雀を連想させる儚げな美しい少年。まるで似たところは無くとも、確かにこの自分だ。

『…カイ！　避けろ！』

初めて聞くクロノゼラフの焦りきった声で、カイは現実に引き戻された。

ウーッ、ウーッ、と絶え間無く警報が鳴り響いている。あの銀色の機体がイムドゥグド目がけ、砲弾を撃ち出したのだ。

避ける余裕は無い。ここは結界を張って防御するしか…。

「イムドゥグド、結界を」

——……、……。

「イムドゥグド⁉」

返答が無い。いや、カイの指示が届いていないのか。何故、なんて考えていられなかった。砲弾が迫ってくる。あれが命中したら——。

ドゥゥンッ……！

すさまじい轟音と共に機体が揺れた。

だが砲弾を受けたのはイムドゥグドではない。イムドゥグドを庇うように割り込んだ、大鷲をかたどった機体…。

『…っ、クロノゼラフ様⁉』

カイは身を乗り出さんばかりに叫んだが、無線から返るのは雑音と、敵パイロットたちの歓声だけだ。どんどんどん、と心臓が壊れそうな勢いで脈打ち始める。

……落ち着け。フレースヴェルグは墜《お》ちていない。

必死に己に言い聞かせた。パイロットからの魔力供給が止まれば戦闘機《テンペスタ》は墜《お》ちる。小型級《スパロウ》でも死神《グリムリーパー》級でも同じことだ。つまりクロノゼラフは生きている。

『……カイ。無事か？』

馴染んだ声が聞こえた時には、安堵のあまり操作卓《コンソール》に突っ伏しそうになった。

『は…っ、はい！　クロノゼラフ様のおかげで…』

『お前はしばし離れていろ。…あの銀色の機体は、危険だ』

言うが早いか、フレースヴェルグは鷲の翼を羽ばたかせ、突っ込んでいく。クロノゼラフが危険だと断言した銀色の機体に向かって。

その動きはいつもより明らかに鈍い。

「…っ、あれは…」

旋回したフレースヴェルグの胴に大きな亀裂が入っているのを発見し、カイは息を呑んだ。

小型級《スパロウ》よりはるかに堅牢なフレースヴェルグの装甲が、鉄鋼機《カリュブス》の砲弾一発で損傷を受けるはずがない。たとえ損傷しても、パイロットの魔力が供給されれば修復シークエンスが発動し、自動的に修復される。イムドゥグドがそうだったように。

だがフレースヴェルグの亀裂は修復されるどころか、少しずつ広がっていくようにさえ見える。あんな状態であの銀色の機体に突っ込んでいくなんて、自殺行為だ。

ギュウオオオオ、オオオオオッ！

フレースヴェルグが哭《な》いた。

『…そんな…、聖光弾《ディバイン》は命中したはずなのに…』

『避けろ！　少しでも遠くへ…』

『駄目だ…、制御《コントロール》がっ……』

敵パイロットたちの悲鳴が絶望と混沌の旋律を奏でる。

フレースヴェルグを中心に湧き起こった竜巻は瞬く間に空気を凍らせ、無数の雹《ひょう》を生み出した。超高速でぶつかってくるそれは、竜巻に吸い込まれた鉄鋼機《カリュブス》にとって無慈悲な凶器だ。

たちまち蜂の巣と化した機体が、墜落出来れば良い方。ほとんどは暴風の刃に切り刻まれ、鉄屑となって吹き飛ばされた。その中には、さっきの銀色の機体も交じっている。

――フレースヴェルグのパイロットを止めろ、カイ。

沈黙していたイムドゥグドがいきなり警告してきたので、カイは面食らった。

「イムドゥグド？　お前、今までどうして黙って…」

——あの銀色の機体だ。あれの砲身にロックオンされたとたん、そなたから魔力がほとんど流れてこなくなった。…あれは…、忌々しい天使どもの気配だ。天使——魔神を殲滅するため、天上神から遣わされた存在。敵パイロットたちの言っていた『天上神のご加護』。

『戦闘機《テンペスタ》に対しそれだけの破壊力を発揮するとしたら、神聖力くらいしか思い付かねえのがなあ…』

そしてダニエルの推測がカイの頭の中で次々と組み合わさってゆき、一つの形を作り出す。

「リベルは、セラフィエルの支援を受けている…」

現存する唯一の天使の末裔が治める国。人間の信仰を集めるかの国は、魔国とは手を組めなくても、人間の国には力を貸すだろう。人間が魔国を打倒すれば、間接的に己の宿願を果たせるのだから。

——そうとしか考えられまい。


イムドゥグドが頷く気配がした。

——甚だ口惜しいが、我らは神聖力にだけは弱い。神聖力にやられた傷は、そう容易にはふさがらぬのだ。大量の魔力を注ぎ込むか、あるいは…。

「…あるいは？」

——いや、…言っても詮無きことだ。それより、一刻も早くフレースヴェルグめのパイロットを止めよ。あのまま戦闘を続ければ、遠からず魔力切れを起こすぞ。

カイの背筋が凍り付いた。

戦闘機《テンペスタ》のパイロットにとって、飛行中の魔力切れは致命的だ。魔力が供給されなくなれば機体は墜落する。たとえリベル空軍を殲滅出来ても、クロノゼラフが墜《お》とされてしまったら…。

「クロノゼラフ様！　退いて下さい！」

カイは必死に呼びかけた。本当はイムドゥグドに体当たりさせてでも止めたいが、未だ収まる気配すら無い竜巻に飛び込んでは、いかにイムドゥグドでもただでは済まない。

竜巻が荒れ狂うほど、クロノゼラフの魔力は吸い上げられていく。ただでさえ機体の損傷を直すため、いつもより多くの魔力を消耗しているのに。

「退いて、退いて下さい！　じゃないと、貴方は…」

呼びかけることしか出来ない自分が悔しかった。カイの声は無線を通し、クロノゼラフにも届いているはずだ。魔力切れの危険を誰よりも理解しているのも、クロノゼラフのはずなのに。

「…どうして、……聞いてくれないんだよ！　クロノゼラフっ……」

……だから俺は、お前を放っておけなくて…たとえ先に逝《い》くことになったとしても……。

突き上げてくる誰かの記憶と感情がごちゃ混ぜになり、脳をぐちゃぐちゃにかき混ぜる。

このままでは頭がおかしくなってしまいそうで、カイは操縦桿をきつく握り締めた。目が据わったのが、自分でもわかる。

「イムドゥグド。…言っても聞かない奴は、ぶん殴って止めるしかないよな」

——うむ、道理である。しかし、どうする？　吾の拳も、さすがにここからは届かぬぞ。

「こうするんだ。…嵐雷よ！　風を呑み込め！」

自ら操縦桿を通じて魔力を注ぎ込む。魔神の魔力を大量に受け取ったイムドゥグドは歓喜の咆哮を上げ、カイの命令を実行した。

ドン、ドドドドンッ、と黒雲から驟雨《しゅうう》のごとく雷が打ち付ける。

荒れ狂っていた竜巻は無数の雷撃を受け、勢いを削がれた。そこへイムドゥグドが起こした嵐が襲いかかり、竜巻の暴風を呑み込んでいく。

——ふはははは！　愉快、痛快、爽快！

やがて空に静寂が戻ると、イムドゥグドは大笑した。

黒雲も晴れ、晴れ渡った空を飛ぶのは傷だらけのフレースヴェルグとイムドゥグドだけだ。敵機はあの銀色の機体も含め、一機も残っていない。

——気取り屋のフレースヴェルグめを力ずくで止めるとはな！　胸がすいたわ！

伝説の魔獣同士、かつては親交があったのかもしれない。かのフェニクスもイムドゥグドと仲が良かったらしいと、ダニエルが言っていた。イムドゥグドとフレースヴェルグは…この様子では、仲良しとはほど遠そうだが。

「…クロノゼラフ様、聞こえますか？」

カイが呼びかけると、ややあって、かすれた声が返ってきた。

『何故、……た』

「え？」

『…何故、助けたのだ。私は、……のに』

それきり無線は沈黙し、雑音すら聞こえなくなった。クロノゼラフが通信を切ったのだ。

沸騰していた血が急速に冷えていく。

……クロノゼラフ様、今、何を……？

問うことも出来ず、カイは基地へ飛び去っていくフレースヴェルグの後を追いかけた。

フレースヴェルグとイムドゥグドを迎え、格納庫には歓喜と驚愕の叫びが混ざり合った。

歓喜はリベルの鉄鋼機《カリュブス》部隊を全滅させたことに対して——そして驚愕は、傷だらけになったフレースヴェルグに対して。無敵を誇る死神《グリムリーパー》級戦闘機《テンペスタ》が損傷を受けた姿など、ダニエルでも初めて目撃しただろう。

「早く、上飛将閣下を治療室へ！」

青ざめたダニエルが担架を持ってこさせる。被弾したにもかかわらず、クロノゼラフが魔砲を連発したのはダニエルも見ていたはずだが、慌てる理由はきっとそれだけではない。

カイも座学で学んだ。魔神とは魔力によって生きる存在。それゆえ魔神の血が濃ければ濃いほど、魔力の消耗による影響は大きくなるのだと。脳や心臓に強い負荷がかかり、意識を保てなくなり…酷くなれば死に至ることもある。

「必要無い」

だからむやみやたらに魔砲を撃つのではなく、いかに最小限の魔力で敵を殲滅するかの見極めが重要だと教えてくれた張本人は、操縦室《コクピット》から降り立つや、ダニエルたちに背を向けてしまった。そのまま立ち去ろうとしたクロノゼラフに、カイは追い縋る。

「待って下さい、クロノゼラフ様！」

「……」

　クロノゼラフは肩越しに碧眼を流したが、立ち止まってはくれなかった。怒りの炎を宿した碧眼に射貫かれ、カイがびくりとすくんでいるうちに、さっさと行ってしまう。

「…よくやってくれたな、カイ。大手柄だ」

　ぽん、と肩を叩いてくれたのはダニエルだった。

「ダニエルさん…、でも俺、クロノゼラフ様を怒らせてしまったみたいで…」

「お前にお怒りなんじゃねえよ。あれだけ派手に被弾したのは初めてだから、自分自身に腹を立てていらっしゃるんだろう」

　本当にそうなのだろうか。何故助けたのだと、クロノゼラフは空でカイを詰った。

……助けられたく、なかったのか？

　あのまま空で死んだ方が良かったとでもいうのだろうか。皇族に生まれ、あらゆる才能に恵まれ、死神級《グリムリーパー》のパイロットにまでなった男が…。

「上飛将閣下は大丈夫だ。立って歩けるなら、支給されたマナポーションを飲んで休息すればいずれ回復する。フレースヴェルグも、閣下が魔力を注いで下されば修復されるだろう」

「あ、そのことなんですが…」

　リベルの秘密兵器に神聖力が使われており、『聖光弾《ディバイン》』と呼ばれていること、神聖力による損傷は容易にはふさがらないとイムドゥグドが言っていたことなどを告げると、ダニエルは厳つい顔をゆがめた。

「…つまりリベルの奴ら、セラフィエルと手を組んだってわけか。だから自信満々の大編成で侵攻してきやがったんだな」

「リベルの地上部隊は？」

「今のところ現れていない。その聖光弾《ディバイン》とやらでアシュタルの航空戦力を殲滅し、基地にある程度ダメージを与えてから進軍するつもりで国境線ぎりぎりにひそんでいたんだろう。こちらも軍本部と対策を練らなきゃならねえな」

それはもしやあのレオポルトの指示を仰ぐことになるのか、と不安に思ったのが顔に出てしまったらしい。ダニエルはくくっと笑った。

「そんな顔するな。殿下はただのお飾り元帥だ。本部にはちゃんとした将官も参謀も居る。実務を担当するのはそいつらだからな」

「…そんなのでいいんですか？　元帥なのに」

「良くはないが、皇太子が元帥に任じられるのがアシュタルの伝統だからな。どんな無能であろうと務まるよう補佐の仕組みは整ってる。…リベルとセラフィエルの件が事実だと判明すれば、上飛将閣下を元帥に望む声は高まるだろう」

つまりレオポルトを皇太子の座から廃し、クロノゼラフを新たな皇太子に担ぎたいということだ。

平和な時代ならお飾りの元帥でも構わないが、戦乱が避けられないのなら優秀な軍人であり死神《グリムリーパー》級パイロットでもあるクロノゼラフに指揮を執って欲しい。貴族たちのその気持ちはカイも理解出来る。レオポルトの醜態を目の当たりにしてしまったから、尚更。

「皇太子殿下はどうなさっているんですか？」

「近衛どもと避難所《シェルター》に籠もってがたがた震えてるが、リベルの飛行部隊を全滅させたと聞けば大急ぎで帝都に逃げ帰るだろう。自分の立場の危うさはさすがに察しているはずだからな。母の皇后に縋って地盤固めにいそしむんじゃねえか」

クロノゼラフは長い間、よくもそんな異母兄の下で戦い続けたものだ。皇帝コンスタンティンもレオポルトへの帝位継承をためらうくらいだから、クロノゼラフが望めば皇太子の座は容易に手に入ったのではないか。

なのにパイロットとして前線の基地に留まっていたのは…。

「ダニエルさん、あの…」

「上飛将閣下のところに行くのか？」

　ずばりと言い当てられ戸惑ったが、カイは頷いた。本当ならこの後、リベルの新兵器聖光弾《ディバイン》の目撃者として軍議に参加しなければならないことはわかっている。ダニエルもフレースヴェルグの修復のため、カイから話を聞きたいだろう。

　でも、どうしてもクロノゼラフが気になる。頭の奥で誰かが叫んでいる。

　すぐに行け、さもなくば取り返しのつかないことになると。

「わかった、行け。後のことは俺に任せろ」

「…いいんですか？」

「あれだけ激しい戦いをしたんだ。いくら魔瞳持ちの上飛将閣下でも相当堪えたはずだ。あのお方は俺たちには決して弱ったところを見せて下さらないが、お前ならひょっとして…」

　念のためにともう一本マナポーションを持たせてくれたダニエルに礼を言い、カイはクロノゼラフの部屋へ急いだ。


「クロノゼラフ様、…クロノゼラフ様！」

　何度も扉を叩いてみるが、返事は無い。苛立ちまぎれに強く叩くと、弾みで扉がぎいっと開いた。どうやら鍵がかかっていなかったようだ。

　嫌な予感に襲われながら中に入ってすぐ、爪先が何かにぶつかった。

　…人だ。パイロットスーツのままうつ伏せに倒れ、ぴくりとも動かない…。

「……クロノゼラフ様！」

　カイはばっとしゃがみ込んだ。

　重い長身をどうにかあお向けにし、息を呑む。クロノゼラフの白い顔は紅く染まり、浅い呼吸をくり返していた。額に掌を当ててみると、焼けてしまいそうなほど熱い。

「すごい熱だ…」

　常人なら気絶しかねないだろうに、よくぞここまで自力でたどり着いたものだ。

　……弱ったところを見せないのにも、ほどがあるだろう！

怒鳴りつけそうになるのを堪え、ダニエルからもらったマナポーションを開封する。

クロノゼラフがこんな状態に陥った原因は、魔砲の使いすぎによる魔力の欠乏だ。平均的な魔力の主なら眠って回復を待つことも出来るが、魔神の血を濃く宿すクロノゼラフの場合、早急に魔力を補ってやらなければ命に関わる。

カイはマナポーションの飲み口をクロノゼラフの唇にあてがった。これさえ飲んでくれれば、ひとまずの危機は脱せるはずだ。

「……、…っ…」

しかし中身を流し込もうとしたとたん、クロノゼラフはふいっと横を向いた。カイは慌てて手を引いたが、貴重なポーションの液体は半分以上が床にこぼれてしまう。

「クロノゼラフ様、これはマナポーションです。早く飲んで下さい。じゃないと…」

「……要ら、ぬ」

うっすらと開かれた碧眼は、カイを見てはいなかった。ここには居ない誰か――手の届かない誰かの姿を、必死に追い求めている。

「このまま、……放っておけ。そうすれば、…今度こそ、我が小鳥のもとへ逝ける…」

「…な、…っ?」

「ヴィルベル…、…ヴィルベル、我が小鳥、我が唯一の光…」

クロノゼラフは左の拳をのろのろと持ち上げ、そっと口付けた。まるで気まぐれな小鳥を、壊してしまわないよう包み込むように。

「…もう…、許してくれるだろう？　そなたがさずる常世の楽園に、私も迎え入れてくれるだろう？」

よく見れば、クロノゼラフの拳は小瓶を握り締めていた。指先ほどしかないそれは、白い粉のようなものが詰められている。

……灰だ。

カイは直感した。何かに導かれるように伸ばした指先が、透明な小瓶に触れる。

その瞬間。

——馬っ鹿もーん！

癇癪持ちの老人のような怒声が頭の中に鳴り響いた。

カイはとっさに頭を抱えるが、声は頭蓋を突き破りそうな勢いで響き続ける。

——そなたは馬鹿じゃ。救いようのない馬鹿者じゃ！

こだまする声がぐわんぐわんと頭を揺さぶるたび、頭の奥にぼんやりと浮かぶ映像が鮮明になっていった。

長い尾羽を持つ深紅の大鳥をかたどった戦闘機《テンペスタ》が、黒煙を纏わせながら墜《お》ちていく。致命傷を喰らう寸前、相討ちになった敵機の群れと共に。

その機体の大きさ、ぼろぼろに損傷してもなお失わない荘厳たる気配、存在感——間違い無い。死神《グリムリーパー》級の戦闘機《テンペスタ》だ。

やがて地面に叩き付けられた機体から、長い金髪の少年がふらふらと降りてきた。最後の力を振り絞ったのだろう。草むらに転がり、空を見上げると、喉奥から鮮血を吐き出す。

『……はは、………ラッキー』

道連れにされた敵機の残骸を眺め、愉快そうに笑ったきり、少年はまぶたを閉ざし動かなくなった。

パイロットスーツに包まれた小柄な身体から魔力が、生気が抜けていく。

そして最期の息が少年の喉を震わせた、その時。

ぼろぼろの機体から紅い宝玉が飛び出し、紅蓮《ぐれん》の炎を燃え立たせる魔鳥の姿を纏った。

——馬っ鹿もーん！

魔鳥は幻影のくちばしで何度もつつくが、少年は反応しない。

——儂は許さぬぞ。未だ羽も生え揃わないひよっこが…、このような場所で…、このようなくだらぬ理由で誰にも看取られず死にゆくなど許さぬ…、…許せるものか！

許さぬ、許さぬ、許さぬ！

喚き散らす魔鳥だが、心の底では理解していただろう。魔神の天敵たる神聖力の攻撃を受け、墜《お》とされた少年の肉体はもはやいかなるすべをもってしても癒やせないと。何故なら彼は。

「……フェニクス……」

たとえ滅ぼされようと、炎の中からよみがえる。死と再生を司る不死の鳥。

カイの口からこぼれた名が聞こえたかのように、頭の中のフェニクスは深紅の翼を広げた。

長い首を伸ばし、朗々と謡《うた》い始める。少年を罵っていた時とはまるで違う、甘く無垢《むく》な麗しい声音で。再生の歌を。

すると少年の肉体は紅い炎に包まれ、みるまに姿を変えていった。あどけなさの残る十代前半の姿へ、歩き始めたばかりの幼子の姿へ。まるで時の流れをさかのぼらせたかのように。

そうしてとうとう赤子の姿までさかのぼると、炎はふっと消えた。

フェニクスは小さな胸に降り立ち、満足そうに首を揺らす。見事な金髪だったはずの少年の髪は、ありふれた茶色に染まっていた。


——本当は今の姿のまま再生させてやりたかったが、心臓石だけの状態では、これが精いっぱいか…。

紅い魔鳥の輪郭がゆっくり崩れていく。さらさら、さらさらと、白い灰となって。

——だが、それで良かったのかもしれぬ。そなたはじゅうぶんに戦った。新しき生は、戦いともあの男とも無縁であれば良い。儂の殻をかぶったまま全てを忘れ、平穏な暮らし、…を…。

ざぁあ……っ……。

完全に灰と化した魔鳥を、風がさらっていった。風は赤子をふわりと浮かせ、戦闘機《テンペスタ》の残骸から離れた山すそへ運ぶ。

『…た、大変！　こんなところに赤ん坊が！』

『可哀想に、裸じゃないか。早く温かいところへ連れていってやらなければ…』

ほど無くして通りがかった若い夫婦が赤子を拾い上げ、連れていった。

赤子はその後、実子同然に可愛がられて育つことになるのだ。カイにはわかる。何故なら、カイは。

「……ラッキー、って言っていいのかな？」

呟いた声は、ついさっきまでよりも高く澄んでいた。

びくん、と震えたクロノゼラフが碧眼を見開く。

「…ヴィル、ベル…？」

碧眼に映るのは金色の髪を腰まで伸ばし、大きな蜂蜜色の瞳を持つ美しい少年だった。カイとは似ても似つかないが、違和感は無い。こちらこそが己の本当の姿だと…十八年前、不可解な戦死を遂げたヴィルベル・アルディナートこそ自分だと、たった今思い出したから。

「クロノゼラフ、…久しぶり」

答えたとたん、視界がぐるりと回った。魔力が枯渇する寸前とは思えないほど素早く起き上がったクロノゼラフに、押し倒されたせいで。

「ヴィルベル、ヴィルベル、ヴィルベル……！」

「…クロノゼラフ…、苦し…っ…」

のしかかられながらきつく抱きすくめられ、放して欲しいと背中を叩くが、クロノゼラフはいやいやをする子どものように首を振った。

「駄目だ、離さぬ。…ようやく逢えたのだ。二度と離すものか…！」

「クロノ、ゼラフ…」

「逢いたかった…、そなたに逢いたかった！　何度もそなたのもとへ逝こうと思った。そなたの居ない世界に意味など無いのだから」

ぎりぎりと、クロノゼラフの腕が細い身体を締め上げる。鎖だと思った。カイをこの世界につなぎとめる鎖。

「だが自ら命を絶っても、そなたは決して迎え入れてはくれまい。だから…、だから私は…」

……だから戦場で死のうとしたのか。俺と同じ死に方をすれば、同じ場所へ逝けるかもしれないと思ったから……。

『…何故、助けたのだ。私は、死にたかったのに』

基地に帰還する直前、クロノゼラフはきっとそう言いたかったのだろう。…今に始まったことではない。ヴィルベルが死んだ時からずっと、この男は死ぬために生きてきた。

危険な前線基地に留まり続けたのも、カイを聖光弾《ディバイン》から庇ったのも…全ては、ヴィルベルと同じ場所へ逝くためだった。アシュタルの誇る英雄がただの死にたがりだなんて、誰が思おうか。


「……馬鹿じゃないのか。何のために俺があんな真似をしたと思ってるんだ」


はらわたが煮えくり返るほどの怒りと、同じだけの切なさがこみ上げてきた。

十八年前、カイが…ヴィルベルが無許可で単機出撃したのは、レオポルトが決め付けたように功名心を逸らせたからではない。クロノゼラフを守るためだった。

この男を死なせるくらいなら自分が死んだ方がましだと思ったからこそ出撃し、ネルガ軍の待ち伏せに遭ったのだ。

中型級《クロウ》が交じっていても、自分とフェニクスなら問題無く勝てるはずだった。だが敵機は魔砲ではなく人間の軍が用いる砲弾を装備し、その砲弾が撃たれると、フェニクスは一瞬身動きが取れなくなり、もろに被弾してしまった。フェニクスに治癒の魔砲を使わせても、癒やすそばから損傷は広がり、ついには飛行を維持出来なくなった。

地面に叩き付けられるまでの間、これが最期だろうと覚悟していた。

フェニクスの受けたダメージは何故かパイロットにも伝わり、全身が急速にむしばまれていくのを感じ取れたからだ。そこに落下の衝撃が加われば、いくら魔瞳持ちでも耐えきれない。

でも後悔は無かった。むしろラッキーだと思った。これだけのダメージを受けても、襲ってきた敵機を道連れにしてやれたのだ。これでクロノゼラフの身は当面安全だと満足さえしていた。

……どうして、そう思ったんだ？

疑問が生じるが、よみがえったばかりの記憶をいくらさらっても答えは見付からなかった。覚えていないのではなく、欠けているのだろう。他にもところどころまだらに思い出せない記憶がある。

だがその程度で済んだのは、我が身に起きた奇跡を考えれば僥倖《ぎょうこう》といっていい。

……フェニクス……。

ヴィルベルが息絶えようとしたその時、フェニクスは機体を飛び出し、魔法を使ってくれた。生きとし生ける者全ての肉体と魂を炎の中から再生させる魔法――『再生の祝炎』。魔神アシュタルトさえ行使出来ない究極の治癒の魔法を。

しかし、奇跡の代償は大きかった。

フェニクスは肉体を失い、心臓石だけの状態だ。しかも砲撃を受け、致命的なダメージを負っていた。そこへあれほどの大魔法を発動させたのだ。フェニクスの心臓石は燃え尽き、灰となって風にさらわれていった。

ヴィルベルは赤子の姿で再生された。これもフェニクスの力が及ばなかったせい…だけではないのだろう。取り戻した記憶の最後で、フェニクスはヴィルベルが新しい生を穏やかに過ごせるよう望んでいた。戦闘機《テンペスタ》に乗ること無く、クロノゼラフと巡り会うことも無く。

だから最後の魔力を振り絞り、ヴィルベルの身体と心に殻をかぶせた。金糸雀の君と謳われた美貌と蜂蜜色の魔瞳は、平凡な顔立ちと茶色の髪と瞳に。一度死にかけるまでの記憶はフェニクスの殻の奥に仕舞われた。

おかげで養父母に拾われ、カイと名付けられた後は人間の民として、つつましくも平穏な日々を謳歌してきた。フェニクスが願った通りに。

一方で唯一の存在を喪《うしな》ったクロノゼラフのその後は、カイの想像よりもはるかに過酷だったようだ。

視界の端に映る、床に転がった小瓶。あの中身はきっとフェニクスの灰だ。

クロノゼラフの愛機フレースヴェルグは全ての暴風の源と謳われる魔獣。風の操作には誰よりも長けている。クロノゼラフはフレースヴェルグの力をヴィルベルが墜《お》ちた現場の周辺で使い、風に舞う灰をかき集めたのだろう。

……たったこれだけの量を集めるのに、どれだけの時間と手間を費やしたんだろう。

見えない執念の鎖が絡み付いてくるようで、カイはぞくりとした。フェニクスにかぶせられた殻が外れたのは、クロノゼラフに集められた灰が呼び水となったせいだ。

クロノゼラフの執念がヴィルベルの記憶と姿を呼び戻した。

再び殻をかぶり、カイの姿に戻ることは出来る。フェニクスもそれを望んでいたし、今さら十八年前に死んだはずのヴィルベルが生き返っても混乱を招くだけだろう。

でもその前に、やらなければならないことがある。

「…おい、クロノゼラフ」

カイは握ったままだったマナポーションをどうにか口元まで運び、かろうじて残っていた中身を含んだ。縋り付いて離れない男の顔を苦労して上げさせ、かさついた唇に己のそれを重ねる。

「……！」

クロノゼラフはびくりと身を震わせたが、カイの舌に促されるがまま唇を開き、流し込まれるマナポーションをおとなしく嚥下《えんげ》した。

マナポーションには即効性がある。これで生命の危機はひとまず回避出来るはずだ。

……あとはこいつに支給された分を飲ませて、寝かせておけば完全に回復するだろう。

クロノゼラフのパイロットスーツをまさぐり、マナポーションを探していると、ぐるると獣の呻くような音がした。その発生源がクロノゼラフの喉だと気付いたのは、部屋の奥にあるベッドに運ばれた後だ。

「…クロノゼラフ？　何を…」

「ヴィルベル…、我が小鳥…」

覆いかぶさってきたクロノゼラフが左腕の腕輪に触れると、長身を包むパイロットスーツが一瞬で消え失せた。

一糸纏わぬ肉体が露わになり、カイはひくりと喉を鳴らす。記憶にあるよりいっそう逞《たくま》しさを増した鋼の肉体――同性でも見惚れずにはいられないその

裸身の中心に、畏れを抱いてしまうほどの質量を誇る雄が反り返っていたせいで。

「――愛している」

碧眼の奥に乱舞する光が炎を纏った。カイをからめとり、燃やし尽くそうとする激情の炎だ。ヴィルベルであった頃のカイが、必死に目を逸らそうとしていたもの。

「本当はずっと告げたかった。幼き頃、初めて引き合わされた瞬間、我が心はそなたの虜となった。そなたを我が手の内に閉じ込め、私のためだけにさえずらせたいと願っていたのだと…」

「クロノゼラフ…、俺は…」

「だが人よりも魔神に近い私が愛欲の全てをぶつければ、か弱きそなたを壊してしまうかもしれない。そう怖れ迷ううちに、そなたは逝ってしまった…」

碧眼から熱い涙の粒が次々とこぼれ落ち、カイのパイロットスーツを濡らしていく。

泣いているのは魔瞳だけではない。臍につくほど反り返った雄の先端も、透明な先走りをぼたぼたと溢れさせている。

「……だからもう、迷わぬ」

濡れた碧眼に見惚れていると、左腕の腕輪に触れられた。

しまった、と思ったがもう遅い。魔力を流され、パイロットスーツを消されてしまう。生まれたままの姿が、クロノゼラフにさらけ出される。

クロノゼラフは恍惚《こうこつ》の眼差しでカイの裸身を舐め回した。

「焦がれて焦がれて、ようやく逢えたのだ。…常世ならばそなたを壊してしまう心配も無い。我が思いのたけを注いでやれる…」

「…あ…、…んっ！」

魔神の魔力がこもった視線は不可視の指と化し、白い肌を撫でていく。女性との経験すら無い身にはそれだけでもつらいのに、クロノゼラフはカイの両脚を腰が浮くほど高く担ぎ上げ、あわいに息づく蕾に舌を這わせる。

……常世？　こいつ、自分がもう死んだって思ってるのか？

　さもなくば死んだはずのヴィルベルに逢えるわけがないと、そう思い込んでいるのか。…だったら好都合だ。魔力補給の手段はマナポーションに限らない。肌を重ね、つながった部分から魔力を注いでやることでも回復する。

　今のカイなら体内の魔力を自在に操作し、クロノゼラフを満たしてやれる。その後でフェニクスの殻をかぶり直してカイの姿に戻り、この場を立ち去れば、目覚めたクロノゼラフは魔力欠乏のせいで夢を見ていたと思うに違いない。

　……そう、だ。これは夢なんだ。

　目覚めれば全て無かったことになる。だったらきっと…何をしても許される。

「…クロノゼラフ、離して」

　カイがねだると、クロノゼラフは股間に顔を埋めたまま首を振った。どうあっても離さないという強い意志を感じ、肌が熱を帯びる。

「逃げないから。…俺も、お前に触れたいから」

　癖のある黒髪を撫でると、顔を上げたクロノゼラフがごくりと喉を鳴らした。

　カイはあお向けになったクロノゼラフに尻を向ける格好でまたがり、そびえる雄にそっと手を伸ばした。

「っ…、ヴィルベル…」

　尻たぶをかき分け、蕾を舐め蕩かしていたクロノゼラフがびくりと震える。か弱く儚い小鳥が自らこんな真似をしたので、劣情を煽られたのだろうか。

「……あ、ぁっ……」

　太い刀身を両手で包み込んだとたん、先端からどぷりと白い粘液が溢れ、カイの顔と手を汚した。火傷しそうな熱さにおののきつつも、カイは口内に先端を沈めていく。

　……何て、大きい……。

　顎が外れそうになる寸前まで口を開いているのに、子どもの拳ほどありそうな先端は張り出したえらの部分でつっかえ、上手く口内に収まりきらない。魔力を注ぐには、出来るだけつながりが深い方がいいのだが。

「……ぅっ…！」

むっちりした肉をしゃぶっていると、ふやかされた蕾の奥に何かがぬるぬると入り込んできた。

みるまに奥の行き当たりまでたどり着いたそれはクロノゼラフの指…ではない。クロノゼラフの手はカイの尻たぶを割り開き、むちむちした感触を堪能するのに夢中だ。それに指では、どんなに長くてもこんな奥まで入り込めるわけがない。

「…ん…っ、う…」

ぴちゃり、と腹の中から淫らな水音が聞こえ、カイは悟った。

常人よりも長いクロノゼラフの舌と魔力の触手が肉の隘路を拡げているのだと。…この大きすぎる雄を、受け容れさせるために。

「う、…ん、ぅ…、ふ、ううっ…」

行き当たりをこじ開け、さらに奥へ進もうとする触手に、そんなところまで拡げる意味があるのかと疑問を覚える。

だがそれもつかの間のこと。熱い舌に腹の内側のしこりを抉《えぐ》られ、背筋に電流のような感覚が駆け巡る。

「ふ、…うう、…ぐぅっ！」

弾みでこぼしてしまいそうになった口内へ、雄は侵入を果たした。カイの舌をえらでごりごりと擦り上げながら、一気に喉奥まで。逃げることなど許さないと恫喝《どうかつ》せんばかりに。

口いっぱいに精液の味が広がる。

太い肉杭に栓をされては吐き出せず、カイは必死に喉を鳴らし、唾液混じりの精液を飲み込んだ。ごくりと嚥下する音が聞こえたのか、クロノゼラフは尻たぶに強く指を喰い込ませ、魔力の触手をうごめかせる。

「う…、うぅ、う、…んー…っ！」

——そんな奥、駄目。おかしくなる。

雄を頬張ったまま、カイはふるふると首を振って訴える。

だがそれはクロノゼラフの欲望をそそるだけだったようだ。新たに生じた触手がカイの肉茎に絡み付き、扱きたてる。

「…んぅぅ…っ、うう、…っ…」

腹の中の触手が暴れ、ひくつく媚肉をクロノゼラフの舌がなだめるように舐め回す。

未知の感覚に翻弄《ほんろう》されながらも、カイは先端から少しずつ魔力を流し込んでいった。…一気に注ごうとは思えなかった。こんな状態でクロノゼラフを全快させてしまったら、とんでもないことになりそうで。

ぐぽん、と触手が届いてはいけない奥に嵌《は》まり込む。

「……うう、……！」

同時に肉茎を強く扱き上げられ、カイの頭は真っ白に染まった。

びくんびくんと震える蕾から、長い舌と触手がゆっくりと這い出ていく。粗相にも似た感覚に、悪寒と紙一重の快感が背筋をわななかせる。

「……ヴィルベル」

クロノゼラフはねっとりと囁き、尻たぶをいやらしく撫で上げた。魔力の触手と舌を銜《くわ》え込まされていた蕾はしとどに濡れ、小さく口を開けている。

「我が小鳥。こちらを向いて、顔を見せてくれ」

「ん、…んぅ…」

でも、まだクロノゼラフは達していないのに。

頬が膨らむほど怒張した雄を咥えたまま首を振れば、濡れた蕾を愛おしそうに舐められる。

「構わぬ。…まずは、そなたのここを満たしたい。他の誰もそなたの中に入れぬように」

「…う…、…あぁっ…」

大きな手が細腰を両側から鷲摑《わしづか》みにし、驚異的な膂力で上体ごと持ち上げた。くるりと上下を入れ替えられ、あお向けに寝かされる。

「…っ…、ああ、ヴィルベル…」

覆いかぶさってきたクロノゼラフは、歓喜と感動に碧眼を輝かせた。カイの頬を拭った指先は、さっきクロノゼラフが放ったもので濡れている。

「無垢なそなたを我が欲望で穢《けが》す日が、本当に訪れようとは…」

「クロノゼラフ…、お前も…」

カイの精に汚れた胸板に触れようとした手は、一回り以上大きなそれに握り込まれた。クロノゼラフの口元に引き寄せられ、恭《うやうや》しく口付けられる。

「そなたが穢れでなどあるものか。そなたを構成する全ては清らかで祝福されている。この手も、…この蜜も…」

クロノゼラフがうっとりと頬擦りをする手はさっきまで雄を握っていて、見事な筋肉の畝《うね》を伝い落ちる精は尻を触手に侵されながら吐き出したものなのに、碧眼は狂信的なまでの陶酔に潤んでいる。カイが穢れを知らない清らかで儚い小鳥だと、信じて疑わない目だ。

……十八年前と変わらないな。いや、もっと酷くなった。

正直、カイが愛撫されて精を吐いたら、クロノゼラフは幻滅するのではないかとほんの少しだけ疑っていたのだ。小鳥は生々しい行為とは無縁の、ただ愛でられるだけの存在だから。

だが思っていた以上に、クロノゼラフの感情は複雑だったらしい。カイを無垢で清らかだと称えながら、股間の雄はカイを犯すためにそそり勃《た》っている。

「ヴィルベル、我が小鳥…私を受け容れ、私のものになってくれ」

「あ、……!」

クロノゼラフはカイの脚を大きく開かせ、さらけ出された蕾に先端をあてがった。

ひとりでに喉が鳴る。その大きさもむっちりした質感も、すでに味わわされている。あんなものをねじ込まれたら、小柄なまま成長してくれなかったこの身体は裂かれてしまう。

「…あ…、…ああ、…あっ……?」

激痛を覚悟したカイだが、濡れた媚肉は拳大の先端をあっさり呑み込んだ。明らかに容量を超える刀身がずるずると媚肉の隘路に沈んでいく。

何の抵抗も受けず、誂えられた鞘《さや》に収まるかのように。

……な、に、……これ？

みしみしと身体が軋む不吉な感覚も、内側から異物に無理やり拡げられるすさまじい圧迫感も確かにあるのに、痛みだけが存在しない。…これでは、このままでは…。

「初めて犯されたのに、腹で快感を得てしまう……か？」

カイの焦燥をたやすく読んだクロノゼラフが、くくっと喉を鳴らした。

「安堵せよ。そなたがおかしくなったわけではない」

「な、…に…？」

「魔神は愛する者には一途なのだ。愛する者に嫌われないためなら、苦しませないためならどんなことでもする。…痛みを遮断し、いくら拡げられても傷付かぬ特殊な媚薬に己の体液を変化させることもな」

びくん、と腰が震えた。クロノゼラフの言葉が真実なら、カイはそのとんでもない効果の媚薬をさんざん腹の中に塗り広げられて…。

「や、…あっ、…あぁぁっ…」

「私の種を腹に受ければ受けるほど、快楽に酔いしれることが出来るだろう。…苦痛は決して味わわせぬ。だから…」

——安心して孕み狂え。

独占欲と熱情のしたたる囁きに全身が溶かされた。抵抗を忘れた媚肉と熱烈な口付けを交わしながら、クロノゼラフは腰を進めていく。時折先端を揺らし、蕩けた媚肉の具合を確かめて。

「…あ…っ、ああっ、…あん…っ、あ、あ……」

いっそ痛みがあってくれた方が良かったかもしれない。激痛に気を取られていれば、つつましく閉じているべき肉道を孕まされるために拡げられ、媚肉が歓喜にざわめく感覚を味わわずに済んだのに。

「あぁ…、ヴィルベル、ヴィルベル…っ…」

クロノゼラフは本能的に逃げようとした身体を鋼の腕で囲い込み、無防備にさらされた胸を吸い上げていく。

…痛みは無い。ただ紅い痕を刻まれるたび、クロノゼラフのものに造り替えられていくような気がするだけ。

「ひ…っあ、…んっ、クロノゼラフ……、やだ、…やだぁっ……」

かなり奥まで入ったはずなのに、雄はまだいっぱいに口を広げた蕾を擦り上げ、さらなる奥地を目指している。

いったいどこまで侵すつもりなのか。黒髪を引っ張って抗議すれば、愛おしそうに碧眼を細めた美貌がずいと近付いてきた。

「ん……っ、ん、……んーっ……！」

……違う！　口付けをねだったんじゃない！

深く重ねられた唇から熱い舌が入り込んできて、カイは逞しい背中をかかとで蹴った。だが熱い先端に敏感な部分をずちゅりと抉られ、思わず両脚を背中に絡めてしまう。

「ううう、……んっ！」

碧眼の奥に狂おしい光が乱舞し、燃え上がる。それだけで、カイにはクロノゼラフの心を読むことが出来た。

――ああ、ヴィルベル、我が小鳥！　そなたから私を求めてくれるなんて……！

――もちろんだ、ヴィルベル。そなたが望むならいくらでも与えよう。いくらでも狂わせてやろう。私無しでは生きていけなくなるほどに。

底無しの沼にも似た熱情にからめとられそうになる。

ごくん、と上下した喉に、混ざり合った唾液が落ちていった。…腹が熱くなる。魔神が愛しい者のために作り出す媚薬はこんなところにまで効果があるのか。

クロノゼラフの精を飲んだだけではしたなく善がる自分が思い浮かび、カイは逞しい背中に縋らずにはいられなかった。クロノゼラフの劣情をより煽り立てるだけだとわかっていても。

どくん、と腹の中で雄が脈打つ。

「……っん、んん、……ぅ……！」

すさまじい勢いで吐き出される精の奔流を、カイは鋼の肉体に閉じ込められたまま受け止めさせられた。

クロノゼラフが容赦無く体重をかけてくるせいで互いにはわずかな隙間も無く、身じろぎも叶わず、口から息をすることも出来ない。痛みにも逃げられず、おびただしい量の粘液に腹が満たされていく感覚を味わわされる。

じり、じり…と聞こえるのは、理性が焼き切れていく音だろうか。それとも狭い肉道がクロノゼラフのために拡がっていく音だろうか。

「ふぁ、…あ、…ああ…」

やがてクロノゼラフが名残惜しそうに唇を離しても、雄はまだ精を吐き続けていた。いやらしくカイの腹を撫でていた手に、紅い舌が這わされる。

ぴちゃりと蜜をすする音が聞こえ、カイはようやく気付いた。中に出された瞬間、カイもまた絶頂へ達していたのだと。さっき極めた時と違い、肉茎には指一本触れられていなかったのに。

「……想像、以上だ」

クロノゼラフがカイの長い金髪を掬《すく》い、口付けた。

「何度も想像した。私に犯され、私の種を孕むそなたを。出逢った頃から今日まで、ずっと…ずっと。気が狂いそうになるほどに」

「あ…、…ぁあ…っ…」

「だが本物のそなたは、私の想像など比べ物にもならない。…淫らなのに清らかで美しく……愛しい、愛しい、愛しい……」

クロノゼラフの濃い茂みが蕾に密着する。

つながった部分がぶちゅりと音をたて、泡立った精がいっそう奥へ流し込まれた。空いた空間は未だ吐き出され続ける精がすかさず満たし、カイの腹を埋めていく。

「クロノゼラフ…っ、も、…う…っ…」

カイは怖くなってクロノゼラフの背中を叩いた。こんなに射精が長く続くなんて、どう考えても普通ではない。

だがクロノゼラフはなまめかしく微笑み、とんでもないことを告げる。

「大丈夫だ。十八年分だからな」

「……え？」

「そなたが先に逝ってからの十八年間、私は欲望を内に秘め、ただの一度も発散させること無く、そなたのもとへ逝くためだけに生きていた。…その全てを、今こそそなたに捧げよう」

あまりに艶めいたいい声なのでうっかり聞き惚れそうになるが、つまりクロノゼラフはヴィルベルの死後一度も白慰をしたことが無く、溜め込んだ十八年分の精をカイの中に出してやる、と言いたいらしい。しかも人より魔神に近いクロノゼラフの雄は、まぐわっている間じゅう精を吐き出すことが可能なようだ。

「…む…っ、無理だ、そんなの…お腹、裂けちゃう…、…んっ…」

カイは白分の倍はありそうな厚みの身体をどうにかして押し返そうとするが、薄い腹の上から中に居座る雄をまさぐられ、思わず腰をわななかせてしまう。

「苦痛は与えぬと言っただろう？　私の種はそなたに吸収され、そなたの血肉となる。そなたもまた濃い魔神の血を持つゆえな」

「そ…、んな…っ…」

「…いや、もはや魔神の血など関係無いか。ここは常世。そなたと私だけの世界だ。いくらまぐわおうと孕ませようと、我が思いのまま…誰にも邪魔は出来ぬ…」

ずるる、とクロノゼラフは腰を引き、先端が半ばまで出た状態で止めた。入り口近くに精を浴びせられ、カイは四肢を震わせる。

「ああ、あ、ああっ……」

「ヴィルベル…、我が愛しの小鳥……」

クロノゼラフはカイの尻に手を滑らせ、再び腰を沈めていった。

すっかり懐柔された媚肉はもはや何の抵抗もせず太い楔《くさび》を受け容れる。溜め込んだ精を吐き、すでに出された精を奥へ奥へと送り込みながら。

「…ひ…っ、あ、あ、…入って、くるぅ……」

粘り気の強い精は媚肉に絡み付きつつも、カイの肉道をみちみちと満たしていく。

カイは否応無しに悟った。つながる前、クロノゼラフが触手を使ってまで執拗に奥を解したのは、より多くの種を植え付けるためだったのだと。…精を受け止めさせられ続ける腹は、そうでもしなければ吸収する前に裂けてしまうかもしれないから。

……十八年分って…、いったい、どれだけ……。

魔神の血が濃い者は性欲も強いというが、カイは信じていなかった。カイ自身、その手の欲望は薄かったからだ。

死ぬまで女性と関係を持ったことも、持ちたいと思ったことも無い。クロノゼラフと共に空を駆ける方がよほど爽快だったし、心も満たされた。貴婦人の憧れの的のくせに誰も相手にしなかったクロノゼラフも、きっと自分と同じなのだと思っていた。

けれど本当は、ずっと隠していただけだったのか？　冷徹なパイロットの仮面の下に、この焼き焦がされそうなほどの欲望を。

……知らなかった？　ううん、そうじゃない。

「ヴィルベル、感じてくれているのか？　我が種がそなたに蒔《ま》かれ、そなたの血肉となってゆくのを…」

小柄な身体が軋み、精と雄に膨らまされた腹がひしゃげるのも構わず、クロノゼラフはカイを抱きすくめる。カイを…ヴィルベルを掌の中に閉じ込め大切に守りたい気持ちと、壊してでもいいから己のものにしてしまいたい衝動が碧眼の中でせめぎ合っている。

…この目は知っている。いつの頃からか、クロノゼラフはこの目でヴィルベルを見るようになった。ヴィルベルとて男だ。クロノゼラフの心に宿る熱情に、気付かないわけがなかった。

でも、応えてはいけなかった。捕まりたくなかった。だからずっと気付かないふりをしていた。十八年前のあの日、フェニクスと共に墜《お》ちるまで――。

「…う、…ん…、クロノゼラフ…」

あえかな囁きを紡ぐ間にも放出され続ける精はカイの腹を膨らませ、媚肉からじわじわと染み込んでいく。濃厚な魔神の精を受けた血肉が活性化し、熱を帯びていくのがわかる。

魔力が枯渇しかけていてこれだ。万全の体調だったら今頃…。

「感じる…、よ。お前が…、俺の中で、大きくなってく、のが…」

項がぞくぞくと震えるのを感じながら、カイはクロノゼラフの首に腕を回した。

まぐわうのは今日が最初で最後だ。相思相愛の恋人同士のように振る舞っても、後で全部無かったことに出来る。…出来てしまう。

「…ヴィル、ベル…」

「おっきくて…、熱くて、…気持ち、いい…っ…」

「ああ、……ヴィルベル……！」

腹の中の雄が大きく脈打ち、流れ込む精の量が一気に増えた。

カイは無意識に腰を揺らし、中に留まる精を奥へ導く。行き場の無かったクロノゼラフの激情を、残さず受け止めてやりたくて。

「愛しいヴィルベル…、我が小鳥、…私の、……私だけの……」

「あ…、あぁっ、あっ、あ……」

「何故、先に逝った。…私を、連れて逝ってくれなかった。私の居場所は、そなたの傍ら以外に存在しなかったのに…っ…」

カイを押し潰したまま、クロノゼラフは激しく腰を突き入れる。

ぐぷん、と先端が奥の行き当たりを突破し、先に精が満たしていた最奥に嵌まり込んだ。

「あぁ、……あっ、ああっ！　駄目、…駄目ぇっ…、そこ、は…」

「叶うことならそなたの翼をもぎ取ってやりたいが、毛一筋の傷さえつけたくない。…ならばこの私自身が重石となり、縛り付けておくしかない。二度とどこにも飛んでゆけぬように…」

「や…っあ、あ、あぁぁ…っ！」

入ってはいけない場所に入り込んだ先端が、敏感すぎる媚肉をどちゅどちゅと殴るように突き上げる。一突きされるたびに嬌声が溢れ、カイの頭は白く染まっていった。

密着した腹がぬるぬると滑る。いつの間にかまた達してしまったのか。

「クロノゼラフ…、…クロノゼラフぅ…っ…」

半開きになった唇から漏れる声は自分でも驚くくらい甘ったるい。こんな声で呼べばクロノゼラフを煽るだけだとわかっているのに、呼ばずにはいられなかった。

クロノゼラフが望んでいるから？

…違う、それだけではない。カイもずっと呼びたかった。再生を果たしてさえ自分を引きずり寄せた、執念の鎖の主を。肉親よりも大切に思っていた幼馴染みを。

「ヴィルベル、…ああ、ヴィルベル…、そなたのさえずりは何と甘い……」

クロノゼラフは胴震いし、ぬかるんだ媚肉を容赦無く抉る。同時に熱い精をびしゃびしゃと浴びせられ、快感は果て無く高まっていく。

「…もう、どこにも行かせぬ…」

「…っあ、あん、あっ、あっ…」

「二度と離さぬ。常世の闇に落ちる時も、決して…」

睦言《むつごと》を吹き込まれるたびに胸がずきんと痛んだ。魔神の媚薬は心の疼《うず》きまでは癒やしてくれないらしい。

……これが、最後なのに。

ようやく捕らえたはずの存在が腕の中から消えていたら、クロノゼラフは絶望するだろうか。それとも怒るのか、悲しむのか。

…それでもいい。冷たいようでいて情の深い、優しいこの男が何にも囚われずに生きていてくれるのなら。

「ごめん…、…ごめん、クロノゼラフ…」

カイは一回り以上大きな身体に縋り付いた。

クロノゼラフの願いなら何でも聞いてやりたいが、ずっと共に在るという願いだけは叶えてやれない。

カイは…ヴィルベルは死んだのだから。

「いいのだ、ヴィルベル。…そなたは私を迎え入れてくれた。これからはずっと一緒だ…」

カイの真意を知るよしも無いクロノゼラフに、また胸が痛む。

歓喜の滲んだ顔を見ていられなくなり、カイは逞しい肩に顔を埋めた。


「う…、……くっ……」

カイは鋼の鎖のごとく絡み付いて離れない腕を何とか解き、ベッドを這いずってクロノゼラフから離れた。嵌まったままだった雄がずるると抜けていく感触に身を震わせながら、そっとクロノゼラフを窺う。

「…良かった。寝ているな」

さすがの死神級《グリムリーパー》パイロットも、魔力の欠乏には勝てなかったらしい。腕の中が空っぽになってもまぶたを閉ざしたまま、安らかな寝息をたてている。


離れる前にカイの魔力を注いでやったが、完全に魔力量が戻るまで数時間は目覚めないだろう。カイの痕跡を消すにはじゅうぶんすぎる時間だ。

まず生々しい情事の痕を残すクロノゼラフの肉体を魔法で清める。洗浄の魔法は野営中に何かと重宝するため、魔力持ちの軍人ならたいてい習得しているものだ。

瞬時に綺麗になったクロノゼラフにパイロットスーツを着せ、フェニクスの灰の小瓶をポケットに仕舞い、乱れたベッドのシーツにも洗浄魔法をかける。

あとは自分自身も清め、フェニクスの殻をかぶり直してカイの姿に戻り、ここを出ていけば証拠隠滅は完了――だったのだが。

「…な、何で洗浄魔法が効かないんだよ…」

べっとり汚れていた肌は綺麗になったのに、腹の中に注がれた精は何度魔法を発動させてもそのままだ。自分で掻き出すしかないらしいが、これ以上クロノゼラフの部屋に留まっているのはまずい。

……仕方ない。まずはここから出ることを優先しよう。

　カイは半眼になり、意識を己の内側に集中させた。するとすぐに魔力で編まれた薄皮のようなものが見付かる。フェニクスがかぶせてくれた殻だ。

　その殻が全身を覆う様を想像すると、視界の端に揺れていた長い金髪が消え、貴族特有の白い肌もほど良く日焼けしたそれになった。無事、カイの姿に戻れたようだ。赤ん坊からやり直したせいか、今はこちらの姿の方が馴染み深い。

　腕輪を使ってパイロットスーツを装着し、腹の中のものをこぼしてしまわぬよう注意しながら起き上がる。

　ここを出たら、次に会う時は上官と部下だ。幼馴染みとして接することも、肌を重ねることも二度と無い。

　眠るクロノゼラフの黒髪を撫でようとして、カイは手を引っ込めた。

「…さよなら、クロノゼラフ」

　足音を忍ばせ、部屋を出る。明かりの灯された廊下に人影は無く、窓の外には夜闇が広がっていた。訪れた時はまだ明るかったから、少なくとも四半日はまぐわい続けていたのか。

　誰とも鉢合わせしないうちにと、カイは自室に急いだ。真っ先に向かうのはもちろん浴室だ。

「う、……んっ、……くぅっ……」

　羞恥《しゅうち》を堪え、ひざまずいて蕾に指を突き入れる。少し広げてやっただけで、注ぎ込まれていたものはどろどろと溢れ出てきた。

　床のタイルを汚す精はかなりの量だが、これはクロノゼラフがカイに植え付けた種のほんの一部に過ぎない。

　十八年間、溜まりに溜まっていた精を全てカイに捧げる。クロノゼラフの言葉は嘘偽りではなかった。

　まぐわう間じゅう一度も抜かれなかった雄は精を注ぎ続け、カイの腹を何度も膨らませた。疲れ果てたクロノゼラフがカイを抱いたまま眠りに落ちるまで、いったいどれだけの精を受け止めさせられたのか。

フェニクスに感謝だ。カイの肉体は今、クロノゼラフの精をたっぷり吸収した影響で濃い魔神の気配を纏っている。当分の間は消えないだろう。フェニクスの殻をかぶっていなければクロノゼラフはもちろん、ダニエルのように感覚の鋭い者にも勘付かれかねない。

「フェニクス……」

どうにか全ての精を搔き出し、部屋のベッドに座ると、よみがえったばかりの記憶が脳裏に浮かんでくる。最後の力を燃やし尽くし、灰となってまでカイを助けてくれた愛機。

『馬っ鹿もーん！　もっと己を大事にせよと、何度言えばわかるのだ、お前は！』

しょっちゅう叱られていた。けれど捨て駒にされる小型級《スパロウ》や地上の兵士たちを見捨てておけず、前線へ突撃するカイをフォローしてくれるのもフェニクスだった。フェニクスが治癒の魔砲を使ってくれたおかげで、数えきれないほどのパイロットと兵士が助かったのだ。

『お前に選んでもらえて、俺、本当にラッキーだったよ』

カイがそう言うと、『やはりお前は馬鹿者だ』と呆れられるのが常だった。十八年前はカイの独断で出撃し、墜《お》とされてしまったのだ。まさか助けてもらえるとは思わなかった。

「…ごめん。フェニクス…」

戦闘機《テンペスタ》とも戦場とも、クロノゼラフとも関わらず、平穏な人生を送って欲しい。それがフェニクスの願いだったのに、カイはかつて過ごしていた基地に舞い戻ってしまった。

……ペリアス、あいつ……。

ここに戻る元凶となった男を思い出すと腹が立つ。ペリアスはクロノゼラフとヴィルベルがこの基地に着任した時から、死神級《グリムリーパー》に選ばれた二人に敵愾心を燃やしていた。いつか事件を起こすのではないかと危惧していたが、こんな形で予感が的中するとは。

イムドゥグドが村の近くに墜落しなければ、今も家族と共に暮らせていたのだろうか。

クロノゼラフが大切そうに持っていた灰の小瓶を思い出し、カイは首を振る。…だとしてもきっと、別の原因でここへ引き寄せられていただろう。クロノゼラフの執念によって。

「これから、どうすればいい…？」

ヴィルベルが生きていた——再生されていたことは、誰にも明かせない。ヴィルベルとしての知識と記憶、そして魔力を取り戻した今なら基地を脱出し、家族を連れてどこかへ逃げることも可能だが、実行する気にはなれなかった。

……十八年前、フェニクスを墜《お》としたネルガの砲弾。あれはたぶん、リベルの銀色の機体が使った聖光弾《ディバイン》と同じだ。

イムドゥグドは言っていた。聖光弾《ディバイン》にロックオンされたとたん、カイから魔力が流れてこなくなったのだと。

十八年前にも同じ現象が起き、フェニクスは墜《お》とされてしまったのだろう。

神聖力を受け継ぐ唯一の天使の末裔、セラフィエル聖王国は人間の国を支援しているから、リベルが神聖力の込められた武器を使うのはおかしくない。

…おかしいのは、ネルガ軍が聖光弾《ディバイン》を撃ってきたことだ。ネルガはアシュタルと同じ、魔神を祖とする魔国…セラフィエルの敵国なのに。

何らかの事情で利害が一致し、ひそかに手を組んだ？　いや、そんな重大事を十八年もの間隠し通せるわけがないし、聖光弾《ディバイン》という切り札があれば、ネルガはとっくにアシュタルを制圧にかかっているだろう。

だがペリアスを追ってきた部隊は魔砲しか撃たなかった。イムドゥグドを墜《お》とせる絶好の機会に切り札を使わなかったのだ。

今のネルガ軍には聖光弾《ディバイン》の備蓄が無いか、あるいは…。

「…切り札の存在を、ネルガ軍の一部の者しか知らない…とか？」

ヴィルベルとして生きていた頃、聞いた覚えがある。ネルガ軍は王族出身の若き将軍エッカルトが台頭しつつあると。いずれ己が玉座に就くべく野心を燃やしており、そのためなら手段を選ばない狡猾《こうかつ》な男だと。

かの将軍がひそかにセラフィエルのマルケルス王と通じているのなら、カイの疑問は全て解消される。十八年前すでに聖光弾《ディバイン》が開発されていたにもかかわらず、セラフィエルが大々的な魔国討伐に出なかったのは…おそらく、聖光弾《ディバイン》を造り出すには相当な量の神聖力が必要とされるからだろう。

セラフィエルの王族は少ない。全員が聖光弾《ディバイン》製造にかかりきりになるわけにもいかないから、前線で派手に撃ちまくれるだけの量が確保出来ないのだ。

そのあたりの事情はリベル軍も変わるまい。貴重な備蓄を今日、リベル軍はかなり消耗してしまった。当分の間、リベルの鉄鋼機部隊《カリュブス》が侵攻してくることは無いはずだが…。

……問題は、ネルガだな。

エッカルトが玉座を奪ったのかどうか、まずは調べなければなるまい。まだ将軍の地位に甘んじていたとしても、玉座への野望は消えていないはずだ。軍閥の支持を得るために十八年かけて備蓄した聖光弾《ディバイン》を投じ、宿敵アシュタルを攻め落とそうと目論んでいる可能性は高い。

「セラフィエルのマルケルス王が絡んでいれば、リベルとエッカルトが協力している可能性もあるのか。今日の侵攻は陽動で、軍本部の目がここに向いている間に帝都を急襲、とか…じゅうぶんありうるな」

想像するだけでげんなりしてしまい、カイはばたりとベッドに倒れ込んだ。

数を減らしたとはいえ魔国は五国が健在だが、聖国はセラフィエル一国しか存在しない。足りない数を補うため、セラフィエルは天上神の名のもとに人間の国々を扇動してきた。彼らにとって自分たち魔神の末裔は悪魔同然であり、存在すること自体が悪なのだ。

ヴィルベルだった頃は、そうした人間の国々の侵攻を防ぎ続けてきた。人間の捕虜から悪魔と罵られるたびうんざりしていたが、そこに同じ魔国が加わるのか。

いずれにせよ、ネルガとセラフィエルの関わりが明らかになり、聖光弾《ディバイン》の脅威が除かれるまではここを離れるわけにはいかない。しばらくはイムドゥグドのパイロットとしての日々が続く。

「…、そういえば…」

カイは押し寄せてくる眠気を振り払い、軍服に着替えると、格納庫へ向かった。昼間リベルの襲撃があったせいで夜間も厳重な警備体制が布かれているが、ヴィルベルの能力を取り戻した今なら、気配を絶って目的地まで見咎められずにたどり着くのは簡単なことだ。

……ダニエルは居ないな。良かった。

あの男は戦闘機《テンペスタ》に関しては異常に鼻がきくので、見付かってしまうかもしれない。

十八年前とは変わり果てた姿を思い出し、カイはくすりと笑った。頭でっかちだけど妙に可愛かった坊ちゃんが、あんな成長を遂げようとは。

フレースヴェルグが修繕区域に運び出されたせいで妙にがらんとした最重要区域に、目的の機体は悠然と佇んでいた。

――本当の己を取り戻したか。

カイが足を踏み入れるなり、イムドゥグドは語りかけてくる。ゴロゴロと猫が喉を鳴らすような笑い方が今となっては懐かしい。フェニクスと話していると、よくこんなふうに笑いながら茶々を入れてきたものだ。

「イムドゥグド。…お前、最初からわかってたんだな。俺の正体を」

記憶を取り戻す前から、何となく違和感を抱いてはいたのだ。

『聞こえるとも。久しいな、パイロットよ』

二度目に会った時、イムドゥグドはそう言った。ペリアスの代わりに操縦した日からまだ十日しか経っていなかったのに。

『そなたなら問題あるまい。多少厄介ではあるが、慣れておるのだからな』

そして今日はこれだ。実戦二度目のパイロットにかける言葉ではない。…カイがヴィルベルだと気付いていなければ。

——当然であろう？　そなたのかぶる殻からは、じじ様の匂いがした。吾がじじ様の匂いを嗅ぎ間違えるはずがない。

またじわりと懐かしさがこみ上げた。フェニクスをそう呼んで慕っていた。じじ様。イムドゥグドはフェニクスをそう呼んで慕っていた。じじ様。イムドゥグドはフェニクスが拾い、育ててくれたのだという。成獣になってからもフェニクスから離れようとしなかったせいで、魔神アシュタルトに仲良く討伐されてしまったのだが。

「ペリアスと一緒に俺の村の近くに墜《お》ちたのも、フェニクスの殻の匂いを嗅ぎ付けたからだったのか？」

——いや、あれは本当に偶然だ。いけ好かない虚《うつ》けをようやく振り落としてせいせいしたと思ったら、そなたが現れて驚いた。

「せいせいしたって…お前、俺より早くネルガに見付けられてたら、破壊されてたんだぞ」

——ふん。あの虚けにいいようにされるくらいなら、壊れた方がまだましよ。

相変わらず死神《グリムリーパー》級はえり好みが激しい。認めた相手にはどこまでも尽くすが、気に入らない相手はどんなに身分が高くても歯牙にもかけない。

「…じゃあ、俺を乗せてくれたのは何故だ？」

フェニクスはカイを…ヴィルベルを助けるため最後の魔力を使い果たし、灰となって散った。

ヴィルベルを助けなければやがて味方に発見され、回収してもらえたかもしれない。心臓石さえ無事なら、新たな機体に搭載され、再び戦闘機《テンペスタ》として生まれ変われただろうに。

——決まっている。そなたが生きることこそ、じじ様の願いだったからだ。

「…フェニクスの…」

——あのままそなたが村に帰ったら、鬱陶しいネルガの小型級《スパロウ》の群れに村もろとも焼き尽くされていたはずだ。それくらいなら、軍部に目を付けられることになろうとも生き延びさせてやりたかった。我がパイロットとして、な。

どうやらカイはまたフェニクスに助けられたらしい。心の中で礼を告げると、イムドゥグドは再びゴロゴロと喉を鳴らした。

――再びそなたに会えたなら、聞きたかったことがある。…十八年前、帝都で何があった？

「…帝都？　どういうことだ」

――十八年前、そなたは家族に呼び出され、珍しく休暇を取って帝都の自邸に赴いたはずだ。そなたが単機出撃したのは、帝都から戻った数日後だった。だからヴィルベルの死に何か関係があるのではないかとイムドゥグドは疑っていたそうだが、まるで覚えていない。いや…。

「…欠けている」

――何？

「フェニクスの殻が外れた時、ヴィルベルとしての記憶も戻ってきた。でも全部じゃない。ところどころまだらに欠けているんだ」

ネルガの部隊を道連れにすることが何故クロノゼラフの安全につながると思ったのかも、未だに思い出せていない。記憶にいくつもの欠けがある。

イムドゥグドの記憶は劣化しないから、十八年前、ヴィルベルが帝都の自邸に赴いたというのは事実なのだろうが…。

……家族が俺を呼び出した？　ちょっと考えられないな。

軍に入隊すれば自分を次期当主にという声も消えるだろうと期待していたのに、フェニクスに選ばれたことで声はますます高まってしまった。元々悪かった異母兄ローデリヒとの仲は冷え込み、前線基地には手紙の一通も届いたことは無かった。

それが突然、何のためにわざわざ帝都まで呼び出したというのだろう？

――消滅の瀬戸際だったのだ。じじ様の魔法も完璧ではなかったのかもしれんな。

「肉体を再生される際に、記憶の一部が消えてしまったのか？」

――いや、違う。おそらく記憶にかぶせた殻の厚さが均等ではなかったのだ。

薄い部分の殻はフェニクスの灰に触れたことで外れたが、厚い部分の殻は未だかぶせられたままになっている。だからまだらに欠けているように感じるのだと、イムドゥグドは推察する。

――そなたが再び強い衝撃を受ければ、かぶせられたままの殻も外れるかもしれんが。

「外れなければ思い出せない、ってことか…」

実家のアルディナート伯爵家は現在、異母兄が当主の座に就いている。十八年前仲の悪い異母弟を呼び出した理由は何ですか、と問い合わせたところで、不審がられ黙殺されるだけだろう。

……俺が一人で出撃した理由は、まず間違い無く伯爵家で起きたことに関係している。

そこを思い出せれば、他の欠けた記憶も芋づる式によみがえるかもしれない。何故、ネルガの部隊の全滅がクロノゼラフの安全につながると思ったのかも。

「ありがとう、イムドゥグド。お前が居てくれてラッキーだったよ」

カイが機体の前脚の部分をぽんと叩くと、イムドゥグドは不可解そうに声を揺らした。

――らっきー……確か、幸運という意味であったな。この状況を幸運と表現するか？　再び基地に戻らされ、セラフィエルの傀儡《かいらい》どもがいつ侵攻してくるかもわからぬのに。

「いつ死ぬのかわからないのなんて、軍人に限らず皆同じだろ。…ペリアスの暴走が無かったって、いつかきっとここに戻ることになっていた。お前が乗せてくれたから、俺は今日クロノゼラフを止められたんだ」

――そなたは……。

く、くくく、とイムドゥグドの笑い声が響く。

――そう、…そうよな。フレースヴェルグめのパイロット…、あの魔神の再来のごとき男にそこまで思われて、逃げおおせられるはずもない。こうしているだけでも震え上がりそうになるわ。

「…えっ？」

——何を呆けるのだ。…まぐわったのであろう？

こともなげに指摘され、ぼんっ、と頬が燃えるように熱くなった。クロノゼラフの精はしっかり掻き出したし、フェニクスの殻もかぶっているはずなのに。

「な、なな、何で…」

——わからぬはずがなかろうよ。濃厚な魔神の匂いを肌身のすみずみまで纏わり付かせておいて。執着のほどが知れるわ。この十八年の間に、ますますこじらせたようだな。

クロノゼラフの秘めた思いは、イムドゥグドにも気付かれていたのだ。

『——愛している』

『本当はずっと告げたかった。幼き頃、初めて引き合わされた瞬間、我が心はそなたの虜となった。そなたを我が手の内に閉じ込め、私のためだけにさえずらせたいと願っていたのだと…』

情熱的な告白を思い出すだけで身体が熱くなる。

でも、でもカイは…ヴィルベルは。

「…俺はクロノゼラフの思いに応えるわけにはいかない。まぐわったのはあいつを助けるためだ」

——……、それは、まことか？

「そうだ。あいつは俺の、…大切な幼馴染みだから」

しばらくの間、イムドゥグドはぐるぐると唸っていた。うつ伏せになって前脚を組み、困ったように首を傾げる獅子が思い浮かぶ。

——まあ、野暮な真似はすまい。だが忠告はしておかねばな。

「忠告？」

——皇太子と共に来た、やたらと着飾った女。あの女から、わずかだが神聖力の匂いがした。

やたらと着飾った女とは、皇太子妃リスティルのことだろう。

イムドゥグドによればカイがクロノゼラフを追いかけていった後、皇太子夫妻が格納庫を訪れたのだという。勇戦した戦闘機部隊《テンペスタ》を激励したかったのだそうだ。クロノゼラフもカイも不在だったので代わりにダニエルが応対し、夫妻は去っていった。

「…リスティル妃殿下は魔神の血を引く高位貴族の令嬢だぞ。セラフィエルとは何のつながりも無いはずだ」

——ああ、流れる血は確かに魔神のものだ。だがあの女の肌身は神聖力の匂いを漂わせている。吾でもなければ気付かぬほどかすかにだが…。

つまり、リスティルがどこかでセラフィエルの者と関わっていたということだろうか。

魔帝国の皇太子妃が宿敵のセラフィエルとつながっているとしたら、一大事だ。彼女の夫レオポルトはお飾りとはいえ、魔帝国軍の元帥なのだから。

『……ヴィルベル様。わたくしは、……を……』

ずきん、と頭の奥が痛み、物憂げにうつむくリスティルが浮かび上がった。

今より少し若い。まだヴィルベルだった頃の記憶か。…おかしい。士官学校に通う間はクロノゼラフの離宮に住まわせてもらったが、リスティルと個人的な会話を交わしたことは無いはずだ。クロノゼラフは何故か自分を彼女に近付けたがらなかったから。

……思い出せ。思い出すんだ。

カイは必死に頭の奥を探る。

だが記憶は厚い殻をかぶったまま、再び浮かぶことは無かった。

昏々《こんこん》と眠り続けたクロノゼラフが目覚めたのは、翌日の昼過ぎだった。

報せを受け、カイは恐る恐るクロノゼラフの部屋へ向かう。連絡をくれたダニエルによれば、クロノゼラフは目覚めるなりベッドを飛び出し、部屋じゅうの家具を引っくり返しながら何かを捜しているそうだ。

……それってもしかしなくても、俺…だよな。

イムドゥグドの言っていた『魔神の匂い』は、純粋な魔神や魔獣でもなければフェニクスの殻に覆われて感じ取れないだろう、ということだった。魔瞳持ちとはいえ、人間の血も混ざっているクロノゼラフにはわからない…はずだ。

「おお、来てくれたか」

部屋の前にはダニエルと彼の部下たちが待機しており、カイが現れるとほっとしたように表情を緩めた。

「ダニエルさん、クロノゼラフ様は…」

「説明するより見た方が早い」

くい、とダニエルは開いたままの扉の奥を顎でしゃくってみせた。促されるがまま覗き込み、カイはつかの間言葉を失う。

「……ヴィルベル……」

薄暗い室内に、昨日カイが着せたパイロットスーツのままのクロノゼラフが佇んでいた。いつもの圧倒的な覇気は失せ、濃い絶望と闇の気配が長身を覆っている。

室内も酷い有り様だ。激しくまぐわったベッドはさかさまに引っくり返され、机や椅子はぼろぼろの残骸と化し、カーテンは引き裂かれている。窓硝子は粉々に砕け、造り付けの棚や浴室の扉までもがへし折られている。無事なものが一つも無い。

「ヴィルベル、…ヴィルベル、……どこに行った?」

クロノゼラフ、と返事をしそうになり、カイはとっさに口を覆った。衝撃を堪えているように見えたのか、ダニエルが溜め息を吐く。

「目を覚まされてからずっとこの調子なんだ。俺や部下どもが何度話しかけても、返事もして下さらない。ずっとああして金糸雀の君を探し続けている」

「医官は…?」

「とっくに呼んださ。上飛将閣下は魔神の血が濃いから、魔力の欠乏によって何らかの幻覚症状が引き起こされたのかもしれないが、精密検査をしてみないことには何もわからねえそうだ」

しかしこの状態のクロノゼラフを医療棟へ引きずっていくことも出来ず、遠巻きに様子を見守るしかないのだそうだ。何か心当たりは、と聞かれ、カイは考えるふりをする。

「昨日クロノゼラフ様を追いかけたら部屋でうずくまっていたので、ダニエルさんからもらったマナポーションを飲んでもらいました。クロノゼラフ様に支給された分も。しばらく付いていたらもう大丈夫だと言われて、部屋に引き上げたんですが…」

「…やはり、相当きつい魔力欠乏状態だったのか。だがそれだけマナポーションを摂取して休んだのなら、欠乏状態は解消されているはずだ」

ごき、と室内から鈍い音が響いた。クロノゼラフが壊れた棚を踏み潰したのだ。

その下に落ちていた平たいケースを拾い上げ、中の書類を放り捨てながらたんねんに探っていく。いくらヴィルベルが小柄だからって、そんな小さなケースの中に隠れられるはずがないのに。

…いや、隠れられると思っているのか。ヴィルベルは小鳥だから。小さくて儚い、小鳥だから…。

「どこだ。どこに行った…？」

クロノゼラフは空っぽになったケースを捨て、家具の残骸の隙間を捜し始める。もうそこくらいしか捜すところが残っていないのか。

手あたり次第に残骸を動かすことでまた新たな隙間が生まれ、そこを探っては別の隙間に手を伸ばす。

…きりのない、意味も無いくり返し。

「……クロノゼラフ、様！」

見ていられなくなり、カイはクロノゼラフの前に飛び出した。しゃがんで視線を合わせると、虚ろだった碧眼に光が灯ってゆく。

「あ、…ああ、……ヴィルベル、ヴィルベルっ！」

長い腕が鎖のように絡み付き、きつく締め上げられる。

昨日ベッドで何度も味わった感触に蕾が疼きそうになるのを、カイは拳を握り締めながら堪えた。

「…良かった…、ここに居た……」

「……」

「もうどこにも行くな。いついかなる時も私の腕の中に居ろ。さもなくば、か弱いそなたは病にかかり、…死、……死んでしまうかもしれぬ…っ…」

自分の予想におののき、クロノゼラフは全身をがたがたと震わせる。

……ああ、久しぶりだなあ、この感覚。

カイは不謹慎ながらも懐かしくなってしまった。

クロノゼラフはヴィルベルがひ弱な小鳥だと思い込んでおり、ほんの少し熱を出すだけで不治の病に侵されたかのように大騒ぎするのだ。ヴィルベル本人は『アイスクリームいっぱい食べられてラッキー』とほくほくしていたのに。

「……落ち着いて下さい、クロノゼラフ様。俺はヴィルベルさんじゃありませんよ」

固唾《かたず》を呑んでいるダニエルたちに目配せしてから、カイはクロノゼラフの背中を優しく叩いた。フェニクスの殻をかぶった手は、ヴィルベルのそれと大きさも感触もまるで違うはずだ。

「……な、……に？」

「俺はカイです。貴方の部下のカイ。…わかりませんか？」

意識して低く出した声も、ヴィルベルとは似ても似つかない。カイ自身そう思うのだから、ヴィルベルに関しては本人よりも鋭いクロノゼラフは絶対気付く。…気付くはずだ。

「……、……カイ？」

どうかばれませんようにと心の中で祈っていると、ゆっくりと抱擁が解かれ、碧眼に覗き込まれた。その奥に焦熱《しょうねつ》の炎が宿っていないのに安堵し、カイは頷く。

「良かった、目を覚まされたんですね。クロノゼラフ様は昨日、帰投後に魔力欠乏のせいでお倒れになったんですよ」

「魔力欠乏、…私が？」

「はい。お一人で引き上げてしまわれたので、心配になって追いかけたら、お部屋で倒れていらっしゃいました。マナポーションを飲ませて差し上げたら落ち着かれて、お休みになったのですが…覚えておいでではありませんか？」

……頼むから、そういうことで納得してくれ！

黙り込んでしまったクロノゼラフに念を送る。カイがフェニクスの殻をかぶってしまった以上、魔力欠乏によって悪い夢を見ていたのだと納得せざるを得ないはずなのだ。

「そうか。……カイ」

「…はい！」

やっとわかってくれたのかと、カイは破顔する。

だが次の瞬間、背筋に冷や汗が伝い落ちた。

「お前、言葉遣いが妙になめらかになったな。昨日までとは別人のようだ」

「……え？　そ、そのようなことを突然おっしゃられましても……」

「それだ。昨日までのお前なら『そ、そんなこといきなり言われても』と取り乱しただろう。だが今日のお前は堂々として、生まれつきの貴族のような…」

クロノゼラフの観察眼が鋭すぎる。そんなものを発揮するのは敵機だけにして欲しい。

「…な、慣れてきたからではないでしょうか。クロノゼラフ様のご指導ご鞭撻《べんたつ》の賜物《たまもの》です」

「ほら、それも。昨日までのお前ならまず使わない言い回しだ。たったの一日でそこまで変わるものか？」

喋れば喋るほど墓穴を掘っているような気がする。

慌てたカイが眼差しで助けを求めると、ダニエルが入ってきた。

「上飛将閣下、カイの言うことは事実です」

「…だが、ヴィルベルは…」

「金糸雀の君は十八年前に戦死を遂げられました。この基地のどこにもいらっしゃいません。…それは閣下が一番よくご存知のはずです」

沈痛な声音に、さすがのクロノゼラフも反論出来なかった。ダニエルは医療棟で精密検査を受けるよう告げると、敬礼し、カイの手を掴んで退出してしまう。

カイは大人しく従った。クロノゼラフは気にかかるが、あの状態で一緒に居たら怪しまれるばかりだと思ったのだ。

……まさか言葉遣いから怪しまれるとは思わなかった。

今のカイはこれまでの十八年間にヴィルベルとして身に付けた知識や記憶、技術などが入り混じっている状態だ。記憶は新しい方が鮮明だが、量としてはヴィルベルの記憶の方が多いので、どうしてもそちらに引きずられてしまうらしい。これからはくれぐれも気を付けなければ。

クロノゼラフの部屋からじゅうぶん離れると、カイは頭を下げた。

「ありがとうございました、ダニエルさん。おかげで助かりました」

「それはこっちの台詞だ。閣下が我に返って下さったのはいいが…すまん。嫌な思いをさせちまったな」

「いえ…」

じゃあお詫びとして物資補給リストに紅茶を追加しておいてよ、それでちゃらね、と口走りそうになり、寸前で口を閉ざす。ダニエル相手にそんな口を叩くのはヴィルベルくらいだ。

「閣下の精密検査が済んだら軍議が開かれることになっている。聖光弾《ディバイン》搭載機と実際に戦った者の意見が欲しいってことで、お前も強制参加だ」

「わかりました。…聖光弾《ディバイン》について、何か判明しましたか？」

「ああ、昨日はあれから制作室に缶詰めでフレースヴェルグを分析していたからな。色々興味深いことがわかった。軍議で報告するつもりだが、礼代わりに教えておいてやるよ」

フレースヴェルグの被弾部分からは、やはり神聖力が検出されたそうだ。これによって明らかになったのはリベルとセラフィエルが協力体制にあること、そしてもう一つ、聖光弾《ディバイン》の大量生産は不可能であることだという。

「…どうしてですか？」

「神聖力を砲弾に定着させるには、砲弾全体を神聖力の媒体となりうる金属で覆ってやらなきゃならない。ものが小さければ銀でもいけるが、砲弾ほどの大きさになれば白金《プラチナ》くらい使わないと安定しないだろう」

白金《プラチナ》は貴婦人の装身具にも用いられる高価で希少な金属だ。通常の砲弾を造るにも多額の費用がかかるのに、砲弾を覆う量の白金《プラチナ》まで加わったらいくら軍費があっても足りない。軍は飛行部隊だけで成り立っているわけではないのだ。

「現時点での概算だが、聖光弾《ディバイン》のコストは通常弾の三倍から四倍だろう。それにセラフィエルのマルケルス王だって、タダで神聖力を使ってくれるわけじゃない」

「あの吝嗇《りんしょく》王なら、持てる金貨を少なくすればするほど天上神の御許《みもと》に近付ける、とか言いながらふっかけてきそうですもんねえ、……」

ダニエルにまじまじと見詰められ、カイははっとした。マルケルス王の人となりを辺境の村人が知っているわけがない。帝都生まれの貴族だったヴィルベルは、噂話を耳にする機会ならいくらでもあったけれど。

……気を付けようと思ったばっかりなのに……！

「あ、あの、これはその…」

「…俺も上飛将閣下のことは言えねえな。一瞬、お前が金糸雀の君に見えちまった。あのお方はもうどこにも居ないのに」

哀切の滲む口調がカイの胸を疼かせる。十八年前、自分が墜《お》ちたことで傷付けたのはクロノゼラフだけではない。自分と親交のあった全ての人々を悲しませてしまったのだ。

十八年前の自分もわかっていたはずだ。たとえ生還しても、無許可での出撃の責任は取らなければならない。最悪、パイロットを辞めることになると。

それでも出撃したのは何故だ？　…もどかしい。肝心のその部分が思い出せない。

記憶にかぶせられたフェニクスの殻が均等ではなかったのだと、イムドゥグドは言っていた。ここだけ分厚い殻がかぶせられたのは、果たして偶然なのか？

「…クロノゼラフ様もダニエルさんも、俺が同じ死神級《グリムリーパー》パイロットだからそんなふうに見えてるだけですよ」

「そう…、…だな。そうかもしれねえな」

ダニエルは作業着の襟をくつろげ、太い首をぐるりと回した。ごきごきと嫌な音が鳴る。昨日は相当根を詰めたようだ。

「ま、軍議ではあちこちから容赦無く問い詰められるだろうが、困ったら上飛将閣下に丸投げしろ。それで万事解決だ」

「はい、そうします。…あっ、あの！」

去っていこうとするダニエルを呼びとめたのは、イムドゥグドの言葉を思い出したからだ。

『皇太子と共に来た、やたらと着飾った女。あの女から、わずかだが神聖力の匂いがした』

だが呼びとめた後で、カイは迷ってしまった。イムドゥグドの声はカイにしか聞こえない。戦闘機狂《テンペスタ》いのダニエルなら信じてくれるかもしれないが…。

「どうした？」

「…その、皇太子殿下と妃殿下はもう帰られたのかな、と思って…」

逡巡《しゅんじゅん》の末、カイは無難な問いにすり替えた。

信じてくれたとしても、神聖力の匂いなんて確認のしようが無いのだから、ダニエルを困らせるだけだろう。

「それがなあ…まだここに居るんだよ」

「えっ？　でも、リベルが撤退したら大慌てで帝都に逃げ帰るはずだったんじゃ…」

「そう思ってたんだけどな。皇太子殿下が何故かやたらとやる気になってるんだ」

——不遜《ふそん》にも偉大なる我が魔帝国に対し、牙を剝いた人間どもに正義の鉄槌を下すのだ！

レオポルトはそう宣言し、司令官室に居座っているのだという。正直言って邪魔なのだが、仮にも元帥の座にある者を追い出すわけにもいかず、持て余しているのだそうだ。

リスティルも『お傍で殿下をお支えしとうございます』と残っている。基地は女人禁制なのだが、不便な生活に文句の一つも言わず、暴走しがちなレオポルトを諫めてもくれるので黙認されている状態だ。

「…ってことは、殿下も軍議に参加されるんですよね」

「おそらくな」

カイはダニエルと顔を見合わせ、同時に溜め息を吐いた。回復したばかりのクロノゼラフと妙にやる気のレオポルトが同じ軍議に参加するなんて、波乱しか想像出来なかった。

数時間後、カイは自室にたどり着くなりベッドへ倒れ込んだ。

「……つ、……疲れた……」

身体はたっぷり注がれた魔神の力の影響か、かつてないくらい元気なのだが、心の方が疲弊しきっている。予想通り——いやそれ以上に軍議は荒れたのだ。

軍議の始めに、一つの報告がなされた。

今朝、偵察に出た小型級《スパロウ》部隊が国境線付近に大規模な軍の活動の痕跡を発見したという。ダニエルの予測通り、リベルは鉄鋼機《カリュブス》部隊に呼応して攻め込むべく地上軍を待機させておいたのだろう。

だが鉄鋼機《カリュブス》部隊が予想に反し全滅させられてしまったため、航空支援無しでの侵攻は不可能と判断し、撤退したに違いない。

『昨日、リベルが受けた損害は甚大だ。再侵攻の可能性は低い。哨戒の頻度を上げつつ、聖光弾《ディバイン》の解析を進めるべきだ』

戦う気の無い軍を追跡するより、フレースヴェルグさえ損傷させた新兵器への対策を優先すべきだと主張するクロノゼラフに、参加者のほとんどは賛同した。唯一、真っ向から噛み付いたのがレオポルトだ。

『黙って見過ごせと申すのか？　あやつらは不当に我が魔帝国の領土を侵した大罪人だぞ⁉』

クロノゼラフの意見を受け容れたくないのは見え見えだが、レオポルトの主張にも一理ある。宣戦布告も無しに攻めてきた国を放置すれば、付け上がらせるだけだ。いずれ報復はしなければならない。それは誰もが承知している。

だが聖光弾《ディバイン》対策を講じなければ、いたずらに兵力を消費するだけだ。聖光弾《ディバイン》は戦闘機《テンペスタ》に対し特効を発揮する。フレースヴェルグの装甲すら傷付けられたのだから、九割を占める小型級《スパロウ》では相手にもならない。

技術者代表のダニエルがそう説明したが、レオポルトには通じなかった。

『ならば戦闘機《テンペスタ》を増産し、数で圧倒するのだ。囮の部隊が聖光弾《ディバイン》搭載の機体を取り囲む間に、クロノゼラフかカイが後背を突けば良い』

お前はパイロットの命を何だと思っているのかと、思わず怒鳴りそうになった。レオポルトの作戦は、数多のパイロットが聖光弾《ディバイン》に墜とされるのを前提としている。

……人間などいくら死んでも補充すればいいだけだろう、とか言われて終わりだっただろうな。

人間を蔑視するレオポルトの姿は、よみがえった記憶にもくっきり刻まれていた。魔神の血こそ至上と考える上級貴族にはレオポルトに共鳴する者も多い。

だが魔神が世を去って千年以上。魔神の末裔より人間の方がはるかに多い。薄まり続ける血はいずれ失われ、フレースヴェルグやイムドゥグドのような死神《グリムリーパー》級戦闘機《テンペスタ》のパイロットは生まれてこなくなる。

圧倒的な脅威が取り除かれれば、魔国に対する侵攻は苛烈を極めるだろう。戦闘機《テンペスタ》を失った魔国が抗えるとは思えない。

まだ死神《グリムリーパー》級パイロットが生まれてくるうちに、戦闘機《テンペスタ》に頼らない軍を作り上げなければならない。十八年前の自分はそう考えていた。だが頂点に立つレオポルトがあれでは、軍の再構成など夢のまた夢だ。

「…クロノゼラフが皇太子だったらな…」

カイだけではなく、ほとんどの参加者がそう思っただろう。

レオポルトの狙いは見え透いている。リベルを許せない気持ちももちろんあるだろうが、報復を理由に戦闘機《テンペスタ》の保有数を増やしたいのだ。やがて大陸制覇に乗り出すため…皇帝の位を得るために。

だがクロノゼラフは違う。部下をいたずらに死なせるような作戦は決して許さないし、自らが最も危険な前線に出て戦っている。レオポルトがリベルへの報復を主張すればするほど、基地の士官たちの心はクロノゼラフに向かう。

……俺と同じところへ逝くために戦ってるなんて、誰も知らないからな。

結局、数日の間はリベルの状況を監視するとして軍議は終わったのだが、レオポルトは最後まで報復戦を主張していた。クロノゼラフが『フレースヴェルグの修復のため、魔力を提供しなければならない』と強引に席を立たなければ、まだ軍議は続いていただろう。

ダニエルと共に格納庫へ向かうクロノゼラフは、普段の落ち着きを取り戻していた。少なくともカイの目にはそう見えた。

だが…何故だろう。胸騒ぎが止まらないのは。

軍議中、聖光弾《ディバイン》を撃たれた際の状況を説明する時以外黙っていたカイだったが、本当なら報告しなければならないことがあった。

十八年前、ヴィルベルを撃墜したのもまた聖光弾《ディバイン》だったということだ。しかも撃ったのはリベル軍ではなく、同じ魔国であるネルガだった。

セラフィエルがリベルのみならず、ネルガともつながっている可能性が報告されれば、軍議はあんなものでは終わらなかったはずだ。

ヴィルベルの死から十八年が経過している。つまりネルガには十八年、聖光弾《ディバイン》を蓄える時間があったのだ。今まで使われなかったのなら、相当数が備蓄されているはずである。リベルと同等、いやそれ以上の警戒をしなければならない。

だがカイは報告しなかった。…出来るわけがなかった。ヴィルベルは死に際にフェニクスによって再生され、カイとして生きてきたなんて誰が信じてくれるのか。その場でフェニクスの殻を脱いでみせれば信じてもらえたかもしれないが…。

……駄目だ。絶対に駄目だ。

破壊され尽くしたクロノゼラフの部屋が思い浮かび、全身が震えた。クロノゼラフにだけは、カイの素性を知られてはならないのだ。

だからヴィルベルとして得た重要な情報は何一つ伝えられなかった。胸騒ぎが酷くなるばかりなのはそのせいなのか？

「……わからない……」

クロノゼラフの心も、自分がどうしたいのかも。せっかく記憶を取り戻したのに、まるで役立てられないなんて。

無力感に打ちのめされ、カイは枕に顔を埋めた。


思いがけない人物を見かけたのは、軍議から十日後。

リベルの動きは無い。今後の方針を定めるため次の軍議の開催が決まったとダニエルから聞き、クロノゼラフに報告しに行く途中のことだった。

「あれは…、妃殿下？」

そっと物陰に隠れて窺うが、間違い無い。リスティルだ。襟の詰まった地味なドレスを纏い、供の一人も連れずに廊下を歩いている。

胸元のブローチから展開された薄い魔力の壁が彼女を包み込んでいるのが見えた。たぶん認識阻害の効果を有する魔法術具だろう。誰もリスティルに気付かないのはそのせいだ。あいにくカイの魔瞳までは欺けなかったが。

貴婦人が護身用の魔法術具を身に着けるのは珍しいことではない。だが安全な基地内で人目を忍ぶ必要は無いはずだ。

リスティルから神聖力の匂いを嗅ぎ取ったというイムドゥグドの言葉も気にかかり、カイはリスティルを尾行した。するとリスティルはカイが向かおうとしていたのと同じ方向へ進んでいく。

……え、これってまさか……。

嫌な予感は的中し、リスティルはクロノゼラフの部屋の前で足を止めた。カイが曲がり角にひそんでいるとも知らず、こんこんと扉を叩く。

「誰だ」

「わたくしです。リスティルです。どうしてもお話ししておきたいことがあり、忍んで参りました」

逡巡の気配の後、扉は開かれた。

カイは急いで首を引っ込め、息を殺す。しばらくはリスティルを泳がせ、彼女の目的を確かめたい。そのためにはクロノゼラフにも気付かれるわけにはいかない。

「…妃殿下、何故このようなところに？　お話ならば皇太子殿下もご同席の上で伺いたい。さもなくば要らぬ憶測をされかねませんぞ」

クロノゼラフの言うことはもっともだった。皇太子妃が夫の異母弟のもとに忍んでくるなど、密通を疑われても仕方が無い。

「殿下に聞かれるわけにはいかないことなのです。それに閣下の進退にも関わること。…聞いて頂けませんか？」

——には、…てはならないのです。ヴィルベル様。聞いて頂けませんか？

思い詰めたようなリスティルの懇願に、頭の奥…分厚い殻がかぶせられたままの記憶がぶるりと震えた。…この感覚は。

クロノゼラフが小さく溜め息を吐いた。

「…承知しました。ですが部屋に入れるわけには参りません。このまま伺います」

「え、ですがここでは、いつ誰が来るか…」

「問題ありません」

断言すると同時に、ぴぃん、と空気が張り詰め、クロノゼラフの魔力が溶け込んでいった。

「結界を張りました。誰にも私たちの姿は見えず、声も聞くことは出来ません」

説明するクロノゼラフの声は、カイの耳にしっかり届いた。おそらくカイが魔瞳持ちだからだろう。

クロノゼラフと同等以上の魔神の血を持つ者には通用しない結界なのだ。この基地に魔瞳持ちはクロノゼラフとカイしか居ないので、誰にも見えず聞こえないというのは嘘ではない。

「…ご配慮に感謝いたします。お話の前に、これをご覧頂けませんか」

リスティルが言った後、かすかな衣擦れの音が聞こえてきた。ドレスの前をはだけたようだ。

露わになった肌がどんな状態なのかは、クロノゼラフの反応で想像がついた。

「…その痣《あざ》は、誰が？」

「夫が。……恥を忍んで申し上げます。わたくし、ここ数年ずっと、夫に暴力を振るわれているのです」

輿入れした当初は優しかった夫は、皇帝コンスタンティンがいつまで経っても帝位を譲ってくれないのに焦り、苛立ちをリスティルへぶつけるようになっていった。

誰かに相談したかったが、こんな醜聞がコンスタンティンの耳にでも入ったら、夫は廃太子されてしまうかもしれない。そう考えるとただ耐えるしかなかったのだと、リスティルは訴える。

「皇太子妃として、夫を支えるのが務めだと思っておりました。わたくしが殿下のお心を和らげれば、殿下はいつか落ち着いて下さるものと。…ですが最近の殿下は苛立たれ、荒ぶられるばかり。先日はとうとう剣を抜かれそうになりました」

レオポルトの苛立ちの原因は、リベルへの報復を誰も支持してくれないことだろう。

でも、とカイは首を傾げた。基地に居るのはクロノゼラフやダニエルを含め、現場の軍人ばかりなのだから反対されるのは当然だ。ダニエルが言っていたように帝都へ帰還し、皇后や上級貴族に支持を呼びかける方が効果は高い。

なのに何故、レオポルトはいつまでもここに留まっているのだろう？

「…それで？」

女性が肌まで露わにして夫の暴虐を明かしたというのに、クロノゼラフには欠片も心を動かされた様子が無い。リスティルは焦れたように喉を震わせる。

「お願いします、閣下。……わたくしと一緒に逃げて下さい」

「何を……？」

「このままではわたくし、殺されてしまいます。…貴方以外、頼れるお方が居ないのです。どうか、どうか…」

ばさり、と物音がした。リスティルがクロノゼラフに縋り付いたらしい。

クロノゼラフはさすがに驚いたのか、突き放す気配は無い。リスティルの素肌がクロノゼラフに密着していると思うと、胸の奥がざわめく。

「…一国の皇太子妃が、逃げてどこへ行こうと仰るのか？」

「ネルガがわたくしたちを受け容れてくれます。フレースヴェルグを持ち込めば、閣下の地位と名誉はネルガでも守られることでしょう。エッカルト将軍が保証して下さいました」

……エッカルト将軍だって？

記憶を取り戻してからそれとなく調べて回ったところ、エッカルトは未だ玉座を奪ってはいなかったが、着々と軍部を掌握しつつあった。

ネルガ王は病床にあり、世継ぎの王太子はまだ幼い。あと一押しあればエッカルトが玉座に就くのではないかと思っていたが…。

「エッカルト将軍が何故敵国の皇太子妃と皇子を受け容れる？　…貴方は皇太子妃の身でありながら、ネルガと通じたのか？」

クロノゼラフがカイと同じ疑問をぶつけた。エッカルトがどういう人物かは、クロノゼラフも熟知している。

「将軍はわたくしの境遇を憐れんで下さったのです。…敵国に降《くだ》るなど、誇り高い貴方にとって屈辱でしかないかもしれません。ですがわたくしと逃げれば、貴方は聖光弾《ディバイン》の脅威から解放されます」

「…聖光弾《ディバイン》？」

クロノゼラフの声が緊張を帯びた。

「どうして貴方が知っている。聖光弾《ディバイン》については、軍議の参加者しか知らぬはずだ」

「…そ…、それは、夫が…」

「殿下が教えたというのか？　身体じゅうに痣が出来るほど貴方を痛め付ける男が？」

リスティルの焦燥の気配が伝わってくる。しばらく押し黙った後、リスティルは開き直ったように告げた。

「閣下が共に逃げると約束して下さったら教えます」

「…何だと？」

「わたくしの気持ちはとうに気付いていらっしゃるはず。…殿下の腕の中に居ても、わたくしの心は常に貴方と共に在りました。どうかこの気持ちを、貴方を死なせたくないという真心を信じて頂きたいのです」

未だ美貌と豊満な肉体を保っている貴婦人にこんなふうにかき口説かれれば、普通の男なら多少なりとも心をぐらつかせるだろう。

だが、クロノゼラフはにべも無かった。無理やり引き剥がされたのか、あっ、とリスティルが非難がましい悲鳴を上げる。

「――断る。貴方と逃げるなど冗談ではない」

「…な…ん、…ですって？」

「私が愛しく思うのも、私の心に住まうのも、我が小鳥ヴィルベルだけだ。この気持ちは何があろうと永遠に変わらぬ」

愛おしさの滲む声音にカイの心は震えた。

…一夜限りの逢瀬《おうせ》で、この声を何度聞いただろう。何度、もっと聞かせて欲しいと願っただろう。

「ヴィルベル……！」

リスティルが靴のかかとを床に叩き付けた。

「その者は魔帝国に仇《あだ》なした大罪人ではありませんか！　皇太子妃たるわたくしよりも、大罪人を選ぶというのですか？」

「選ぶ？　そんなわけがないだろう。後にも先にも、私にはヴィルベルしか居ない」

選択肢の一つにすらならない。己に焦がれ続けてきた女に酷すぎる言葉の刃を投げ付け、さらにクロノゼラフはとどめを刺す。

「我が小鳥を罪人と呼ぶ者は私の敵だ。皇帝だろうと皇太子だろうと、…皇太子妃という名のあばずれであろうと」

「……っ、……、ヴィルベル、ヴィルベル、ヴィルベル！　死んでもなお忌まわしい……！」

ぎり、と歯の軋む音がした。

「そこまでわたくしを拒むのなら、まんまとわたくしに踊らされたあの間抜けな大罪人の面影を抱いて死ねば良いのです！」

血を流すような悲鳴に滲む嫉妬、憎悪がカイの胸に突き刺さってくる。

……俺は、これを知っている。

震える手で左胸に触れると、かしゃん、と音がした。まるで殻が割れるような、と思った瞬間、頭の奥に白い光が弾ける。

白く染まった頭に懐かしい帝都の伯爵邸が浮かんだ。

上客用の客間にヴィルベルと異母兄ローデリヒが並んでいる。対面に座るのは、今より少し若いリスティルだ。

『…何故、我が家に妃殿下が?』

ヴィルベルは困惑していた。伯爵家のことで極秘の相談があるから、と珍しくローデリヒに呼び出され、仕方無く応じたらリスティルが待ち構えていたのだから当然だ。

『驚かせてしまってごめんなさいね。わたくしがローデリヒ様にお願いしたのです。ヴィルベル様と内密のお話をしたいと』

『俺、…いえ、私とですか?』

『ええ。前置きは省きますね。…どうか、クロノゼラフ様を助けて頂きたいのです』

リスティルが語った話は衝撃的だった。前々からクロノゼラフを敵視していたレオポルトがとうとう異母弟抹殺を決断したのだという。

しかもネルガの将軍エッカルトと通じており、クロノゼラフに単機での出撃を命じ、待ち伏せさせておいたネルガの精鋭部隊に襲撃させるつもりだというのだ。

『ですがわたくしは、夫にクロノゼラフ様を殺させたくはありません。母親は違っても兄弟なのですから』

『妃殿下…』

『お願いします。何も出来ないわたくしの代わりに、夫を止めて下さい』

ヴィルベルは悩んだが、リスティルの頼みを受け容れることにした。

いくら嫌い合っている仲でも、異母兄が本当に自分を殺そうとしたと知れば、クロノゼラフでも傷付くだろうと思ったのだ。だったら自分が代わりにネルガの部隊と戦い、レオポルトとの密通の証拠を手に入れればいい。そうすれば逆にレオポルトを脅し、二度とクロノゼラフを襲わないよう誓わせることも出来る。

待ち伏せられていることを知っていれば、自分とフェニクスなら問題無く殲滅可能だ。ヴィルベルはそう信じ、リスティルに教えられた刻限、誰にも告げずに出撃した。

……だけど、ヴィルベルは墜《お》とされた。

ネルガの待ち伏せ部隊は聖光弾《ディバイン》で武装していたからだ。当時その存在自体知らなかったヴィルベルは、相討ちに持ち込むのが精いっぱいだった。

フェニクスと共に大地へ叩き付けられるまでのわずかな間、ヴィルベルの頭に過ったのはリスティルだった。

『ありがとうございます、ヴィルベル様！』

リスティルはヴィルベルの手を握り締め、何度も礼を言ってくれた。つかの間、その瞳の奥にちらついた暗い陰の正体が、ヴィルベルにはわからなかった。

でも、今ならわかる。

……嫉妬と、憎悪……。

会話すらほとんどしたことが無いのに、ヴィルベルはリスティルに妬まれ、憎まれていた。リスティルが恋い焦がれるクロノゼラフの想い人だったせいで……死を望まれるほどに。

ネルガの待ち伏せ部隊が装備していた聖光弾《ディバイン》。リスティルに染み込んだ神聖力の匂い。玉座を欲するエッカルト将軍。魔国を打倒するためなら誰とでも手を組むセラフィエルのマルケルス王。

いくつもの手がかりがカイの中で一つの真実を描き出していく。…十八年前の事件と突然のリベルの侵攻、そしてリスティルの言動は、全て一つの道筋につながる…！

「…踊らされただと？　貴様、我が小鳥に何をした？　何を知っている？」

うわべの敬意すら捨てたクロノゼラフが詰め寄る。

だがリスティルは答えず、狂ったように笑った。

「ほほ、ほほほほほほ！　もう遅い！　わたくしを選ばなかったこと、後悔しながら死ねばいいのだわ！」

かちり、と何かを押し込むような音がした。

ややあって、ドォンッ、と格納庫の方から爆発音が響く。再生を果たしても忘れられないおぞましい感覚に、肌身が逆立った。

……これは、聖光弾《ディバイン》の気配だ！

カイが身震いする間にも、二発目、三発目が撃ち込まれ、床を震動させる。

ありえないことだった。格納庫の位置は軍事機密だ。空からの偵察に備え定期的に位置が変更されるし、位置を漏洩《ろうえい》させた者は一族郎党死刑である。

だが誰かがネルガ軍に通じていたら…基地内を自由に動き回れて、格納庫にも出入り出来る誰か…まさか…！

「――リスティル！　貴様、ネルガに格納庫の位置情報を漏らしたな⁉」

クロノゼラフもカイと同じ結論に達したようだ。魔力の気配が急速に高まっていく。氷の魔法で拘束しようとしているらしい。

しかし魔法が発動するより早く、廊下の奥からいくつもの軍靴の足音が近付いてきた。

現れた男たちには見覚えがある。帝都から付き従ってきた近衛騎士だ。

だが今日は華やかな騎士団の制服ではなく、実用的な軍服を纏っていた。胸に刻まれた紋章は『紅の太陽』――ネルガ軍の紋章だ。

リスティルはクロノゼラフの結界の範囲から素早く出ると、男たちに駆け寄った。その手には小さな装置のようなものが握られている。おそらくスイッチを入れるとリスティルの位置情報が彼らに伝わる仕組みなのだろう。

「説得には失敗しました。行きますよ」

「待て…！」

クロノゼラフの放った氷の蔦は割り込んだ騎士の

一人に命中した。一人が犠牲になっている間に残る騎士たちはリスティルを抱き上げ、走り去っていく。

「この、……逃がすか！」

凍り付いた騎士を氷柱ごと片腕でへし折り、クロノゼラフは騎士たちを追いかける。砲撃は絶え間無く続き、さっきから警報も鳴り響いているのに、クロノゼラフにとって重要なのはリスティル…彼女の持つヴィルベルの情報なのだ。

「待って下さい、クロノゼラフ様！」

カイはわざと息を切らしながら飛び出した。突然現れたカイに、クロノゼラフは碧眼を見開く。

「カイ？　そなた、何故ここに…」

「爆撃の音がしたので、クロノゼラフ様を探しに来たんです。…さっきすれ違ったの、皇太子妃殿下ですよね？　どうしてネルガの兵士なんかと…」

あくまで今ちょうど駆け付けたのだと強調しておく。魔瞳持ちではないカイに、結界の内側で行われた会話は聞き取れないからだ。クロノゼラフに疑われるような真似だけは避けなければならない。

……大丈夫だよな？　怪しまれてないよな？

内心どきどきしながら窺えば、クロノゼラフは渋面で頷いた。

「…そうだ。詳細は省くが、皇太子妃がネルガの将軍と通じていた。格納庫の位置情報を漏洩させたのもあの女だ。そしておそらく、ネルガは聖光弾《ディバイン》を所有している」

「ネルガが聖光弾《ディバイン》を⁉　でもセラフィエルが魔国のネルガと手を組むなんて、ありえるんですか？」

とうに知っていることをさも初めて聞いたように確認していくのは、この先、ヴィルベルの記憶をもとに行動しても怪しまれないためだ。

「ありえんな、普通は。…だがネルガの将軍は普通の男ではない。セラフィエルのマルケルス王もあの男の尋常ではない野心を看破した上で、味方に引き込んだのだろう。皇太子妃を巻き込んだのもあの男かもしれん」

「そうですね…、エッカルト将軍なら確かにやりかねないかも…」

「……、……とにかく、今は格納庫に急ぐぞ。撃ち込まれたのが聖光弾《ディバイン》なら、戦闘機《テンペスタ》にもかなりの損害が生じているはずだ」

「は、…はい！」

切り替えの早さに驚きつつも、カイはほっとしながらクロノゼラフの後を追った。リスティルの追跡を優先されたらどうしようかと危惧していたのだ。

…この時はまだ、気付いていなかった。

前を進むクロノゼラフの碧眼が妖しく輝いていたことも——自分が致命的な過ちを犯してしまったことも。


……たぶん、始まりはリスティルだったんだろう。

格納庫へ走りながら、カイは情報を整理していく。

リスティルは皇后に選ばれた皇太子妃でありながら、夫の敵であるクロノゼラフに許されない恋心を抱いてしまった。だがクロノゼラフの目にはヴィルベルしか映らないし、皇太子妃である限りクロノゼラフと結ばれる可能性は無い。

悶々とする彼女に最初に目を付けたのはセラフィエルのマルケルス王か、ネルガのエッカルト将軍か。二人はこの時点ですでに通じ合っている。どちらかがひそかにリスティルへ接近し、甘言を囁いたのだ。

『ならばクロノゼラフ皇子と共に、ネルガへ亡命すれば良い。フレースヴェルグも持ち込んでくれれば相応の待遇を約束しよう』

きっとこんなふうに。

マルケルス王としてもエッカルト将軍としても、フレースヴェルグが自分たちの陣営に付けば戦力は飛躍的に上昇し、アシュタル魔帝国には大打撃を与えられる。

クロノゼラフの勧誘に失敗しても、皇太子妃が亡命してくれれば夫のレオポルトは政治的生命を失い、魔帝国の政治体制は大いに揺さぶられる。どう転んでも利点は大きい。

リスティルは悩んだ末に受け容れ、二人の力を借りて憎い恋敵を始末することにした。レオポルトがクロノゼラフ殺害を企んでいるとヴィルベルに吹き込み、聖光弾《ディバイン》を装備したネルガの部隊に待ち伏せさせた。

　アシュタル最大の武器、死神《グリムリーパー》級戦闘機《テンペスタ》を確実に仕留められる好機を提供してくれるのだ。マルケルス王もエッカルト将軍も喜んで戦力を提供しただろう。

　代償としてネルガ部隊は全滅したがヴィルベルもフェニクスもろとも死亡し、企んだ者たち全員が満足いく結果となった。想定外だったのはその後のクロノゼラフだ。

　クロノゼラフはヴィルベルのもとへ逝きたいがあまりに奮戦し、魔帝国を脅かす敵をことごとく打ち払っていった。量産出来ない聖光弾《ディバイン》で対抗するにはあまりに分が悪すぎる。

　クロノゼラフに手出しが出来なくなった代わりに、マルケルス王はリベルをはじめとする人間の国々を支援し、エッカルト将軍は軍部を掌握し、リスティルは皇太子妃として知り得た機密を流し続けた。

　そして十八年が経った今、事態は急に動き出したのだ。

　……リベルが侵攻してきたのは、きっとマルケルス王の指示があったからだ。大量の聖光弾《ディバイン》が実戦で死神《グリムリーパー》級を相手にどの程度の威力を発揮するのか、データを取るのが目的だったに違いない。

　結果はおそらくマルケルス王の期待以上だった。小型級《スパロウ》をほぼ全滅させ、フレースヴェルグにも少なからぬダメージを与えられたのだから。

　マルケルス王はきっと考えた。無抵抗の状態なら、死神《グリムリーパー》級さえも聖光弾《ディバイン》で破壊可能だと。

　折よく協力者のリスティルが基地に滞在している。秘密裏に現在の格納庫の位置を漏洩させ、エッカルト将軍に伝えた。仲介をしたのはさっきリスティルを守って逃げた兵士たちだ。彼らはリスティルとエッカルト将軍を結ぶため近衛騎士団に潜伏し、長年リスティルの護衛を演じ続けていたのだろう。

　そしてエッカルト将軍は十八年かけて備蓄した

聖光弾《ディバイン》を搭載させ、戦闘機部隊《テンペスタ》に格納庫を襲撃させた。そう考えれば全てのつじつまは合う。

……合って欲しくなかったけどな、くそっ！

悪態をつきそうになるのを堪え、カイは走り続けた。

止まらない警報が焦燥に拍車をかける。格納庫は錬金術で造り出された金属が壁一面に埋め込まれ、大型級《イーグル》の魔砲さえ跳ね返す防御力を誇るが、聖光弾《ディバイン》にどこまで耐えられるか…。

答えは、格納庫にたどり着いてすぐに判明した。

「修復急げ！　フレースヴェルグとイムドゥグドを優先だ！」

「駄目です、いくら魔力を注いでも修復されません！　心臓石ごと取り替えなくては…」

「予備の心臓石、残りわずかです！」

殺気立って走り回る整備士たちの頭上に、青空が広がっている。ヴィルベルとして最期に見たそれを彷彿とさせる碧《あお》さにめまいがした。

「て、…天井が…」

最も頑丈に造られているはずの天井が、跡形も無く破壊されていた。

瓦礫《がれき》が降り注いだ格納庫内は酷い有り様だ。緊急退避も間に合わなかったのだろう。先日のリベルとの戦いで生き残った数少ない小型級《スパロウ》の機体は大半が瓦礫に押し潰されてしまっている。

他は聖光弾《ディバイン》の直撃を受け、大破状態だ。心臓石さえ無事なら魔力を注げば修復されるはずなのだが、整備士たちが懸命に魔力を注いでもいっこうに直る気配が無い。魔神と魔獣の天敵である神聖力が修復を妨げているのだろう。

それはペリアスの愛機だった大型級《イーグル》のマンティコアや、フレースヴェルグ、イムドゥグドさえも例外ではなかった。

「…イムドゥグド？」

馴染みつつある機体は片翼が付け根からへし折れ、獅子を模した前脚も片方が破壊されたせいで斜めに傾いでいた。隣のフレースヴェルグは翼こそ無事だが、尾翼が完全に破損し、胴体部分のあちこちに亀裂が入っている。

「イムドゥグド、…イムドゥグド！」

呼びかけてもあの妙に自信満々の偉そうな声が返ってこない。こんなことは初めてだ。クロノゼラフも厳しい眼差しで無惨な有り様の愛機を見上げている。

「…申し訳ありません、閣下！」

陣頭指揮を執っていたダニエルが駆け寄り、がばりと頭を下げた。

「完全に出遅れました。初弾を撃たれてすぐ防御結界を発動させたんですが、この有り様で…」

「お前のせいではない。…皇太子妃が我らを裏切り、ネルガに格納庫の位置情報を漏らしたのだ。ネルガの部隊は聖光弾《ディバイン》を大量に搭載している」

「なっ……」

ひそめた声で告げられ、ダニエルは絶句する。何故、と詰め寄らないのは、彼が優秀な軍人である証拠だ。騒ぎ立てたところで事態が解決するわけではないと理解している。


ドォォンッ……！

近くで再び爆撃の音が響き、空気が震動した。

防御結界には敵機のレーダーを誤作動させる効果がある。格納庫を狙った砲撃が幸運にも逸れたのだろう。

だが幸運はいつまでも続かないし、数に任せて攻撃されたら格納庫ごと破壊されてしまう。その前に、聖光弾《ディバイン》の搭載機を墜《お》とさなければ。

「…無理だ…」

空を見上げたダニエルが絶望の表情で呟いた。

あの日を思い出させる青空には、無数の敵機が爆音を響かせながら飛び回っている。ほとんどが小型《スパロウ》級だが、一回り以上大きい機体もカイの魔瞳は捉えた。たぶん中型《クロウ》級…いや、この空気が纏わり付いてくるような独特の感触からして大型《イーグル》級を出してきたのかもしれない。

ネルガが保有する大型《イーグル》級は一機だけだったはず。パイロットはエッカルト将軍その人だ。自ら秘蔵の機体を駆るところに、ネルガの…エッカルト将軍の本気が窺える。

大型級《イーグル》に対抗出来るのは同じ大型級《イーグル》以上の戦闘機《テンペスタ》のみだ。

だがマンティコアのパイロットたるペリアスは帝都に護送されて不在。フレースヴェルグとイムドゥグドは、大破こそ免れたが、あの状態ではすぐには飛び立てまい。魔力を注いで修復しようにも、聖光弾《ディバイン》の効果によって修復速度はいつもよりかなり遅く、その間に再び攻撃されたらおしまいだ。

「くそ、修復速度三分の一以下…ネルガの野郎どもめ…」

「あそこに飛んでるのは大型級《イーグル》じゃないか？　フレースヴェルグもイムドゥグドも飛べないってのに…」

「…もう…、もう駄目なのか？　ここで終わりなのか？」

ダニエルの絶望が部下の整備士たちに伝染していく。諦めの滲んだいくつもの眼差しが空に注がれる。

「……はは、ラッキー」


つかの間落ちた静寂に、カイの呟きは大きく響いた。誰もがカイの正気を疑う中、カイはクロノゼラフに向き直る。

「クロノゼラフ様。そのポケットに入っている小瓶を貸して下さい」

クロノゼラフはぴくりと眉を揺らすだけで答えない。だが絶対に持っているはずだ。フェニクスの灰──ヴィルベルを偲《しの》ぶよすがを。この場を打開し得る、唯一の可能性を。

「先日、クロノゼラフ様が魔力欠乏で倒れた時に見たんです。それを使えば、ネルガ軍を追い払えるかもしれません」

「…そっ、それは本当か⁉」

喰い付いたのはダニエルだった。整備士たちの顔にもかすかに希望が宿る。

肝心のクロノゼラフは黙ってカイを見下ろしていたが、やがて唇をゆっくりと吊り上げた。舌なめずりをする獣にも似た仕草に胸がざわめく。

「渡してもいいが、条件がある」

「条件……？」

「難しいことではない。ただ認めればいいだけだ。お前が――そなたが我が小鳥、ヴィルベル・アルディナートだと」

心臓を氷の槍《やり》で貫かれたかと思った。

だが実際にカイを貫くのは狂おしい光の乱舞する碧眼だ。魔神と同じそれは、お前を決して逃がさないと宣告している。

「な…にを、…仰ってるんですか？　俺はカイです。貴方の部下の…」

……落ち着け、落ち着け。

震えそうになる喉を必死になだめる。正体がばれるようなへまはまだ仕出かしていないはずだ。

クロノゼラフに抱かれたあの日以来、フェニクスの殻を外したことは無いし、言葉遣いや立ち居振る舞いにもじゅうぶんに気を付けた。クロノゼラフだって、べつだん怪しむ素振りは見せなかったではないか。

「そうだな。そなたの演技は完璧だった。…だがたった一つ、過ちを犯した」

「……過ち？」

「先ほど、そなたは言ったな。皇太子妃を巻き込んだのはエッカルト将軍だと」

――そうですね…、エッカルト将軍なら確かにやりかねないかも…。

確かに言った。だがあれは、と反論しかけ、カイは息を呑む。

「気付いたか。…そうだ。私はネルガの将軍としか言っていない。なのに何故そなたはエッカルトのことだとわかったのだ？　ネルガの将軍はエッカルトだけではないぞ」

「……っ……」

「答えはただ一つ。そなたは私と皇太子妃の会話を聞いていたのだ。私と同じ魔瞳持ちでなければ看破出来ないはずの結界越しにな」

碧眼に威圧されていたダニエルたちがざわめく。痛いほど突き刺さる視線を感じ、カイは拳を握り締めた。

……気付かれてたんだ。

クロノゼラフは物陰にひそむカイの存在に気付いていた。その上で魔瞳持ちにしか見通せない結界を張り、わざとカイに盗み聞きをさせ、騙《だま》されたふりまでしていたのだ。

そしてカイの気が緩んだのを見計らい、さりげなく鎌をかけた。

「…エッカルト将軍は有名だから、口を突いて出ただけです。それに、俺が魔瞳持ちなわけないでしょう。見ればわかるじゃないですか」

まだだ。まだ捕まったわけではない。逃げる余地はある。じわじわと締め上げてくる不可視の鎖を感じながらも、カイはしらを切る。

「ああ、上手く隠してはいるな。不覚にも、私もずっと気付かなかった。…だが」

クロノゼラフはカイの手を取り、己の唇を押し当てる。とっさに引っ込めようとしても、ぴくりとも動けない。狂おしい光を宿す碧眼にからめとられて。

「いかに隠そうとも、私がそなたの肌の感触を間違えるわけがない」

「っ…、クロノゼラフ様…」

「そなたの肌を、匂いを、温もりを、私はあの日確かに味わったのだ。長い間焦がれに焦がれ、ようやく得たそなたを……逃がしはしない。何があろうと、絶対に」

ぎりぎりと食い込む指の強さが教えてくれる。最初で最後と言い聞かせて交わったあの日からずっと、クロノゼラフはカイを疑っていたのだと。カイの口から真実を白状させるための機会を窺っていたのだと。

……基地が壊滅させられるかどうかの危機さえ、俺を捕まえるための好機に過ぎないなんて。

不可視の鎖が全身をきつく締め上げてくる。認めてしまったら最後、この鎖は死ぬまで…死んでもカイを解放しないだろう。

ドンッ、とまた爆撃の音が響いた。さっきよりも近い。ネルガ軍は確実に照準を合わせてきている。

「…いい加減にして下さい。生身で聖光弾《ディバイン》を喰らえば、いくらクロノゼラフ様でも死は免れませんよ」

最後の警告のはずだった。だが返されたのは晴れやかな笑顔だ。

「それこそ望むところだ。私の願いは、ヴィルベル、そなたのもとへ逝くことだけだった。そなたと共に死ねば、確実に同じところへ逝けるだろう」

『ヴィルベル、我が金色の小鳥。そなたに出逢えて、私もらっきーだったぞ』

四十年近く前の幼い少年の笑顔と、目の前の美しく狡《ずる》い男のそれが重なった。

……ごめん、フェニクス。

もう捕まるしかない。いや、初めて出逢った瞬間から囚われていたのかもしれない。

――新しき生は、戦いともあの男とも無縁であれば良い。儂の殻をかぶったまま全てを忘れ、平穏な暮らし、…を…。

そのために最後の力を振り絞り、死にゆくカイを再生させてくれたのに。全てを台無しにしてしまう。

……本当に、ごめん。

共に居ないことこそクロノゼラフのためだと信じていた。そのためなら無実の罪を着せられたままでも、一生クロノゼラフに触れられなくてもいいと思っていた。

でも、身勝手な言い分さえ愛おしいと感じてしまったら。

この男を一人にしたくないと、死なせたくないと思ってしまったら――もうカイの負けなのだ。

「…本当に、馬鹿だなあ」

クロノゼラフも、自分も。

カイは嘆息し、フェニクスの殻を脱ぎ去った。固唾を呑んで見守っていたダニエルたちがいっせいにどよめく。

「カ、カイ……!?」

「一瞬で姿が変わった…あれはもしや、十八年前に亡くなったはずの…」

「あの髪、あの瞳…魔瞳持ちか。何と美しい…」

十八年前を知る者と知らない者の驚愕が混ざり合う。金糸雀の君、と声を震わせたのはダニエルだろうか。

確かめたいが、身動きが取れなかった。歓喜をほとばしらせたクロノゼラフに引き寄せられ、のしかかるようにして抱きすくめられたせいで。

「ヴィルベル、ヴィルベル、ヴィルベル、ヴィルベル……！」

「……っ…、クロノゼラフ…」

「やはりそなただった。…あの夜は夢ではなかった。ヴィルベル、私の、私だけの小鳥…！」

全身を軋ませるほどの腕の強さと、馴染んだ匂いにくらりとする。

…とうとう捕まってしまった。

全ての努力が無駄になったのに、徒労感と同じだけの喜びが溢れた。

どこかで期待していたのだろうか。クロノゼラフが自分を見付けてくれることを。

「…ごめん、クロノゼラフ…」

動かせない腕の代わりに、逞しい胸に顔を埋める。

「俺、……怖かったんだ……」

「怖い？　何がだ。そなたを脅かすものはこの私が全て排除してやる」

それは無理だと思うと答える前に、格納庫の一角が爆風と共に吹き飛んだ。とうとう防御結界では騙せなくなってきたようだ。一刻も早くエッカルト将軍率いる部隊を殲滅しなければ。

「クロノゼラフ、話は後だ。フェニクスの灰の小瓶を貸してくれ」

カイが頼むと、クロノゼラフはすんなり離れ、胸ポケットの小瓶を渡してくれた。拍子抜けするほどの素直さだ。

十八年前に死んだはずがどうやってよみがえったのか、どうしてカイの姿に化けていたのか。普通なら問い詰めたいだろうし、ダニエルはまさにそんな顔をしているのだが、クロノゼラフとしてはカイが傍に居さえすれば何の問題も無いらしい。

皆が見守る中、カイはクロノゼラフにぴたりと寄り添われ、損傷したフレースヴェルグとイムドゥグドの前に立った。小瓶の栓を抜き、中身の灰を掌に乗せる。

「…フェニクスには、他のどんな魔獣も、魔神さえも持たない特殊能力がある」

それは不死。たとえ滅ぼされようとも、ひとつまみの灰さえあれば炎の中から何度でもよみがえる。

フェニクスはすでに魔神アシュタルトによって肉体を滅ぼされ、心臓石だけの状態だった。だがフェニクスの魔力によって再生されたカイが、フェニクスの遺灰に働きかけたなら。

カイの狙い通り、体内で練り上げた魔力を注いでやれば、掌の灰はじわじわと熱を帯びていった。目の奥が疼く。隠す必要のなくなった魔瞳が反応しているらしい。

灰が火傷しそうなくらい熱くなった瞬間、カイは掌を高々と掲げた。

「――炎の中からよみがえれ！　不死鳥よ！」

ごう、と紅蓮の炎が立ちのぼる。

禍々《まがまが》しいまでに強烈なのにひたすら温かいそれは、うねりながらカイの掌の上に集束してゆき、拳大の紅い宝玉に変化した。

炎の揺らめきを宿した、この世に二つと無い宝玉――フェニクスの心臓石だ。

――馬っ鹿も一ん！

ずしりとした重みを感じた瞬間、懐かしい怒鳴り声が頭の中に響いた。

心臓石から溢れ出た魔力が紅い炎を纏った巨大な鳥をかたどり、拳の代わりに翼を振り上げる。十八年前、死にかけていたヴィルベルを再生させた魔鳥…フェニクスだ。元魔獣のくせに口うるさい雷親父のようで、『この馬鹿者！』が口癖だった愛機。

――あれほど言ったではないか！　争いともそこの狂った男とも無縁に生きよと…なのに何故そなたは…っ…、何なのだ、何なのだそなたは……。

怒り狂っていたフェニクスが戸惑いに声を揺らした。ふふ、と口から笑い声が漏れる。どうやらカイは知らぬ間に笑ってしまっていたらしい。

「ごめん、フェニクス。俺のせいで灰になってしまったのに、よみがえってすぐ俺のこと心配してくれ

るんだな、と思ったら嬉しくて…」

——そ、そなたは、そなたは……。

「後で何度でも謝る。だから今はお前の力を貸して欲しい。この状況をくつがえせるのは、お前だけなんだ」

「『お前だけ』……？」

まなじりを吊り上げたクロノゼラフからすさまじい魔力が放たれる。フェニクスが心臓石だけの存在でなかったら、氷漬けにされた挙げ句粉々に砕かれているだろう。

「…頼む、フェニクス。お前にもらった命、ここで無駄に散らしたくないんだ」

カイはクロノゼラフに構わず、再生されたばかりの心臓石を抱き締める。しばしの沈黙の後、フェニクスは軽やかに舞い上がった。

——あいわかった。そなたの願い、このフェニクスが叶えてみせようぞ！

フレースヴェルグとイムドゥグドの頭上で翼を広げ、フェニクスは歌い始める。十八年前、カイも聞いた歌を。

あらゆる命を言祝《ことほ》ぎ、再生させるフェニクスだけの究極の治癒——再生の祝炎を。

「お…、おおお……」

無垢な幼子のように甘く、傾国の乙女のように蠱惑的な歌声は紅い炎と化し、傷付いた二機を包み込んだ。ダニエルたちが歓声を上げながら見守る中、聖光弾《ディバイン》によって刻まれた損傷はみるまに再生されていく。カイの予想通りに。

聖光弾《ディバイン》には魔力による修復を妨げる効果がある。だがフェニクスの特殊能力による再生なら関係無いのではないかと思ったのだ。フェニクスさえよみがえれば、フレースヴェルグとイムドゥグドの機体も再生させられると。

……エッカルト将軍がヴィルベルの殺害に協力したのは、この可能性に気付いていたからかもしれないな。

聖光弾《ディバイン》が戦闘機《テンペスタ》の天敵なら、フェニクスの特殊能力は聖光弾《ディバイン》の天敵だ。ダメージを与えるそばから再生させられてしまうのでは、膨大なコストを注ぎ込んで造り出した兵器の意味が無い。

だがその目論見は崩れた。クロノゼラフという男の執念によって。

「……奇跡だ……」

やがて炎が消え去ると、ダニエルが完全に修復された二機の前にひざまずいた。カイがその肩に触れると、弾かれたように顔を上げる。

「カイ、……いや、金糸雀の君、……なのですか？」

「いや、その恥ずかしい呼び方、やめてくれって何度もお願いしたよね？　君がその生真面目面で金糸雀金糸雀言うもんだから、皆が真似するんだよ」

思わず十八年前を思い出して眉根を寄せると、ダニエルは厳つい顔をくしゃりとゆがめた。澄んだ瞳から涙が溢れ出る。

「…ああ…、その口調、やはり金糸雀の君だ…」

ダニエルの中のヴィルベル像はいったいどうなっているんだろうと心配になるが、今は問いただしている場合ではない。


「俺とクロノゼラフは出撃する。必ずネルガを全滅させて帰るから、君たちは基地を守ってくれ」

「は、……はい！　必ず！」

ダニエルは勢いよく立ち上がり、敬礼した。遅れて敬礼するダニエルの部下たちに力強く頷いてみせ、カイはクロノゼラフに向き直る。

この世で最も信じられる戦友にして心を預けられる親友……そして愛おしい男。

この男となら、どんな戦場だって生き延びられる。

「行くぞ、クロノゼラフ。エッカルトの野郎をぶちのめしてやる」

「ああ、ヴィルベル。私と勝利の栄光は常にそなたと共に在る。そなたの願いならばどのようなことでも叶えてみせよう」

クロノゼラフは力強く頷き、そっとカイの耳に唇を寄せる。

「……無事に帰還したあかつきには、全て話してもらうぞ。いいな？」

カイは腕輪でパイロットスーツに着替え、フェニクスの心臓石を持ったままイムドゥグドに乗り込んだ。

——じじ様！　無事だったのか！

操縦桿を握ったとたん、イムドゥグドの歓声が響き渡る。うおおおおおおん、と機体を震動させるエンジン音もいつもより勇ましい。

操作卓《コンソール》に置いたフェニクスの心臓石がきらめいた。

——久しいな、小僧。儂のパイロットがずいぶん世話になったようだ。礼を…と言いたいところだが、このていたらくは何事だ？

——う、ううっ…。だ、だってよお、天使どもの気配がしたと思ったら、いきなりドカンだぜ？　こちとら自力じゃ身動き取れない身だってのに。

尊大なイムドゥグドが、フェニクスにかかれば羽の生え揃わない小僧扱いである。十八年前を思い出して懐かしくなるけれど、今は感傷に浸る余裕など無い。

「イムドゥグド、敵はネルガのエッカルト将軍だ。この基地の戦闘機《テンペスタ》はお前とフレースヴェルグ以外使い物にならない。将軍率いる精鋭を二機で相手にすることになる」

——ほおう、大将自らお出ましというわけか。

イムドゥグドがにやりと笑う気配がした。

——先ほど聖光弾《ディバイン》を撃ち込んでくれたのもそやつだな。じじ様が居てくれればもはや吾に怖いものなど無し！　目に物見せてくれるわ！

——この馬鹿者が、調子に乗るでない！

イムドゥグドもフェニクスも怖気づくどころか、自信満々だ。カイはふっと笑い、操縦桿から魔力を流した。

「出撃だ、イムドゥグド、フェニクス！」

——承知した！

イムドゥグドとフェニクスの声がかぶり、獅子を模した前脚が力強く床を蹴る。

まばたきの後、イムドゥグドは破壊された格納庫の天井を突き抜けていた。円蓋窓《キャノピー》の外に広がる空の碧さが、じわりと目に染みる。

……ああ、帰ってきたんだな。

十八年前、なすすべも無く墜《お》とされた空へ、カイは帰ってきた。エッカルトたちの陰謀を打ち砕き、今度こそ生還してみせる。…クロノゼラフと共に。

『ヴィルベル、見えるか？』

先に離陸していたフレースヴェルグがイムドゥグドの右側へ並び、無線越しにクロノゼラフが問いかけてきた。

『ああ。エッカルトの奴、ありったけの戦闘機《テンペスタ》を駆り出したんじゃないか？』

レーダーを確認するまでもない。雲のように群れて飛ぶ無数の敵機が円蓋窓《キャノピー》越しに見て取れる。その数は百を下らないだろう。まず間違い無くネルガ軍の全戦闘機《テンペスタ》だ。

格納庫の破壊に成功し、我が物顔で飛び回っていた敵機は、フレースヴェルグとイムドゥグドの登場に浮き足立っていた。

『…な…っ、何故フレースヴェルグが…⁉』

『アシュタルの戦闘機《テンペスタ》は全機破壊されたはずではなかったのか？』

『隣の機体はまさかイムドゥグドか？　…し、死神が二機も…⁉』

無線からネルガのパイロットたちの悲鳴が溢れた。冷静さを失って失速する小型級《スパロウ》の群れの中、ひときわ大きな機体だけが悠然と両翼を羽ばたかせている。

蝙蝠の翼に宝石の瞳を持つ巨大な竜を模した機体——ネルガが所有する唯一の大型級《イーグル》戦闘機《テンペスタ》、ヴィーヴルだ。

ヴィーヴルは地底に棲息する竜で、宝石の瞳を奪おうとする数多の人間たちを猛毒のブレスで返り討ちにし、死体の山を築いたと伝わる凶悪な魔獣である。心臓石となって戦闘機《テンペスタ》に搭載された後もその特性は受け継がれ、戦闘機《テンペスタ》の装甲さえ溶かす猛毒の魔砲を放つ。

単純な機体の戦闘力なら、ヴィーヴルはフレースヴェルグやイムドゥグドには遠く及ばない。ヴィーヴルの猛毒が装甲を溶かす前に、フレースヴェルグの巻き起こす風がヴィーヴルを切り刻み、イムドゥグドの雷が粉砕するだろう。

……でも、今日は違う。

あれに近付くなと、カイに宿る魔神の血が警告している。魔神とは決して相容れない存在、天使の末裔たちが使う神聖力の気配が伝わってくる。

『落ち着け、皆の者！』

一喝《いっかつ》したのは、ヴィーヴルのパイロット――エッカルト将軍だろう。カイの祖父くらいの年齢のはずだが、魔神の血の恩恵か、声は青年のように若々しい。

『あの二機だけしか出撃していないということは、聖光弾《ディバイン》はあれら以外の機体を破壊し尽くしたということ。あの二機さえ墜《お》とせば、勝利は我らネルガのものだ！』

ギシャアアアアアア、とヴィーヴルが機体を軋ませながら咆哮した。

――むごいことをする。

「どうした、フェニクス？」

――聖光弾《ディバイン》に込められた神聖力は我ら魔獣の天敵。それを搭載されれば、心臓石だけの身となっても苦痛を感じずにはいられまい。戦闘が長引いたら心臓石が砕けかねんぞ。

その可能性はもちろんエッカルト将軍も承知しているはずだ。早々に格納庫ごとアシュタルの戦闘機《テンペスタ》を破壊して帰還するはずが、無傷のフレースヴェルグとイムドゥグドの登場に、内心焦っているに違いない。

『そ…っ、そうだ、我らには将軍が付いている！』

『取り囲め！　将軍を援護するのだ！』

エッカルト将軍の心の内など窺い知れない小型級《スパロウ》たちは奮い立ち、二手に分かれてフレースヴェルグとイムドゥグドを囲もうとする。

自分たちが二機の魔砲に墜《お》とされる間に、ヴィーヴルが聖光弾《ディバイン》を撃つ時間を稼ぐ捨て身の戦法だ。なかなかどうして、エッカルト将軍は兵の心を摑んでいるらしい。

『クロノゼラフ、取り巻きの相手は俺に任せて。お前はエッカルトを墜《お》としてくれ』

一対一の格闘戦《ドッグファイト》なら、フレースヴェルグよりはイムドゥグドの方が適している。敢えて逆を取ったカイの意図を、クロノゼラフは理解してくれたようだ。

『了解。――クロノゼラフ、交戦《エンゲージ》』

巨体からは想像もつかない疾風のごとき動きで敵機の隙間をすり抜け、ヴィーヴルに迫っていく。させじと突っ込んでいった敵機は、フレースヴェルグの羽ばたきに吹き飛ばされてしまう。

魔砲を撃つまでもない。理不尽な強さ、圧倒的な存在感に敵機が怯んだ隙を狙い、カイはイムドゥグドに命じる。

「撃ち落とせ!」

――承知!

かっ、と空が白光に染まった。

雲も無いのに降り注ぐ幾筋もの雷が、フレースヴェルグに纏わり付く敵機を狙撃手の精密射撃のように撃ち落としていく。

『…死神が…、ここにも……』

『ひ、…怯むな! 集中砲火を浴びせるんだ!』


生き残った敵機はフレースヴェルグの追跡を断念し、イムドゥグドを包囲した。無数の羽音を響かせながら、炎の魔砲を撃ち出す。

一つ一つはたいしたことがなくても、四方八方から襲い来る炎弾を浴びせられれば大型級《イーグル》の魔砲並みの威力を発揮する。

――雀《すずめ》どもが、小賢しいわ!

カイの命令より早く、イムドゥグドが吼えた。

咆哮は不可視の衝撃波となり、迫る炎弾を弾き返してしまう。自らの撃った魔砲を受け、敵機は次々と爆発していった。

かろうじて回避に成功した敵機が再び包囲網を作り上げる前に、カイは次の魔砲を放つ。

「仕留めろ!」

カイの魔力を吸い上げたフレースヴェルグの機体を中心に、無数の雷撃がほとばしる。いかに素早い小型級《スパロウ》でも、光の速さで広がる雷の網からは逃げられない。

レーダーの敵性反応は瞬く間に消失してゆき、めまぐるしく動き回る反応一つだけが残された。レーダー上でも巨大な反応を放つそれは、もちろんヴィーヴルだ。

『エッカルトよ、貴様の目論見はすでに把握している。配下は全て墜《お》ちた。この上は大人しく投降せよ』

　背後を取ろうとするヴィーヴルを素早い動きであしらっていたクロノゼラフが、無線越しに呼びかける。やはり純粋な機体性能なら、ヴィーヴルはフレースヴェルグに及ばない。

『は…っ、この期に及んで投降など出来るものか！　死んでいった部下たちのためにも、私は退くわけにはいかぬ。貴様らを墜《お》とせば、私の勝ちよ！』

　ギシャアアアアアア、と再びヴィーヴルが鳴いた。苦痛の滲む悲鳴。

　……来る！

　大きく開かれたヴィーヴルのあぎとから、巨大な砲弾が発射された。

　身の毛がよだつこの感覚は、予想通り聖光弾《ディバイン》だ。確実に命中させられるよう、フレースヴェルグが接近してくるまで控えていたのだろう。

『…クロノゼラフ！』

　フレースヴェルグはその場で急旋回を試みるが、神聖力の影響か、いつもより格段に動きが鈍い。逃げきれなかった大鷲の片翼を聖光弾《ディバイン》がもぎ取っていく。

『獲《と》った……！』

　快哉《かいさい》を叫ぶエッカルト将軍は、なすすべも無く墜落するフレースヴェルグの幻影を確かに見たのだろう。

　だが、させない。そのためにカイはここに居るのだから。

「フェニクス、頼む！」

　──任せておけ！

　紅い心臓石に触れると、強い魔力の波動が返ってきた。フェニクスの心臓石は今、イムドゥグドの機体とは接続されていない。だがフェニクスによって再生されたカイが接続装置《コネクタ》代わりとなり、機体に接続してやれば…。

――炎よ、再生せよ！

フェニクスの歌声が朗々と響き渡る。戦場に似つかわしくない甘く蠱惑的なそれは火種も無い虚空に紅い炎を生み出し、フレースヴェルグを包み込む。

『ばっ…、馬鹿な……』

ヴィーヴルの機体が不自然なまでに揺れた。

すでに何発も撃っている聖光弾《ディバイン》の神聖力に耐えきれなくなっているのか、エッカルト将軍がみるみる再生されていく翼に狼狽したのか。たぶん両方だろう。

『…それはフェニクスの…、ありえない…、ヴィルベルは始末したはずなのに…』

『……何だと？』

片翼を失おうとも動揺せず、超絶的なテクニックで飛行を保っていたクロノゼラフが一気に殺気立った。

『我が小鳥を始末した？　薄汚い貴様ごときが？』

ごうっ、と再生されたばかりのフレースヴェルグの翼が大気を唸らせる。

聡いクロノゼラフのことだ。エッカルト将軍の不用意な一言とリスティルの話を結び付け、十八年前のヴィルベル撃墜の真実にたどり着いてしまったに違いない。

『……許さぬ……』

フレースヴェルグの巨体から白い靄のようなものが立ちのぼる。

煙？　…いや違う、あれは冷気だ。

限界を超えたクロノゼラフの怒りが魔力となって心臓石に流れ込み、受け止めきれなかった分が溢れ出てしまっている。伝説の三魔獣の心臓石さえ受け止められないほどの魔力に、歌い終えたフェニクスさえも震え上がる。

――魔神アシュタルトそのものだ。今の時代にこれほど血の濃い末裔が生まれるとは…。

フェニクスは魔神アシュタルトによって討伐されたので、アシュタルトと面識がある。ならばきっと、かつてのアシュタルトも。

『……我が小鳥を狙う者は、誰であろうとも許さぬ！』

今のクロノゼラフのように空を埋め尽くすほどの風刃と、冷気が凝った氷刃を生み出し、理不尽なまでの火力で敵を粉砕したのだろう。抗う余裕すら与えずに。

『ぐ、……ぐううっ！』

エッカルト将軍が苦し紛れに聖光弾《ディバイン》を放つ。だが白金《プラチナ》で覆われた砲弾は氷刃によって凍り付き、失速したところを風刃で八つ裂きにされた。

そして風と氷の刃は太陽すら呑み込んでしまえそうな巨大な竜巻に変じ、ヴィーヴルの機体をも刻んでいく。

『ぐあ、ああ、……私の、……玉座が…っ…』

操縦席《コクピット》ごと切り刻まれたエッカルト将軍の、おそらくはそれが最期の言葉だった。地上へ墜《お》ちていく破片につかの間瞑目《めいもく》し、カイはフェニクスの心臓石から手を離す。

「ありがとう、フェニクス、イムドゥグド」

——礼など要らん。機体は失われても、そなたは我がパイロットなのだからな。

——うむ、おかげでじじ様にも再び会えたからな！　吾の強さを褒め称えるだけで良いぞ！

誇らしげなイムドゥグドを『そうやってすぐ増長するから聖光弾《ディバイン》ごときにやられるのじゃ！』とフェニクスが叱り付ける。

懐かしい空気に頬を緩めていると、ばさり、と円蓋窓《キャノピー》の向こうから羽ばたきの音が聞こえた。魔力を収めたフレースヴェルグが並んで飛んでいる。

『クロノゼラフ…ありがとう。ヴィーヴルを墜《お》とせたのは、お前が俺を信じてくれたおかげだ』

クロノゼラフは一度聖光弾《ディバイン》に墜とされかけたのに、カイの指示に迷わず従ってくれた。カイが必ず勝たせてくれると信じて。

『当然のことだ。我が勝利は常にそなたと共にあるのだから。……ヴィルベル』

『うん？』

『愛している』

唐突な告白は勝利の高揚を上回るほど甘く、全身の血を沸騰させるほど熱かった。頬を真っ赤にするカイに、クロノゼラフは囁き続ける。

『幾星霜《いくせいそう》の時を過ごそうと、愛しく思うのはそなただけだ』

『ク、…クロノゼラフ、……』

『我が愛しい麗しの小鳥。よくぞ我がもとに舞い戻ってくれた。そなたこそ我が命、我が魂、我が全てだ。愛して……』

『……ま、待ってってば！』

無線越しでさえ甘く破壊力満点の声音に耐えきれなくなり、カイはぶんぶんと頭を振った。さえぎらなければ告白はいつまでも続きそうだ。

『何なんだよ、いきなりそんな恥ずかしいことばっかり……』

『心のままを告げるのが、何故恥ずかしいのだ？』

『そういうことじゃなくて…』

何かをはばかった経験すら無い皇子様に、羞恥という概念をどう教えてやればいいのか。悩んでいると、悩ましげな溜め息が聞こえてきた。

『己の思いを告げておかなかったことを後悔するのは、もうたくさんだからな。思った時に伝えることにした』

『……、……ごめん。でも俺は……』

『責めているのではない。だが私にすまなかったと思っているのならば、帰還したら教えて欲しい。十八年前そなたの身に何が起きたのか、……私に応えてくれるのかどうか』

それきり無線は沈黙した。気遣うように心臓石を点滅させていたフェニクスがぼそりと呟く。

――やれやれ、難儀な男じゃ。だからあれほど関わるなと言ったのに。

――無理であろう、じじ様。たとえ冥府《めいふ》の果てまで逃げようと、あの男は必ず追いかけてくる。魔神というのはそういうものゆえな。

イムドゥグドが珍しく反論するが、フェニクスは咎めなかった。

「上飛将閣下！　金糸雀の君！」

　複雑な思いを抱えたまま帰還した格納庫では、ダニエルとその部下、地上軍の兵士たちがカイとクロノゼラフを歓呼して迎えてくれた。出撃したのはほんの数十分前のことなのに、ずいぶん長い間留守にしていたような気がする。

「素晴らしい勝利でした。我らを守って下さり、衷心よりお礼申し上げます！」

「礼を言うのはこっちの方だよ。…ありがとう、基地を守ってくれて」

　カイは格納庫に集結した皆を見回しながら微笑む。戦闘機《テンペスタ》部隊に合わせ、ネルガの地上軍も基地を攻撃したはずだ。フレースヴェルグとイムドゥグドが帰る場所を失わずに済んだのは、彼ら地上の兵士たちも必死に戦ってくれたからに他ならない。

「…何を…、何をおっしゃいますか」

　兵士たちが打たれたようにカイを見詰める中、厳つい顔を泣きそうにゆがめたのはダニエルだった。

「地上で戦う兵士のために戦闘機《テンペスタ》は飛ぶのだと、おっしゃったのは貴方です。ならば我らは貴方が帰る場所を守るために戦うのが務め」

「ダニエル……」

　十八年以上も昔に言ったことを覚えていてくれたのか。感動に打ち震えるカイを、クロノゼラフが広い背中で覆い隠す。

「…おい、クロノゼラフ」

「誰にでも気安く微笑んではならぬ。そなたの麗しい微笑みは、万人を薄汚い欲望に染め上げてしまう」

　真面目にそんなことを言われても、これではまともに話も出来ない。カイが右から顔を出そうとすれば右へ、左から出そうとすれば左へ、クロノゼラフは素早く移動して壁になる。

　子どもがふざけて遊んでいるようだが、この皇子様はいたって本気なのが性質が悪い。

「――放せ！　放さぬか！」

　困り果てていたところへ、兵士たちがみっともなく喚き散らす男を引っ立ててきた。相当暴れたのか髪も服装も乱れ、普段の取り澄ました姿は見る影も無いが、あれは。

「レオポルト殿下？　…それに妃殿下も…」

続いて連れてこられたリスティルに、カイは目を瞠る。地味ながら質の良いドレスはあちこち引き裂かれ、靴も履かず、頬を真っ赤に腫《は》らしていたのだ。

リスティルは近衛騎士に化けていた兵士と一緒に脱出したはずなのに、どうして夫婦揃って縄を打たれ、怒気も露わな兵士たちに取り囲まれているのか。

「あの女は我々に保護を求めてきたのです」

忌々しそうに吐き捨てるダニエルにも、リスティルを睨み付ける兵士たちにも、皇太子妃に対する敬意は欠片も残っていないようだ。

「保護だと？」

クロノゼラフの問いに、ダニエルは頷いた。

「ヴィーヴルが墜《お》ちた後、基地に攻め寄せていたネルガ地上部隊は撤退しました。追討した我が軍の小隊が、ネルガ兵に襲われているその女を発見したのです」

今にも殺されそうになっていたリスティルは、アシュタル兵に助けを求めた。前線の兵は彼女の裏切りを知らないため、無事救出されたのだが、兵士たちの一人が疑問を覚えた。リスティルを襲っていたネルガ兵は、彼女を護衛していた近衛騎士だったのだ。

そこで兵士たちはネルガ兵を殺さずに捕縛し、リスティルと共に基地へ連れ帰った。ダニエルはクロノゼラフから聞かされた彼女の裏切りを明かし、夫レオポルトと一緒に営倉へ閉じ込めておいたのだそうだ。

「…なるほど。役立たずが始末されそうになったということか」

事情を聞いたクロノゼラフが呟くと、項垂れていたリスティルはばっと顔を上げた。

「このわたくしが役立たずですって⁉」

「それ以外の何だというのだ。私をネルガに寝返らせることも出来なかった、気位ばかり高い女を迎え入れたとて、エッカルトに何の利も無い」

「な、な…っ…」

「役立たずでなければ用済みだな。戦闘機《テンペスタ》を全滅させ、この基地も落としてしまえば、もはや貴様から情報を得る必要も無い。…捨てられたのだ、貴様は」

「――クロノゼラフ、貴様ぁっ！」

青ざめるリスティルに代わって怒号を上げたのは、レオポルトだった。クロノゼラフに摑みかかろうとして兵士たちに取り押さえられるが、なおも喚き続ける。

「我が妻をもてあそんでおきながら、何と不遜な！地獄に堕ちるがいい！」

「これは何故捕縛されたのだ？」

興奮しきった異母兄を一瞥し、クロノゼラフはダニエルに問う。それはカイも聞きたいことだった。レオポルトはリベルが攻めてきた時と同じく、部屋に籠もって震えているとばかり思っていたのだ。

「その女が吐いたからです。皇太子も今回の…いえ、十八年前の金糸雀の君の事件にも与《くみ》していたのだと」

「……何？」

クロノゼラフの碧眼がレオポルトを鋭く射貫く。

レオポルトはびくっと跳び上がり、助けを求めて周囲を見回すが、返されるのは侮蔑の視線だけだ。

「その男は上飛将閣下に皇太子の座を奪われることを怖れるあまり、秘密裏にセラフィエルのマルケルス王と通じ、さらにネルガのエッカルト将軍とも通じていました。その仲介をしたのが皇太子妃です。その男は…」

「違う！　私は何もしていない！」

レオポルトは喚いてダニエルをさえぎろうとする。

そこへリスティルが不気味に微笑んだ。

「何も違いませんわ。十八年前、わたくしがマルケルス王に指示されるがまま『クロノゼラフ様を始末したくありませんか』と誘いをかけたら、その男は一も二も無く頷いた。マルケルス王と秘密裏に手を組み、魔帝国を裏切ることすら受け容れた」

「リッ…、リスティル！　そなた何を…」

「愚かなその男は、わたくしが本当に始末したかったのはヴィルベルであることも気付かず、クロノゼラフ様の代わりに死んだヴィルベルを恨み、大罪人に仕立て上げた。そして十八年もの間、ずっとクロノゼラフ様を殺す機会を狙い続けてきた…」

　リスティルが楽しそうに言葉を紡ぐたび、レオポルトの顔面から血の気が失せていく。今の今まで、レオポルトは妻の本性を知らなかったのだろう。いや、知ろうとしなかったというべきか。

「だから今回、リベルが撤退した後も基地に留まっていた。いずれエッカルト将軍が帝都を急襲する。その時こそ基地の全軍を率いて帝都を救えば皇帝陛下も激賞し、帝位を譲って下さるはずだと…死神《グリムリーパー》級パイロットが二人も居れば負けるはずがないと、わたくしが言ったから」

　……そうか。そういうことだったのか。

　レオポルトは知らなかったのだ。リスティルの背後にはマルケルス王だけではなく、ネルガのエッカルト将軍も居たことを、リスティルは伏せていた。

　だから今度こそ皇帝になれると信じ、基地に留まっていた。…妻の本当の目的が混乱に乗じて憎い異母弟とネルガへ逃げることであり、そのために虐待まででっち上げられたとも知らずに。

「本当に残念でしたわ」

　リスティルは顔面蒼白の夫に微笑みかけた。

「基地が陥落していれば、貴方とは二度とお会いせずに済みましたのに」

「…リスティル…、そなた正気か？　私が死ねば良いと…、そこまで私を嫌っていたのか？　夫婦となり、子まで生した私を…」

「嫌う？　とんでもない」

　ほんの少しだけ和らいだレオポルトの表情は、次の瞬間、完全に凍り付く。

「わたくし、貴方に好意も嫌悪も抱いたことはございませんの。夫婦となったのは皇后陛下のご命令だったからで、子を産んだのは皇太子妃の義務だったからですわ」

「あ、ああ、あ……」

　好きでも嫌いでもない。興味の欠片も無い。

　それはある意味、嫌われ憎まれることよりつらいかもしれない。自分は妻に愛されていると信じていた男なら、尚更。

「……何故、全てを白状した？　黙秘を貫けば、その男が助けてくれたかもしれぬのに」

　クロノゼラフは腑《ふ》抜《ぬ》けたようにくずおれてしまった異母兄を顎でしゃくる。

　カイも同感だった。リスティルはクロノゼラフに自ら罪を明かしてしまったから言い逃れようが無いが、レオポルトがネルガに通じていた証拠は今のところリスティルの証言だけだ。マルケルス王に騙された哀れな女を演じれば、レオポルトは皇太子の身分を盾にして庇ってくれただろうに。

「貴方と共に逃げられなかったのなら、もうわたくしに生きる意味などありませんわ。それに…、ふ、ふふふ、ふふふふふっ」

　おかしくてたまらないとばかりに、リスティルは腹を抱え、細身を揺らした。不気味な姿に怯えた兵士たちが思わず後ずさる。

「聖光弾《ディバイン》を打ち破るという奇跡の勝利を成し遂げ、魔帝国を救った貴方を誰もが英雄と称えるでしょう。けれど、貴方だって同じ！　貴方の生きる意味は、ヴィルベルは、何があっても生き返らない！」

「……」

「わたくしは売国奴として処刑される。貴方も生きながら死んでいるような日々を、わたくしを恨みながら永遠に続ければいいのだわ！」

　ほほほ、ほほほほほ、とリスティルは有頂天で笑っていたが、クロノゼラフが小揺るぎもしないのを見るといぶかしげに眉をひそめた。

「言いたいことはそれだけか？」

「え……」

「我が小鳥は貴様らの薄ら汚い野望を清冽な魂によって打ち払い、炎の中からよみがえった。…ヴィルベル、我が愛しき小鳥よ」

　クロノゼラフはおもむろに振り返った。

　恭しく差し出された手をカイが取った瞬間、クロノゼラフの長身に隠れていた姿をようやく目の当たりにしたリスティルが驚愕に目を見開く。

「ヴィ、……ヴィルベル・アルディナート！　そ、んな…、お前は十八年前に死んだはず…！」

「話は聞かせてもらいました。俺はちゃんと覚えていますよ。十八年前、貴方が俺を帝都の伯爵邸に呼び出し、皇太子殿下がクロノゼラフ殺害を決意したと告げたことも…クロノゼラフの代わりに、待ち伏せしているはずのネルガ部隊と戦って欲しいと願ったことも」

「お、…前、……お前、お前、お前っ！」

リスティルの全身から強い魔力が噴き出す。

危ぶんだ兵士たちが取り押さえようとするが、女性とは思えない腕力で振り解かれてしまった。怒りを引き金に、皇太子妃に選ばれるほど濃い魔神の血が暴走しつつあるのだ。

「どうしてお前が！　どうしてお前ばかりっ！」

全身を拘束する縄さえも吹き飛ばし、嫉妬と憎悪に目を血走らせながら襲いかかってくる。カイは避けなかった。自分には一筋の傷さえ付けられないとわかっているから。

クロノゼラフが傍に居る限り。

「――下がれ、あばずれ」

冷ややかな命令すら温かく感じるほどの冷気が渦を巻き、リスティルに絡み付いた。たちまち首から下が凍り付き、リスティルは床に転がる。

リスティルを拘束する氷は遠巻きにする兵士たちさえ震え上がる冷気を放っているが、カイはちっとも寒くなかった。クロノゼラフがその腕の中にしっかり覆い隠してくれたから。

「クロノゼラフ様、何故！　何故わたくしではいけないの⁉　同じ魔瞳持ちだからといって、たかが伯爵の子息ふぜいに何故そこまで？　わたくしなら貴方の子を産んで差し上げることも出来るのに！」

唯一自由になる口で、リスティルは必死に訴える。

魔神の血が濃い男は同じくらい濃い血の女性が相手でなければなかなか子を儲けられない。魔帝国の上級貴族の娘でも、クロノゼラフの子を産めるのは数人程度だろう。皇太子妃に選ばれたリスティルは確かにその一人なのだが。

「くだらぬ」

クロノゼラフは一言でばっさり斬って捨てた。カイの長い金髪を愛おしそうに撫でながら。

「私の心に住まい、甘く麗しいさえずりで我が胸を蕩かせるのはヴィルベルだけだ。性別も身分も魔力も、魔神の血の濃さも関係無い」

「ク、クロノゼラフさ、…っ…」

「我が小鳥はようやく私のもとに帰ってきてくれた。これより先は我が腕だけを止まり木とし、我が傍でさえずり続ける。――二度と放さぬ」

それはカイに向けた宣言でもあったのだろう。抱きすくめる腕に力がこもる。

「だが貴様には罪無き小鳥を罠にかけ、貶《おとし》めた咎を償ってもらおう。夫と共に、死が救いと思えるほどにな。……連れていけ」

「はっ！」

我に返った兵士たちが凍ったままのリスティルを担ぎ上げ、連行していく。行き先は営倉だ。基地が落ち着き次第レオポルトと共に帝都へ護送され、皇帝コンスタンティンの裁きを受けることになるだろう。

皇太子レオポルト、皇太子妃リスティル、ネルガのエッカルト将軍。三者を結び付けていた真の黒幕はセラフィエルのマルケルス王である。マルケルス王がエッカルト将軍と手を組み、リスティルを引き入れ、さらにリスティルを通じてレオポルトに野心を抱かせた。

だが今、セラフィエルの王城に守られたマルケルス王を捕縛することは出来ない。出来たとしても、レオポルトたちは己の罪から逃れられない。

売国は重罪だ。我が子を切り捨てることをためらっていたコンスタンティンも、今回ばかりは迷うまい。皇后がどれだけ助命を嘆願しても、夫婦共に極刑は免れないはずだ。

己の末路を悟っているだろうに、レオポルトは無言のまま従順に連れていかれた。最後までクロノゼラフの名前を叫び続けていたリスティルとは正反対だ。

長年の野望が潰え、全てを失った。最後まで憎い異母弟に勝てなかったことよりも、その元凶が愛しく思っていた妻だった事実の方がレオポルトには痛手だったのかもしれない。あるいは妻に何の感情も抱かれていなかったことか。

……終わった。

十八年前に墜《お》ちた時からずっと心を縛り付けていた見えない鎖が、ほどけていくのを感じた。

発端であるマルケルス王は未だ健在だが、エッカルト将軍は死に、リスティルとレオポルトも裁かれる。全てなくなったのだ。…クロノゼラフを脅かすものは、全て。

「――ヴィルベル」

「何、……っ⁉︎」

項に熱い吐息を吹きかけられた瞬間、ぐらりと視界が揺れた。

破壊された天井から流れ込んでいた風が止まる。

とっさに閉じたまぶたを開けば、そこは格納庫ではなかった。真新しい家具が揃えられた、上級士官用の広い部屋――クロノゼラフの私室だ。

「え、……えっ？　まさか……瞬間移動？」

瞬間移動の魔法は遠い昔の王族が使っていたと伝わるが、今では廃れた魔法の一つだ。ただの伝説に過ぎないと断定する魔法学者も多い。クロノゼラフも士官学校時代に修練していたが、結局使えるようにはならなかったはずなのに、どうして…。

「私もわからぬ。一秒でも早くそなたと二人きりになりたいと思ったら発動していた」

「…そんなこと、ありうるのか…？」

ヴィルベルの知識ではありえないことだが、クロノゼラフにはフェニクスやイムドゥグドさえ怖れるほど濃い魔神の血が流れている。クロノゼラフの強い意志に魔神の血が呼応し、新たな能力を目覚めさせたのかもしれない。

「言っただろう？　私はそなたのためなら何でもしてみせると。今ならどのようなことでも出来る気がするぞ」

クロノゼラフは壮絶な色香のしたたる笑みを浮か

べ、抱き上げたカイをベッドに横たえる。

当然のように覆いかぶさられ、カイは分厚い胸を慌てて押し戻した。

「ま、待って！　まだ戦いは終わったばかりだし、そうだ、瞬間移動が使えるなら帝都まで飛んで、コンスタンティン陛下に事態の説明を…」

「この期に及んでまだそのようなことを申すか」

微笑んでいるはずの美貌に、冷気が漂った。

「後処理くらい、ダニエルたちに任せておいて大丈夫だ。その程度には鍛えてある。それに帝都の父上のもとへ飛べと言うのなら、そなたも共に行くことになるが…いいのか？」

「えっ…？」

困惑するカイに、クロノゼラフはすでに熱くなっている股間を押し付けた。

「この昂り、そなたの中に注がなければ治まりがつかぬ。父上の前でもそなたを貫き、そなたの腹を満たし続けるだろう。それでも構わぬのなら——」

「だ、駄目、行かないで！」

カイはたまらずクロノゼラフの首筋に縋り付いた。

ヴィルベルだった頃、コンスタンティンには息子の唯一の親友としてとても良くしてもらっていた。至高の身分にもかかわらず気さくな優しい人で、どうしてこの人からレオポルトが生まれたのかと不思議でならなかったくらいだ。あの人の前で抱かれるなんて、冗談ではない。

「……ヴィル、ベル」

ごくん、とクロノゼラフの喉が上下した。

「どこにも行かぬ。私はずっとそなたの傍に居る。だからそなたも、決して私から離れるな。…三度目はきっと耐えられない」

「あ……」

泣きそうにゆがんだ顔に胸が痛んだ。…そうだ、クロノゼラフはカイとの別れを二度も味わわされたのだ。

一度目は十八年前、単機で出撃して墜《お》ちた。二度目は数日前、全身がクロノゼラフの精まみれになるほど抱かれておきながら、夢だと言い張って逃げた。

改めて思い出せば、我ながら酷いことばかりしている。

「……ごめん、クロノゼラフ。ごめんなさい……」

カイはクロノゼラフの頬に両手を滑らせた。そっと口付け、今度は広い背中に腕を回す。

「俺、お前を酷い目にばかり遭わせてしまった。お前はこんな俺でも忘れず、思い続けていてくれたのに…」

「謝罪など要らぬ。私がそなたを忘れることなど、海が干上がろうともありえない。…欲しいのは真実だ。教えてくれ、ヴィルベル。十八年前、そなたの身に何が起きたのか。おおよその予想はついているが…そなたの口から聞かせて欲しい」

抱き返してくれる腕はきつく、カイが魔神の力を発揮しても解けそうにない。二度の喪失は、クロノゼラフをより魔神に近付けてしまったのだろうか。

「わかった。……少し長くなるけど、聞いてくれ」

十八年前、リスティルのひそかな訪問から始まる真実を、カイは記憶をたどりながら話していった。

時折抱き締める腕の力を強めたり、息を詰まらせたりしたが、クロノゼラフは無言で聞いてくれる。

身勝手だと、愚か者だと詰られて当然だと覚悟していた。全てを語り終えた直後、クロノゼラフは予想通り怒りに身を震わせる。

だがその怒りは、カイに向けられたものではない。

「……許せぬ……」

「クロノゼラフ…？」

「私が軍人になったのは、か弱く儚いそなたを守るためだった。そなたの盾となり、そなたを傷付けようとする刃を我が身に受けるためだったのに…その私が、そなたを死に追いやった…」

「違う、違うんだ、クロノゼラフ！」

許せぬ、と何度も口走るクロノゼラフの身の内で魔力が荒れ狂っている。このままでは自分自身を焼き尽くしてしまいかねない。

「…俺は、お前を解放したかったんだ！」

耳元で叫ぶと、クロノゼラフの魔瞳が揺れた。

「解放？　……どういう意味だ？」

「お前が俺を幼馴染みや親友としてじゃなく愛してくれてるってことは、薄々気付いてた。あんな実家に生まれてしまった俺を守っていてくれたことも。お前は本当に優しくて、一途で…その一途さが、俺は怖かった」

　家族に恵まれなかったのはクロノゼラフもヴィルベルと同じだ。だが全てにおいてずば抜けた才を発揮するクロノゼラフなら、たとえ魔帝国を飛び出しても、何をしても堂々と生きていける。

　レオポルトに疎まれながらパイロットとして魔帝国に留まり続けるのは、死神級《グリムリーパー》パイロットと皇子、二つの身分でヴィルベルを守るためだ。

　望めば自由に生きていけるクロノゼラフを、自分こそが不遇の立場に縛り付けてしまっているのではないか。カイは…ヴィルベルはずっと忸怩たる思いを抱き続けてきた。

「だから、……だからそなたは、墜《お》とされるかもしれないと承知の上で出撃したというのか？　そなたが死ねば、私は魔帝国から解放されると思って？」

　身の内で荒れ狂っていた魔力が冷気と化し、じわじわと染み出ていく。

「――ありえぬ！」

　恐る恐る頷いたとたん、室内が一瞬で凍り付いた。無事なのはベッドとその上だけだ。

　ひくりと震えるカイの喉を、クロノゼラフはやんわりと歯を立てる。

「あぁっ……」

「ああ、確かに私は囚われているとも。魔帝国ではない、そなたという唯一無二の小鳥にな！」

　魔力を流された腕輪が反応し、パイロットスーツが消え失せる。

　同じように自分も生まれたままの姿になり、クロノゼラフはカイの胸の肉粒に吸い付いた。最初で最後と決めたあの日、何度もそうしたように。

「…あ…、あん…っ…」

「そなたはどこにも身の置きどころの無い私の、唯一の居場所であり光だった。そなたと出逢って初めて、皇子の身に生まれてらっきーだと思えたのだ」

それはヴィルベルだって同じだ。

自邸で暮らしていても、安らげるのは母と一緒に居る時だけ。でも病弱な母親とはなかなか面会が許されない。

側室や異母兄と出くわせば嫌味を言われるし、側室の機嫌を損ねたくない父親は庇ってもくれない。だから彼らが絶対に近付かない人間の使用人たちと過ごす方がはるかに楽しかった。

どうして惹かれずにいられようか。クロノゼラフは母以外に初めて出逢った、心から笑い合える相手だったのに。

「私は進んでそなたという存在に囚われた。…そなたが傍に居てくれなければ、私の幸せも生きる意味も無い…！」

「…クロノゼラフ、…っ…」

「なのにそなたは消えたのか。私を置いて、……二度も……！」

十八年間、クロノゼラフが溜め込んできた孤独と悲しみが無数の棘となって突き刺さる。


……ああ、何てことをしてしまったんだろう。

己の愚かさを改めて痛感する。

一度目の消失の後、クロノゼラフはヴィルベルと同じところへ逝くためだけに転戦し続けた。そして二度目の消失の後は、今度こそ確実に己の腕の中に捕らえておけるよう、周到に罠を仕掛けた。

「教えてくれ、ヴィルベル。私はそなたを愛している。そなた以外の者が我が心に住まうことは無い。……そなたは？　私を受け容れてくれるか？　ずっと傍に居てくれるか？」

互いのまつげが触れ合うほど近付けられた碧眼の奥に、狂おしい光が乱舞している。

もしも拒んだら——考えた瞬間、格納庫ほどもある巨大な鳥籠に全裸のまま閉じ込められ、鳴かされ続ける己が脳裏に過った。

予想ではない。カイの中に流れる魔神の血が見せた、未来の欠片だ。

……目覚めさせたのは、俺だ。

人よりも魔神に近いとフェニクスに言わしめた血

を。二度の消失によって。

「…お前が、約束してくれるなら」

「どのようなことでも約束しよう。魔帝国じゅうの富と権力を集め、捧げれば良いのか？　いや、そんなありふれたものはそなたに相応しくない。大陸ごと平らげて…」

「待って、違う。そうじゃない」

どんどん壮大になっていく内容を、カイはクロノゼラフの背中を叩いて止めた。

ならば何だ、と首を傾げるクロノゼラフは幼い頃を思い出させ、どこか可愛らしい。今のこの男なら、言ってのけたこと全てを即座にやり遂げられるのだろうけれど。

「たとえ俺が先に逝ったとしても」

「駄目だ、許さぬ！」

反射的に叫んだクロノゼラフから魔力がほとばしり、凍った家具が一瞬で砕け散った。ヴィルベルの死は相当な心の傷になっているらしい。

「許さぬ、許さぬ許さぬ！　そなたは永遠に私と共に生きるのだ。どこにも逝かせはしない」

「落ち着いて、クロノゼラフ。たとえばの話だ」

「仮定でも許せぬ。そなたであろうと、私からそなたを奪うのは…！」

ひゅうう、と巻き起こった冷気の風が大気中の水分を凍り付かせ、窓から差し込む陽光に照らされきらきらと輝く。

幻想的な光景に見惚れている余裕は無い。これは確か気温が非常に低くなった時に起きる現象だ。カイだけは何があっても無事だろうが、基地ごと凍らされたらダニエルたちまで凍死してしまう。

「…お前も、二度と死のうとするな！」

たとえ俺が先に逝ったとしても、追いかけようとはしないで欲しい。

最初に告げたかった言葉を諦め、カイはクロノゼラフの耳元で叫んだ。声を張り上げた甲斐あって、冷気の風はぴたりと止まる。

「…お前が俺のところに逝くために戦っていたって知った時、俺がどれだけ悲しかったか、わかるか？」

「ヴィルベル……」

「俺はお前に生きていて欲しかったんだ。…何にも囚われず、自由に、幸せに。なのに…」

これできっとヴィルベルも自分を迎え入れてくれると、愛おしそうに灰の小瓶に口付けたクロノゼラフを思い出すだけで心臓が潰れそうになる。

クロノゼラフはカイの鎖骨のあたりを吸い上げ、刻まれた紅い痕に舌を這わせた。

「…だが私は、そなたの居ない世で生きたくはない。そなたが私の傍で楽しそうにさえずってくれるからこそ、何もかも汚らわしいこの世を凍り付かせてしまおうとは思わぬのだ」

「わかってる」

クロノゼラフの言葉に嘘偽りなど無いことも、今のクロノゼラフなら自分たち以外の全てを氷の中に閉じ込めるのが可能であることも。

…これを言ってしまったら最後、もう後戻りは出来ない。一生をこの男に縛り付けられることになる。

「俺はもう、絶対にクロノゼラフの傍を離れない。お前が望む限り、ずっと」

覚悟の上で紡いだ言葉が、ずんと肩にのしかかってきた。湧き上がる不安は、熱く逞しい長身にしがみ付いたとたん霧散する。

「俺も、愛しているから。お前を……お前だけを」

「…っ…、ヴィル、ベル、……ヴィルベル、我が小鳥……！」

クロノゼラフの全身から冷気の代わりに歓喜がほとばしる。

抱き締められたまま上体を引き上げられ、胡座《あぐら》をかいたクロノゼラフの膝に乗せられる格好になった。熱く滾《たぎ》る雄が尻のあわいにめり込む。

「約束する。…私は決して死なぬ。愛しいそなたを、私を受け容れてくれた慈悲深く尊いそなたを置いて、死んだりするものか」

「クロノゼラフ、…本当に？」

「愛しいそなたに嘘を吐きはせぬ。…そなたに捧げるのは真実と、我が全てだ。私の身も心も、持てる地位も財宝も魂も…全てそなたのものだ」

長い間共に過ごしてきたけれど、真摯さの中に情熱と欲望がちらつく表情を見たのは初めてだ。

「うん。…地位や財産は要らないけど…それ以外の全部、受け取るよ。お前は俺のものだ。俺がお前のものであるように」

逞しい胸に顔を埋めた瞬間、息が止まりそうなほどきつく抱きすくめられた。


細腰をクロノゼラフに持ち上げられ、支える必要も無いほど反り返った雄の先端を蕾にあてがわれる。

「あ、…あ、……あぁっ……」

馴らしもしていないのに入るはずがないと思ったが、慎ましく閉ざされていた蕾は熱い先端に口付けられたとたんやわらかくほころび、従順に迎え入れた。

くちゅり、とありえない粘着質な水音が腹の中から聞こえ、カイは背を震わせる。

「ああ……、思った以上に馴染んでいるな」

カイが未知の感覚に怯えているのに、クロノゼラフは魔瞳を恍惚と蕩けさせている。思わず責めるように睨むと、ちゅっ、と唇を重ねられた。

「不安に感じる必要は無い。…そなたに植え付けた我が種が、順調に芽吹いているだけだ」

「た、…種…？」

「ああ。…植えてやっただろう？　ここが膨れるくらい、たっぷりと」

クロノゼラフはまだ薄い腹を愛おしそうに眺める。その下にある肉茎は、中に銜えさせられた感覚で熱を帯びつつあった。

「そなたの中で芽吹いた種は、そなたの血肉となり、そなたを造り替えていく。私のものに何度貫かれても善がり狂える、感じやすく従順な身体にな」

「そ…ん、な…、じゃあ、っ…」

クロノゼラフに犯してもらいやすいよう、自ら濡れているというのか。

ぴちゃりとまた粘つく水音が耳に届き、しゃくり上げそうになるカイの唇をクロノゼラフのそれがふ

さぐ。慰めているようでいて、口内に侵入してくる舌は容赦が無い。

「……ん、……うう、……んっ……」

からめとられた舌を吸われ、ねっとり絡み付かれる間にも、腰は少しずつクロノゼラフの股間に沈められていく。

その太さと長さ、押し広げられる快感を教え込まれた媚肉が早く早くとねだるようにざわめく。いっそ一息に根元まで貫いて欲しいのに、クロノゼラフだってカイの中に出したくてたまらないはずなのに、どうしてこんな生殺しのような真似を…。

「う、……んんっ、……」

全身を熱っぽい眼差しに舐め回され、カイは悟った。…クロノゼラフは見たいのだ。カイが自分を受け容れてくれるところを…己の雄がカイの腹を拡げ、一つになるところを、その魔瞳に焼き付けたいのだ。

……クロノゼラフ……。

ぎらつく魔瞳の奥に隠しようの無い孤独と焦燥を見付け、自分を知らぬ間に造り替えていた身勝手な男がいじらしくてたまらなくなる。

この十八年間、カイは養父母と可愛い弟妹たちと共に貧しいながらも楽しい日々を送ってきたけれど、クロノゼラフはただ死ぬためだけに戦い続けていたのだ。愛しい小鳥はどこにも居ないと信じて。

安らかな夜が、楽しく笑えた日が、この十八年の間、クロノゼラフに何度訪れたのだろう。

「ん……、ぅ、…ふ、……んっ……」

抱き締めたい。受け容れてあげたい。

じわじわと滲み出る愛おしさはカイの身体を蕩けさせ、よりやわらかくなった媚肉がクロノゼラフを包み込む。力の入らない腕の代わりに。

ぐる、とクロノゼラフは獣のように喉を鳴らし、カイの腰を一気に引き落とした。じれったいほどゆっくり沈んでいた雄が媚肉をかき分け、根元まで腹の中に収まる。

「……あ、あぁ、あああ……っ！」

解放された唇から甘い悲鳴が溢れた。クロノゼラフはうっとりと碧眼を細め、カイの両脚を己の腰に回させる。

「ヴィルベル…、我が、最愛の小鳥よ…」

「あ…っ、あん…っ、ああ、やぁ……」

「抱けば抱くほど、そなたの身もさえずりも甘くなる。…もっとたくさん聞かせてくれ」

——十八年の隙間を埋めるほど、夢ではないと信じられるほど、たくさん。

声にならない願いが聞こえた気がして、カイはクロノゼラフの肩を摑んだ。操縦桿を軽々と操る頑健な肩は、カイがそのままゆっくりと上体を持ち上げてもびくともしない。

「…ヴィルベル？」

「お前は、動かない、で。…今度は、俺が、お前を、…いかせてやるから」

クロノゼラフの種が肉体を造り替えているというのは本当らしく、ただ雄を呑み込んでいるだけで蕾も媚肉もきゅんきゅんと疼き、言葉さえ甘い喘《あえ》ぎに交じってしまう。肩を摑む手も、ともすれば力が抜けてしまいそうだ。

でも、クロノゼラフのために何かしてやりたい。…快感を与えられるだけではなく、与えてやりたい。

「あ……、あ、……んっ、ああ、…っ…」

カイが上体を持ち上げるのに合わせ、ずずずずず、と収まっていた雄が腹から姿を現す。

カイの媚肉に濡らされ、てらてらと光っているだろうそれはカイには見えないけれど、クロノゼラフの碧眼はしっかり捉えただろう。ぐる、と再び喉が鳴り、腹に埋もれたままの先端が大きく脈打つ。

「……あ、……あぁーー……っ！」

勢いよく腰を落とした瞬間、ぐぽりと雄がさっきより深くまで突き刺さる。

目の奥に白い光がいくつも輝いては消え、全身を巡っていた熱が弾けた。震えた肉茎からまき散らされた精がクロノゼラフの綺麗に割れた腹筋を濡らす。

「ヴィルベル…、ヴィルベルっ……」

「…ひ…、あっ！」

腕の中に閉じ込められ、ベッドへ押し倒される。膝裏を持ち上げられ、浮かんだ蕾を雄はいっそう深く貫いた。

「は、ああ、ああ…んっ！　や、…ぁっ、クロノゼラフ、俺が、今度は俺がっ…」

「ああ、後でいくらでも好きにさせてやるとも。…だが今は駄目だ」

　ベッドが軋むほど激しく腰を突き入れながら、クロノゼラフは碧眼を妖しく輝かせる。一突きごとに先端は肉の道を切り拓き、信じられないくらい奥まで侵していった。よりたくさん種を植え付けられるように。

「そなたに飢えた男にそんななまめかしい姿をさらした、そなたが悪い…！」

「あ、ひゃ、あああっ…！」

　膨れ上がった先端から熱の奔流が放たれる。

　びしゃああ、と媚肉を粘液に打たれる感覚にカイはめまいを覚えた。初めて抱かれた日よりも、奥が早く満たされていっているような気がする。

「ど、…して…、こんなに、いっぱい……」

　あの日、何度も腹を膨らまされたのは十八年分の精が溜まっていたからだと思っていた。おびただしい量の精は、あの日すっかり受け止めたはずなのに。

　腰を揺らしていたクロノゼラフが形の良い眉根を寄せた。

「ヴィルベル…そなた、まさかあれで十八年分だと思っていたのか？」

「ち、…がう、のか？」

「私のそなたへの愛が、あの程度だとみくびってもらっては困る。…あの日そなたに注いだのは、せいぜい半年分だ」

　つかの間、真っ白になった頭に、少しずつ現実が浮かんでくる。…あんなにたくさん出しておいて、たったの半年分？　つまりあとまるまる十七年分以上は残っているということで…それがカイの中に全部注がれる？

「む、…無理、……無理っ！」

　カイは反射的にクロノゼラフを突き飛ばそうとしたが、鍛えられた分厚い胸板はびくともしなかった。雄も深々と腹の中に居座ったままだ。

「落ち着け、ヴィルベル。大丈夫だ。何の心配も無い」

「むしろ、心配しか、無いだろ…っ…」

「一度に全部受け止めよとは言わぬ。あの日とて、途中でやめただろう？」

「…そう、だけど…」

戸惑う間にもクロノゼラフの雄は精を漏らし続けている。蕾に栓をされ、逃げ場の無いそれはカイの中を侵していくはずだったが。

「あ、……？」

ぽう、と腹の中が熱くなり、圧迫感が失せていった。クロノゼラフはふっと笑い、カイの腹をいやらしく撫でる。

「私の種がそなたに吸収されたのだ。魔瞳を持つそなたは元々私を受け止められるだけの器の主だったが、私の種に造り替えられたことによって、より効率的に馴染むようになった」

「あ…ぁ、あ、…あ、ん…っ……」

クロノゼラフが何か言っているようだが、ほとんど聞き取れなかった。媚肉が種を吸収するたび疼きにも似た快感が生まれ、全身を燃え上がらせるせいで。

「だからそなたは何も憂《うれ》うこと無く、私の種を受け容れ、美しく花開けば良い。…私の子を宿したように愛らしく膨れた腹をしばらく拝めないのは、残念だが…」

「…ふ…ぇっ、ん、ああ、…ひぃ、んっ……」

「聞こえておらぬか。…まあ良い。そなたはただ、私の種を芽吹かせれば気持ち良くなれることだけ、わかっていればいい。さあ……好きなだけ孕み狂え」

過ぎた快楽のせいで、涙と甘い鳴き声が止まらない。ぐちゃぐちゃのみっともない顔を熱い舌が愛おしそうに舐める、その濡れた感覚さえ新たな快感の呼び水となる。

「クロノゼラフ、……クロノゼラフ、ぅ…っ…」

余裕しゃくしゃくの男もぐちゃぐちゃにしてやりたくて、カイは無防備にさらされた首筋にかぷりと噛み付いた。ついでに思いきり歯をめり込ませてやる。

「ふ…、うふふ、ふっ……」

狙い通り首筋にくっきりとカイの歯型が刻み込まれ、カイは愉悦の笑みを漏らした。数十年の間最前線で戦い続けておきながら傷一つ負ったことの無い男に、カイが最初の傷を付けたのだ。これが笑わずにいられれようか。

「っ……、ヴィルベル、そなたは……」

眉を寄せたクロノゼラフが胴震いするのに合わせ、腹の中の雄も震える。脈打った先端からどぷりと大量の精が吐き出され、媚肉を叩く。

「クロノゼラフ、……怒った？」

「怒ったりなどするものか。そなたのくれるものなら、痛みさえも甘美だ」

嘘を吐けない碧眼が蕩けているのが嬉しくて、かぷり、かぷり、とカイは項や鎖骨に噛み付いていった。クロノゼラフは愛らしい小鳥の仕草を眺めるように微笑み、カイが噛み付きやすいようゆっくりと腰を使ってくれる。

「お返しだ」

「…あっ、ん！」

噛み痕だらけにされた首をうっとりと撫で、クロノゼラフはカイの首筋や胸のあたりに優しい口付けをちりばめる。

贅肉とは無縁の分厚い肉体にのしかかられ、腹の中の精がすみずみまで染み込んでいく。

「あんっ、ああ…っ、い、…いっ、クロノゼラフ…っ…」

「ああ……、そうだ、ヴィルベル。もっと孕み狂ってくれ……」

つんと尖った乳首にしゃぶり付かれ、やんわり立てられた歯にこりこりと抉られる。かすかな痛みは腹の中の種が芽吹く熱に混ざり合い、未知の快楽をもたらした。

さっき達したばかりなのに、絶頂の波がまた押し寄せてくる。

…知らない。これは知らない、知ってはいけない感覚だ。カイはいやいやをするように首を振るが、容赦の無い先端が最奥の壁を突いたとたん、灼熱《しゃくねつ》の

波に呑み込まれる。

「ひぃ…っ、い、いい、あ、……あぁぁんっ！」

絶頂と呼ぶには濃密すぎる快感はねっとりと腹全体に絡み付き、びくんびくんと震えた肉茎が精とも先走りとも違う透明な液体を大量にまき散らした。

まさか粗相でもしてしまったのか。羞恥に染まった頬を、クロノゼラフは優しく撫でる。

「愛しいヴィルベル…、そなたは何と健気で可愛らしい……」

「……、クロノゼラフ？　でも、俺…」

「粗相ではない。そなたは私を孕み、満ちる身体になったのだ」

海の潮が満ちるように、カイの身体もクロノゼラフに満たされ、潮を満たすようになったということらしい。

快楽に染まりかけていた頭に一抹《いちまつ》の不安が生じた。クロノゼラフ以外とまぐわった経験は無いが、男がこんなふうになるなんてきっと普通ではない。

けれど。

「…愛している、ヴィルベル…愛らしく無垢で清らかな、私だけの小鳥…」

クロノゼラフが見たことも無いほど嬉しそうに笑うと、たちまち不安は消し飛んでしまうのだ。

「……俺もだよ、クロノゼラフ」

宙で揺れていた両脚を逞しい腰に絡め、ぐっと力を込める。汗ばんだ身体が密着し、最奥に嵌まり込んだ先端の角度が変わる。

「俺も愛してる。お前だけを」

「…っ…、ヴィルベル、もっとだ。もっと言ってくれ」

「愛してる…愛してる。お前のためなら、身体を造り替えられてもいいくらいに」

「あ、……ああっ、ヴィルベル、ヴィルベルヴィルベル……っ！」

蛇《へび》が這うようにゆっくりと出入りしていた雄が、すさまじい勢いで蕾に突き入れられる。

喘いだ唇はむしゃぶりついてきたそれにふさがれ、長く肉厚な舌に喉奥まで占領された。

息苦しさを少しも感じないのは、身体を造り替えられたせいなのか。喉の行き当たりのさらに奥を侵され、まるで口と腹、両方に雄を銜え込まされているみたいだ。

「んぅ…っ、んっ、うう、……っ…！」

燃えるように熱く逞しい胸にしがみ付き、カイは身体の中で荒れ狂う快感の嵐に耐え続けた。

「あい、…して、……る……」

かすれた囁きを漏らすと、腹の中に居座ったままの雄がどぷりと大量の精を溢れさせた。媚肉を叩かれる感覚でまた潮を漏らしそうになり、カイは自分より一回りは太い腕を叩く。

「も、…う、……駄目！　今日は終わり！」

「…何故だ。そなたのここはまだ欲しがっているのに」

四つん這いになったカイの背後から腰を突き入れていたクロノゼラフが、けいれんしっぱなしの腹をまさぐる。出されたばかりの精がぐちゅりと音をたて、媚肉に染み込んでいった。

「ぁ…っ、…でも、駄目なものは、駄目。もう、…どれだけ、やってると、思ってるんだよ…」

こぼれそうになった嬌声を堪え、またぺちぺちとクロノゼラフの腕を叩く。まるで効いていないばかりか、庇護欲をそそられたクロノゼラフがなだめるように項を舐めてくるけれど、ほとんど力の入らない身体ではこの程度しか出来ない。

……今、何時くらいなんだろう……。

窓の外に広がる空は薄紅に染まっている。夕焼け――ではない。たぶん朝焼けだ。つながったまま揺さぶられ続ける間、日が暮れ、夜闇に包まれていく外を何度か見た覚えがあるから。

レオポルトとリスティルを断罪し、この部屋に瞬間移動したのは昼過ぎだったはずだ。それから日が暮れ、夜が明けようとしているのなら、少なくとも半日以上はまぐわっていることになる。

「時間？　そのような些末なこと、そなたは気にかけなくて良い。私だけを考えていてくれ」

「ん……、あ、……ぁん…っ…」

恐ろしいくらい甘い囁きを吹き込まれながら最奥を突かれると、意識が快楽にからめとられてしまいそうになる。実際、今までも何度か終わって欲しいと訴えたのだが、そのたびに鳴かされてごまかされてきたのだ。

でも、今度ばかりは負けるわけにはいかない。この分では、負ければ何日の間まぐわいっぱなしになることか。

「……なあ、クロノゼラフ。お願い」

可能な限り甘い声を出し、腕に頬を擦り寄せれば、うっ、とクロノゼラフが呻いた。こんな真似はヴィルベルだった頃にもやったことが無いので不安だったが、抜群の効果を発揮したようだ。

「お願いだから、今日はもうやめよう…？　俺、もう疲れちゃった」

嘘だ。昼間戦闘をこなし、半日以上まぐわい続けたのに、身体は疲れるどころかかつてないくらい生気がみなぎっている。今ならどんな大軍も単機で殲滅させる自信があった。これもクロノゼラフの種の恩恵なのか。

「ヴィ、ヴィルベル、だが…」

「俺たちはこれからずっと一緒だろう？　…前は終わったら何の痕跡も残さず、すぐにここを引き上げなくちゃならなかった。今日はお前に抱かれて眠りたい」

肩越しの懇願がとどめになったらしい。嘘とも知らずにおろおろしていたクロノゼラフは、名残惜しそうにしつつも腰を引いてくれる。

「……っ、……ぁ、……」

ずずずず、と這い出ていく雄に媚肉が引きずられる感覚は何ともいえない。長い時間銜えていたものがなくなってしまうと、ぽっかり穴が空いたようで寂しかった。無意識に震えた身体を優しく倒し、自分の方に向けさせると、クロノゼラフは長い腕でカイを抱き寄せる。

「ヴィルベル……我が最愛の小鳥……」

つむじに唇を落とされると同時に魔力が淡くカイ

を包み込み、汚れた身体を清めた。クロノゼラフが洗浄魔法を使ったのだ。自分と寝具にも使い、綺麗になった毛布をかけてくれる。

「そなたに誓おう。これから先、幾千幾万の夜を過ごそうとも、そなたに独り寝の寂しさを味わわせはしないと」

「……うん、クロノゼラフ……」

肉体は元気でも精神は疲労していたらしく、温もりに包まれるとすぐにまぶたが重くなる。顔を埋めた胸から聞こえる心臓の音が心地よい。

「分かたれていた十八年分の種も、まだ全ては注ぎきれていない。そなたと共に生きれば愛情も欲望も増える一方であろうから、この腹は常に我が種を宿していることになるな」

「……、……」

恐ろしいことをさらりと言われ、カイは眠たいふりでごまかした。今回で何年分注げたのか、とか、これから先も毎晩今日のように抱かれるのか、とか、今は聞かない方が安眠のためには良いだろう。

「今回の一件が落ち着くまでの間は、帝都に滞在することになるだろう。やらねばならぬことは多いが、まずはそなたの異母兄ローデリヒを処罰せねばな。皇太子妃の企みを、あの男が何も知らなかったとは思えぬ」

カイも記憶を取り戻した時からそう思っていた。たぶんローデリヒは事前に企みを明かされ、リスティルに協力したのだ。

異母弟さえ咎人として殺されれば伯爵家の家督は自分のものになり、皇太子妃の後ろ盾も得られる。迷いはしなかっただろう。

「当然、伯爵の身分は剝奪し、平民として裁きにかける。…平民が貴族子弟の暗殺に関わったのだ。斬《ざん》首《しゅ》は免れんだろうな」

「っ……」

冷たく当たられてばかりだった異母兄を家族と思ったことは無いが、無惨な最期を想像すると心の奥が疼いた。きっと継母や隠居したという父親にも、クロノゼラフは容赦をしないだろう。

「…胸が痛むか？」

身じろいだカイの背中を大きく温かい手がいたわるように撫でてくれる。

そっと顔を上げれば、さっきまでが嘘のように穏やかな碧眼が覗き込んでいた。

「ちょっとだけ。…でも、あの人たちが処刑されるのが悲しいわけじゃないんだ。最後まであの人たちとは家族にはなれなかったんだって思うと…」

「それは私も同じだ。血のつながりだけで家族になれるわけではないと、そういうことなのだろうな」

そうだ、クロノゼラフも異母兄レオポルトに憎悪と殺意を向けられ続け、最後には今回の事件が起きてしまったのだ。似た者同士だった自分たちだが、こんなところまで似なくてもいいのに。

「大丈夫だ。私にはそなたが居る。…そなたさえ腕の中でさえずっていてくれれば、我が人生には喜びしか存在しない」

碧眼の奥にほんの少しだけ滲む悲しみを慰めたくて伸び上がり、そっと口付けると、長い脚を絡められた。

「裏を返せば、血のつながりが無くとも家族にはなれるということだ。…ヴィルベル、私とそなたのように」

「クロノゼラフ、……そうだな。お前となら……」

きっとなれるだろう。苦しみも悲しみも幸福も分かち合い、支え合う家族に。

じわりと喜びがこみ上げてくるが、その前に告げておかなければならないことがある。

「クロノゼラフ。俺はアルディナート伯爵家の家督を継ぐつもりは無いよ」

「…、何故だ。そもそも伯爵家は正嫡《せいちゃく》の子たるそなたが継ぐべきだったものであろうに」

「その『正嫡の子』であるヴィルベルは、十八年前に死んでいるだろう？　死者に伯爵家を継がせるなんて、誰も認めるわけがない」

当然の理屈を言っただけなのに、碧眼が剣呑《けんのん》な光を孕んだ。

「そなたは死んでなどいない。生きて私の腕の中に居る」

「うん、そうだよ。…でもクロノゼラフ、ヴィルベルが人間として生きていたなんて、誰が信じるんだ？」

カイの身分は、実のところ非常にあいまいかつ不安定なのだ。

ダニエルのように親交があり、フレースヴェルグやイムドゥグドが修復された瞬間を見届けた者たちなら、フェニクスが再生の祝炎で肉体と魂を再生させてくれたという説明を信じてくれるだろう。

だがそれ以外の者にとって、カイは死んだヴィルベルとうり二つの他人だ。魔瞳と魔神の血は貴族なら誰もが感じ取れるから、貴族の血を引いていることは認められるだろうが、ヴィルベル自身であることの証明にはならない。

十八年前、ヴィルベルを咎人として断罪したのはレオポルトだ。しかしそこにはレオポルトの判断に賛同した皇太子派、皇后派の貴族も存在したはず。彼らは決してヴィルベルの生還を認めないだろう。

「この私が認めたのだ。それ以外の者の同意など必要無い」

毅然《きぜん》と断言出来るのは、クロノゼラフが絶対的な強者である証だ。皇太子夫妻の陰謀を阻止し、魔帝国の誰より濃く強い魔神の血を覚醒させたクロノゼラフなら、たとえ皇帝コンスタンティンの反対であってもねじ伏せられるだろう。

だからこそ、ここで言っておかなければならない。

「俺はね、クロノゼラフ。十八年の間カイとして、父さんと母さん、それにハンスとゲルダと一緒に生きてきたんだ。今の俺はカイなんだよ」

「…っ…、ならばそなたは、私のヴィルベルではないと言いたいのか？」

「そうじゃない。ヴィルベルもカイも俺だし、俺はお前のものだ。ただ、カイとして生きてきた十八年も否定したくないってことなんだよ」

クロノゼラフはぐっと喉を鳴らす。怒らせてしまったのかと思ったが、カイの長い髪をせわしなく撫でてくれているあたり、そうではないようだ。

「どうした?」

「いや、…すまぬ。そなたの口から私のものだと言われると、胸が騒いでな…」

よく見れば、クロノゼラフの白い頬はうっすらと紅く染まっている。

「…さっきまでさんざんまぐわっていたのに?」

「仕方無かろう。そなたとこんなふうに言葉を交わすのは初めてなのだから」

言われてみれば、まぐわう間じゅう求められるがまま『愛してる』と囁き続けたが、快感に侵されたた頭は正気ではなかった。三十年近く前にも、やたらとヴィルベルを美化するクロノゼラフの賛辞を、はいはいと適当に聞き流していた覚えがある。きっとクロノゼラフはあの頃からヴィルベルに恋情を抱いてくれていたのだろうに。

……俺、ひょっとしてけっこう酷い男だったのか?

軽い衝撃を受け、カイはクロノゼラフにぎゅっとしがみ付いた。硬いのに弾力のある盛り上がった胸の筋肉に、ぐりぐりと顔を埋める。

「ヴィ、ヴィルベル? …どうした?」

「いや、…俺、酷い奴だったから、これからは気持ちをどんどん行動に表そうと思って。ひとまずお前が好きだって気持ちを表してみた」

「……、ヴィルベル、そなたは……」

クロノゼラフはカイの背中を何度も撫で、はあ、と溜め息を吐いた。

「ずるい小鳥だ。こうして懐で甘えられたら、私は骨抜きにされると承知の上でやっているのだろう?」

「…ずるいのは嫌い?」

「まさか」

くい、とおとがいを掬い上げられる。

重ねられた唇は、熱だけを残してすぐに離れていった。

「どんなそなたも愛おしいに決まっている」

「じゃあ、カイの十八年も俺だって認めてくれる?」

「………」

クロノゼラフは碧眼を悩ましげに揺らしていたが、やがて諦めたように頷いた。

「……わかった。悪いようにはせぬ」

「ありがとう……！」

カイは歓喜のまま、クロノゼラフの胸を何度もついばむように口付ける。薄い痕が刻まれていく様を微笑ましそうに、ほんの少しだけ悔しそうに眺めながら、クロノゼラフはぼそりと呟いた。

「まあ、そなたがそのつもりでも、誰もそなたを放ってはおかぬだろうがな」

「ん……？　何か言った？」

羨ましいくらい盛り上がった胸筋に痕をつけるのに夢中になっていて、よく聞こえなかった。首を傾げるカイに、クロノゼラフはふっと笑う。

「私の傍らでさえずるのはそなただけだと、誰もが知っていると言ったのだ」

意味深長な言葉の意味がわかったのは、それから一月ほど後のことだ。


初めてクロノゼラフの腕に抱かれて眠った翌日、カイは懐かしい帝都に居た。

捕縛されたレオポルトとリスティルを一刻も早く送り届け、皇帝コンスタンティンにことの次第を報告しなければならないという理由で、クロノゼラフが瞬間移動の魔法を使ったのだ。

ダニエルや護送用の兵士まで含めた大人数を瞬時に移動させた魔力は、皇帝さえ遠く及ばない。突如皇宮の中庭に出現したカイたちの一団に、駆け付けた近衛騎士たちは恐怖の眼差しを送っていた。

「一大事が出来《しゅうらい》した。ただちに皇帝陛下と謁見《えっけん》したい」

クロノゼラフの要求はすぐさま聞き届けられ、皇帝コンスタンティンのもとに通された。

長らく帝都に戻らなかった息子の突然の帰還、そしてその傍らに寄り添う死んだはずのヴィルベルの姿に驚愕を隠せなかったコンスタンティンだが、クロノゼラフの報告を聞き終えた時には冷静さを取り戻していた。

「レオポルトをここへ」

心得た近衛騎士たちによってレオポルトが引き出されてくる。父親の愛情に期待したのか、やつれた顔を輝かせていたレオポルトに下されたのは容赦の無い鉄槌だった。

「レオポルト。そなたを皇太子の座から廃し、妻共々皇族の系譜からも外す。その上で二人共に死罪を言い渡す」

「なっ…、何を仰るのです、父上⁉」

「父ではない！」

普段声を荒らげることすら無いコンスタンティンの一喝に、レオポルトはびくんと身をすくませた。

「余はもはやそなたの父ではない。…そうさせたのはそなただ」

「ち、…ちうえ…」

「異母弟を殺そうとしたばかりか、ヴィルベルに罪を着せ、妻の甘言に流されるがままセラフィエルのマルケルスめと通じておったとは…。かの国は不倶戴天の敵。我が魔帝国を混乱の渦に叩き落とし、マルケルスめは今頃高笑いしておるであろうよ」

コンスタンティンの言う通りだ。一連の事件において、軍事的な痛手を負ったのは人間の国リベルとネルガ魔王国、そしてアシュタル魔帝国のみ。

事件の裏側で暗躍していたセラフィエルは、手駒が消えて多少の痛手を覚えはしただろうが、利益の方が大きかったはずだ。高価な聖光《ディバイン》弾を大量に提供して莫大な金額を稼ぎ、エッカルトやレオポルトといった要人を失脚させ、ネルガとアシュタルを混乱させることに成功したのだから。

それは当然、レオポルトも今ならわかっているはずなのだが。

「父上が悪いのではありませんか！　父上がもっと早く帝位を譲って下されば、私とてリスティルに乗せられたりしませんでした！」

レオポルトは唾を飛ばしながら叫び、クロノゼラフを睨み付けた。

「父上が！　父上がその汚らわしい妾腹にばかり目

をかけて、私を引き立てて下さらないから…だから私は…っ…」

「…この期に及んで他人のせいにばかりするか」

コンスタンティンは額を手で押さえ、首を振った。

「もはや何を言っても無駄であろうな。…廃宮へ連れていけ」

「ち、父上！　父上っ！　そうだ、母上を呼んで下さい。母上ならきっと私を助けて…」

「無駄だ。皇后もすぐに廃宮へ送る」

絶望に崩れ落ちたレオポルトを、騎士たちが引きずっていった。

廃宮とは重大な罪を犯した皇族が処刑の日まで閉じ込められる牢獄《ろうごく》だ。長い魔帝国の歴史上、生きて出た者は居ない。

皇族の処刑は毒杯を与えられるのが普通だが、皇族の系譜から外されたレオポルトとリスティルは斬首されることになるだろう。レオポルトを支持してきた貴族たちへの見せしめとして。

それからコンスタンティンはカイに息子の罪を詫び、ヴィルベルの名誉を必ず回復すると約束した後、謁見をいったん打ち切った。上級貴族や廷臣たちを集め、今回の一件にどう始末をつけるのかを検討するためだろう。

ネルガやリベル、マルケルス王への対処など、協議すべきことは山ほどあるが、真っ先に決めなくてはならないのは次の皇太子だ。

レオポルトとリスティルの間には二人の皇子が生まれている。クロノゼラフの甥に当たる二人は、どちらも二十歳を過ぎており、父親に似ず優秀だと評判だ。

本来なら二人のどちらかが皇太子の座に就くのが順当なのだが、両親共に売国の罪で処刑された皇子を皇太子に戴《いただ》けば、反レオポルト派や民の反発は避けられない。

そこでコンスタンティンは決断した。孫の皇子ではなく、クロノゼラフを次の皇太子に指名すると。

皇后腹ではない皇子が皇太子になるのは異例のことだが、レオポルトにより失墜しかけている皇室の権威を回復するには、エッカルト将軍に打ち勝った救国の英雄を立てるしか方法が無かったのだ。未だ陰謀を巡らせているはずのマルケルス王への牽制《けんせい》でもあるのだろう。

「ご指名、謹《つつし》んで承ります」

クロノゼラフがすんなりと指名を受けたのは予想外だった。皇太子になれば今までのように一介のパイロットとして戦線に出ることはおろか、帝都から気軽に動けない身になってしまう。…然るべき家柄の妃も迎えなければならない。

カイの不安はすぐさま解消された。

「我が伴侶《はんりょ》となるべきは天にも地にもヴィルベルただ一人のみ。ゆえに妃は迎えぬ。不服のある者は自ら私に申し立てるが良い」

クロノゼラフが立太子の式典にカイを伴い、堂々と宣言したことによって。

参列した貴族たちの中には娘を妃にと望む者も多かったはずだが、最後まで反対者は出なかった。新しい皇太子が魔神の血を覚醒させ、大人数を瞬間移動させたことは知れ渡っている。死神級《グリムリーパー》パイロットとしての名声も高かったクロノゼラフに、表立って歯向かえる貴族など居るわけがなかったのだ。

式典の直後、ヴィルベルの異母兄ローデリヒはクロノゼラフじきじきに爵位を剥奪され、平民として斬首された。

隠居していた父と継母は罪こそ問われなかったが、全ての財産を没収され、身一つで辺境に放り出された。魔神の血を引くとはいえ、老境を過ぎての放浪生活は贅沢な暮らしに慣れた身に堪えるだろう。ローデリヒと共に処刑されていた方がある意味楽だったかもしれない。

皇帝コンスタンティンは息子の不始末の責任を取り、来年早々の退位を宣言している。新たな皇帝クロノゼラフによる治世は、すぐそこにまで迫っていた。

帝都で暮らし始めてから一月が経った夜。

「…何か、変なんだよな」

「何がだ?」

カイがぼやくと、クロノゼラフがすかさず肩口から覗き込んできた。ソファに座り、後ろ向きで膝に乗せたカイのつむじにさっきから口付けを飽かずに降らせていたのだ。思いを通じ合わせてからというもの、ベッドの中以外でも離れてくれなくなった。

「いや、俺…ヴィルベルは死んだことになってるのに、誰も俺がお前の傍に居ることに疑問を抱いてないと思って…」

約束通り、コンスタンティンはヴィルベルの名誉を回復してくれた。大罪人だったヴィルベルはレオポルトとリスティルの陰謀の被害者となり、抹消されていた武勲や身分も復活した。

しかしこれまでの十八年間を大切にしたいカイの意向で、ヴィルベルは十八年前に死んだままにされたのだ。

言わばカイはヴィルベルにそっくりな貴族の落胤に過ぎない。なのに皇宮の使用人も伺候《しこう》する貴族たちも、カイがクロノゼラフの隣に居ることに何の異議も唱えないのだ。

「そなたはただの貴族の落胤ではなかろう?」

クロノゼラフがカイの左手の薬指に嵌められた指輪をなぞる。あしらわれた大粒の青玉にはクロノゼラフの魔力が封印され、炎のように幻想的な揺らめきを宿していた。公爵家の当主の証としてクロノゼラフから与えられたものだ。

クロノゼラフはアルディナート伯爵家の代わりに新たな公爵家を創設し、初代当主にカイを任命した。今やカイは一介のパイロットではなく、公爵なのだ。

最高位の貴族に相応しい邸宅も下賜《かし》されたが、訪れたのは一度だけ。普段はクロノゼラフの移り住んだ皇宮の皇太子専用棟に留め置かれ、朝から晩までクロノゼラフと共に過ごしている。

もちろん肌を重ねない夜は無い。今宵もこれからベッドがぐちゃぐちゃになるまで抱かれるのだろう。

「それはそうだけど…」

「ヴィルベル・アルディナートは亡くなった。だが誰もその事実を信じていない。それだけのことだろう」

「……どういう意味？」

碧眼に映る自分が眉根を寄せている。そんな顔も可愛いと、クロノゼラフは頬に口付けた。

「私がそなた以外の者を傍に置くはずがないと、皆わかっているということだ」

クロノゼラフが傍に置くならヴィルベルしか居ない。ならば今クロノゼラフにヴィルベルと呼ばれ、寵愛されているのは十八年前に死んだヴィルベルその人なのだろうと――魔神の血を覚醒させたクロノゼラフがヴィルベルを蘇生したのだろうと、皆が信じているらしい。

「…皆、ちょっとお前のこと信じすぎじゃないか？」

カイを再生させてくれたのはフェニクスだ。その後人間として生きていたカイが再びクロノゼラフと巡り会えたのは、クロノゼラフがフェニクスの遺灰を集めていたおかげだったから、クロノゼラフの執着がカイを呼び戻したといえなくはないのだが。


「信じているというよりは、納得したのだと思うが。この私が冥府に逝かせたくらいで愛する小鳥を逃がすはずがなかったのだと」

「え……」

「そもそも『金糸雀の君』というのは、私が皆にそなたの名を呼ぶことを禁じたがゆえに付いた二つ名だからな」

あっけらかんと明かされた事実に、つかの間、カイは言葉を忘れる。クロノゼラフ以外の皆、生真面目なダニエルまでもが金糸雀の君と呼ぶので、自分はそんなにか弱そうに見えるのだろうかとひそかに悩んでいたのだが…。

「…お前のせいだったのか…」

「仕方あるまい。私以外の者がそなたの名を舌に乗せるだけで、誰であろうと凍り付かせてやりたくなってしまうのだから」

皆がヴィルベルを金糸雀の君と呼んだのは、自己防衛のためでもあったらしい。出逢った頃から、クロノゼラフの執着と恋情は誰の目にも明らかだったのだろう。気付いていなかったのはきっとヴィルベル本人だけだ。

カイは溜め息を吐き、こてんとクロノゼラフの胸にもたれた。

「……ヴィルベル？　どうした？」

「何でもない。ただ甘えたくなっただけ」

本当はかつての自分の鈍さに情けなくなってしまったのだが、クロノゼラフは何も追及せず髪を撫でてくれた。

すでに二人とも風呂を済ませ、夜着に着替えている。薄い絹地越しに伝わる体温も、宝物のように撫でてくれる手も心地よい。

「ヴィルベルは甘えん坊だな」

「そうだよ、知らなかった？　お前がもう嫌だって泣くくらい甘え倒してやるつもりなんだから」

おどけて言うと、クロノゼラフはくっと喉を鳴らし、カイの腹に腕を回した。

「そなたの願いなら何でも叶えてやりたいが、それは無理だな。そなたが甘えてくれればくれるほど、私は幸福になれるのだから」

「…本当に？　俺の甘えん坊ぶりは容赦無いよ？」

「本当だとも。どのようなことでもねだってみるがいい」

そこまで断言されれば、何が何でも無理だと言わせてみたくなる。しばし考え、カイはさっそく実行に移した。

「えっと、アイスクリームが食べたい。桜桃の甘煮とウエハースとクリームも添えたやつ」

「良かろう」

貴重な氷を使い、手間暇もかかるアイスクリームを真夜中に突然食べたいなんてまさに極悪甘えん坊の所業…！　と悦に入っていたカイだが、クロノゼラフはこともなげに頷き、テーブルの上の呼び鈴を鳴らした。するとお仕着せ姿の侍従が現れ、アイスクリームが盛られた硝子の器を置いていくではないか。

アイスクリームには注文通りの桜桃の甘煮とウエハースとクリームだけでなく、小鳥の形をした飴細工とチョコレートまで添えられている。こんな短時間で用意出来るものではない。

「これって…」

「そろそろそなたが食べたいと言い出す頃だと思って、こしらえておいた」

「お前が作ったのかよ！　というか、いつの間に？」

昔はよく作ってもらったが、今のクロノゼラフは皇太子だ。その多忙ぶりは傍に居るカイが一番知っている。

「そなたのための時間ならいくらでも作れる。…さあ、溶ける前に食べるといい」

クロノゼラフはウエハースにアイスクリームを載せ、カイの口元まで運んでくれる。ぱくんと喰い付き、カイはにんまり笑った。

「美味ーい！」

カイになってからの十八年は貧しい村で育ったから、甘いもの自体が久しぶりだ。満面の笑顔で口をぱくぱくさせる自分が餌《えさ》をねだる雛《ひな》のように見えているとは気付かないまま、もっとちょうだいとねだる。

「好きなだけ食べろ。お代わりはいくらでもあるからな」

「本当？　やった！」

以前のクロノゼラフは体調が悪い時でもなければ『冷たいものは身体に悪いから、一日一個だけ』と口うるさい母親のようなことを言っていたのに、十八年も経てば丸くなるのだろうか。

……って、しみじみしてる場合じゃなかった。

容赦の無い甘えん坊ぶりでクロノゼラフを泣かせてやらなければならなかったのだ。カイは再び陰謀を巡らせ、予備に添えられていた匙でアイスクリームを掬う。

「はい、クロノゼラフ。あーん」

カイとは正反対で、クロノゼラフは昔から甘いものが苦手だった。食前に出される果実酒も、わざわざ辛口の蒸留酒に替えさせていたくらいだ。アイスクリームなど絶対に嫌がるはず…だと思ったのだが。

「えっ？」

クロノゼラフは一切の迷い無く、口に運ばれたアイスクリームを食べた。しかも碧眼をまたたかせ、もっとと催促までしてくるではないか。

慌てて掬った次のアイスクリームも、その次も平らげられてしまう。ならばと多めに掬ったアイスクリームが運ぶ途中で匙からこぼれ、カイの掌から手首へ溶けながら伝っていった。

「……あ、…っ……」

クロノゼラフはカイの腕を引き寄せ、溶けたアイスクリームをねっとりと舐め取っていく。欲望を孕んだ双眸に射貫かれ、びくん、とカイは背筋を震わせた。

「ヴィルベル……」

弾みで床に落ちてしまった匙を拾おうとするが、甘い囁きに止められる。カイの掌をすっかり綺麗にした舌は項に這わされ、敏感な肌をちゅっと吸い上げられた。

「…ぁ…っ、クロノゼラフ、……」

さっきから存在を主張していたクロノゼラフの股間のものが、カイの尻のあわいにぐっと食い込んでくる。このまま大人しく身体の力を抜けば、またいつものようにめくるめく快楽の夜が始まるのだろう。

「そんなの、…駄目…、まだ、お前を、泣かせて、ないのに…」

毎夜クロノゼラフの種を植えられている身体は、夜着の裾から入ってきた手に優しく乳首をもてあそばれるだけで燃え上がってしまう。

カイは夜着の上から悪戯な手を抱き締めて止めようとするが、項に笑みを含んだ息を吹きかけられた。

「無理だと言ったであろう？　そなた自身、そなたのなすこと全てが我が喜びだ。それに…」

「……、あ、あんっ…、あ……」

「…涙ならとうに流し尽くした。十八年前にな」

切ない声音に胸が痛む。カイはねだって向かい合う格好に抱え直してもらい、一回り以上広く分厚い胸に抱き付いた。

「ごめん、クロノゼラフ」

「もう謝るな。そなたは私の腕の中に居る。二度と離れないのだろう？」

「そうだけど…でも、ごめん」

しがみ付いたまま、カイは碧眼を見上げる。

「お前が皇太子になったのは……俺のためでもあったんだろう？」

ヴィルベルそっくりな貴族の落胤というだけのカイに確たる身分を与えるには、いかに輝かしい武勲を立てたとはいえ、皇子のままでは不可能だった。皇太子という皇帝に次ぐ権力者になったからこそ、クロノゼラフは堂々とカイを傍に置けるのだ。

でもそれはまた、カイのせいでクロノゼラフが魔帝国に縛られてしまったということではないのかと、ずっと心を痛めていた。

「違う。全ては私のためだ」

「お前の……？」

「皇帝になれば魔帝国の全てを思うがままに動かせる。大陸全土を併呑し、そなたの鳥籠を拡げてやれるからな」

こともなげに言い放たれ、カイは絶句し…くすくすと笑ってしまった。絶対に離れないとあれほど何度も誓ったのに、この男は心の奥底ではまだ疑っているらしい。カイがいつかまた逃げてしまうかもしれないと。

ならば大陸の全てをカイのための鳥籠にすれば、たとえ逃げられてもすぐに捕まえられる。そう考えたに違いない。

「魔国と聖国と人間の国々が争う大陸も、お前にかかったら鳥籠か。マルケルス王あたりが聞いたら頭から湯気を出して怒り狂うんじゃないか？」

「だろうな。脳が煮えてしまう前に、胴から切り離してやるべきかもしれぬ」

冷えた口調にカイは思わず震えた。

セラフィエルは戦闘機《テンペスタ》を持たない。戦闘機《テンペスタ》は心臓石をエンジン代わりに、魔力で稼働するものだからだ。神聖力しか持たないセラフィエルの王侯貴族には操縦出来ないし、魔国の撲滅《ぼくめつ》を掲げる以上、魔神の血を引く者をパイロットに雇うわけにもいかない。

戦闘機《テンペスタ》という圧倒的な戦力を有さないからこそ、マルケルス王は他国を駒代わりに使う。言い換えれば、駒となりうる国が無ければまともに戦えないということでもある。

聖光弾《ディバイン》は戦闘機《テンペスタ》か鉄鋼機《カリュブス》に装備されなければ、何の意味も無い。そしてリベルとネルガが多数の兵力を失った今、マルケルス王の手駒は存在しない。

「…セラフィエルを攻めるのか？」

「あの国は早々に潰しておかねばならぬ。あの国が存在する限り、いつまた今回のような事件が起きてもおかしくないからな」

「俺もそう思う。…俺たちが生きていられる間に、なるべく魔帝国周辺の状況を安定させておかなくちゃならない。これから先、魔神の血は薄まる一方なんだから」

魔国が人間の国々に対し優勢を保てるのは、戦闘機《テンペスタ》あってこそだ。特にフレースヴェルグ、イムドゥグド、フェニクス。三機の死神級《グリムリーパー》はどんなに不利な戦況も一瞬でくつがえすほどの戦力となりうる。

だがカイやクロノゼラフの死後、おそらく三機のパイロットとなりうる者は生まれてこないだろう。小型級《スパロウ》だけでは人間の国の鉄鋼機《カリュブス》と互角に戦うのが精いっぱいだ。魔力を持たないパイロットを捨て駒にし続けていては、いずれ小型級《スパロウ》のパイロットさえ居なくなり、戦闘機《テンペスタ》無しで人間の国に立ち向かわなければならなくなる。

その日が訪れる前に魔帝国の国情を落ち着かせ、ゆくゆくは戦闘機《テンペスタ》無しでも戦えるよう軍を再生させていくのが、最後の死神級《グリムリーパー》パイロットたる自分たちの役割だろう。

「……最後か。それはどうだろうな」

「え…？」

クロノゼラフは微笑むだけで答えず、カイの腹を優しく撫でた。

最近、ここを触れられることが多くなったような気がする。もしかして太ったのだろうか。皇宮の食事は基地よりも断然美味しいので、食べすぎてしまっている自覚はある。

「なあクロノゼラフ…」

「もう、私を泣かせるのは良いのか？」

どうして腹ばかり触れるのかと聞こうとしたら、先に問いかけられた。ベッドに引きずり込むのはひとまず待ってくれるらしい。

「良くない、良くないってば。ええと…明日はアイスクリームのケーキが食べたい、とか」

「わかった。作っておこう」

「ぐっ…、じゃあ、帝都じゅうのお菓子を買い占めたい、とか」

「わかった。帝都全ての菓子店を買い上げ、そなた名義にしよう」

「うっ…ぐううっ……」

思い付く限りのおねだりをしてみても、クロノゼラフはうろたえる気配すら無い。しかも菓子だけでいいのに店まで買い上げるなんて、カイの要求より規模が大きくなっている。

クロノゼラフがくすりと笑い、カイの喉をくすぐった。

「そなたはまことに無欲だな。贅を尽くした宮殿や宝石などをねだられれば、私も多少は困るかもしれんぞ」

「ちっとも困らないくせに。それに住むところはもうもらったし、宝石にも興味は無いし…うーん、俺、欲しいと思うのはお前だけなんだよなあ。お前が居てくれて、甘くて美味しいものがあればそれだけでラッキー」

「………」

「んっ？　クロノゼラフ？」

珍しく絶句したクロノゼラフが碧眼を見開いている。つんつんとつついてやった頬は、みるまに紅く染まっていった。

「そなたは……」

「うん、どうした？」

「……そなたという小鳥は……」

そう呟いたきり、クロノゼラフは口を閉ざしてしまった。だがカイの肩口に埋められた額や、抱き締めてくれる腕は燃えるように熱い。何故かわからないが、とても喜んでいるようだ。

……何か、可愛いな。

クロノゼラフはしょっちゅうカイを可愛い可愛いと言ってくれるが、クロノゼラフだってじゅうぶん可愛いと思う。上機嫌でクロノゼラフの腕を撫でてやっているうちに、カイはふと思い付いた。

「…クロノゼラフ。甘えてもいい？」

「むろんだ。何でも言え」

すっと顔を上げ、クロノゼラフは甘く囁く。

「基地に行きたいんだ。フェニクスとイムドゥグドに会って……それから、父さんや母さんたちの顔も見てきたい」

言葉を紡ぐたび、クロノゼラフの腕に力がこもっていく。やはり機嫌を損ねてしまっただろうか。

戦闘機《テンペスタ》たちはともかく、カイとして共に過ごしてきた家族は、クロノゼラフにとってはきっと面白くはない存在だ。

感謝はしているだろう。養父母が拾い育ててくれなかったら、赤子のカイは死んでいた。だからカイが公爵位を授かった時、下級貴族並みの邸と莫大な額の金貨を養父母に謝礼として贈ったのだ。

慎ましい養父母はカイが貴族の落胤だった事実に驚いたものの、当然のことをしただけだからと邸も金貨も固辞した。だがクロノゼラフの説得によっていくばくかの金貨だけは受け取り、おかげでハンスとゲルダを学校に通わせてやれることになったと——そう、全てが終わってから報告だけを聞かされたのだ。カイの養父母と弟妹なのに。

養父母はカイに会わせて欲しいとは言わなかったそうだ。愛情が失せたのではなく、公爵にまでなったカイに平民の身内が居ては足手まといになってしまうと考えたのだろう。だがカイから望めば会ってくれるだろうし、ハンスとゲルダも兄に会いたがっているはずだ。

これまではめまいがするような忙しさが続いていた上、十八年間ヴィルベルのもとへ逝くことだけを願っていたクロノゼラフを思うとなかなか言い出せなかった。でも今なら…。

はあ、と項に熱い吐息が吹きかけられた。

「……いいだろう。予定を調整しなければならないが、数日中には出立出来るようにする」

「い、いいのか？」

「甘えろと言ったのは私だ。それとも泣いてみせた方がいいか？」

カイはぶんぶんと首を振り、ぎゅっとしがみ付いた。

「ありがとう！　ありがとう、クロノゼラフ。すごく嬉しい！」

「そなたの喜びは我が至福だ。…私以外の者がそなたをそこまで喜ばせたと思うと、少々複雑ではあるが」

「え、何言ってるの？　クロノゼラフより俺を喜ばせられる人なんて居ないよ。お前のおかげで俺は今、こうして幸せでいられるんだから」

「……」

再び絶句の気配が落ちてくる。

そっと顔を上げようとした瞬間、軽いめまいのような感覚に襲われた。瞬間移動の魔法が発動したのだと理解したのは、寝室のベッドに押し倒され、裸に剝かれた後だ。

「愛している」

「クロノゼラフ、…ぁっ……」

開かされた脚の間に割り込んだクロノゼラフが充溢した先端をあてがい、蕾に沈めていく。クロノゼラフの種に造り替えられたそこは何の抵抗も無く、濡れた媚肉で雄を迎え入れた。

「愛している、愛している、愛している……私のヴィルベル……」

「う、あ、…あん…、あぁ……」

ずぷ、じゅぷ、と太い肉杭が隘路を進むたび、蜜よりも甘い囁きがカイの耳朶をどろどろに溶かしていく。もっと奥に来てとねだるように両脚を逞しい腰に回すのが、すっかり癖になってしまった。

「ヴィルベルっ……！」

「ひ、……あぁぁん……っ！」

最奥にたどり着くのを待たずに、歓喜した先端が今宵最初の種をまき散らす。受け止めた媚肉はざわめき、瞬く間に吸収していった。

「あ、あああ、あぁ…っ……」

植え付けられた種が腹の奥で芽吹いていく感覚は、何度味わっても慣れない。全身を炎であぶられ、沸騰した血が濃厚な魔力をすみずみまで行き渡らせるそばから、また新たな種が送り込まれる。媚肉を割って進む雄によって。

「……クロノゼラフ、俺……」

すぐにでも意識を快楽に染め上げられてしまいそうで、カイは浅い息をくり返しながらクロノゼラフの耳元に唇を寄せた。

「俺、お前に会えて…、……お前にまた見付けてもらえて、本当にラッキーだった」

「ヴィ、…ル、ベル……」

「父さんや母さんたちは大切な存在だけど、愛してるのは……こうして抱かれたいと思うのは、お前だけだよ、……あぁぁっ！」

ぶじゅ、と最奥に溜まった精が先端にかき混ぜられ、さらに奥へ押し流されていく。カイ自身さえ触れることの出来ないそこへたどり着けるのは、クロノゼラフだけだろう。

「……あぁ……、ヴィルベル……」

クロノゼラフは恍惚と囁き、ぐいと腰を押し付ける。

根元まで刺さった雄がカイの下肢を浮かせ、すっかりクロノゼラフのための居場所と化した最奥を抉った。まぐわい始めたばかりの頃は覚えずにいられなかった圧迫感や異物感も、今はまるで感じない。むしろぽっかり空いていた穴が満たされたような充足感に酔いしれる。

「ひ…っん、あ、ああ、っ……」

「私も…、欲しいと思ったのはそなただけだ。そなたと出逢い、ようやくこの腕に捕らえられたことこそ、我が人生最高のらっきーであった」

「ふ、…くふ、ふふっ……」

出逢ってから数十年経つのに、未だぎこちない発音がおかしくて、妙に愛おしくて、カイは思わず笑ってしまった。

クロノゼラフはすかさず顔を寄せ、唇を重ねる。ぬるりと入り込んできた舌にカイから舌を絡めてやれば、腹の中のものはいっそう大きくなった。愛を告げるようにどくどくと脈打つ雄を食み締めていると、喜びと共にかすかな申し訳無さが胸をかすめる。

遠くない未来、クロノゼラフは皇帝になる。自ら死神《グリムリーパー》級戦闘機《テンペスタ》を駆り、魔帝国に仇なす国々を打ち倒し、平和と改革を成し遂げる皇帝を、民はきっと名君と称えるだろう。

だが妃を迎えないクロノゼラフには、世継ぎが生まれない。数々の功績を受け継ぐのはクロノゼラフの子ではなく、レオポルトの二人の息子の子孫だろう。両親が処刑されたにもかかわらず彼らが連座させられず生かされているのは、そのためでもある。

男のカイではクロノゼラフの偉業を継ぐ子を産んでやれない。この結末に何の不満も無いが、これだけは申し訳無いと思う。

……でも俺は、クロノゼラフから離れられない。

ほんの少し前までは離れることこそクロノゼラフのためだと信じていたのに、今は離れ離れになるのを想像するだけで胸が張り裂けそうになる。万が一カイがまた先に死ぬようなことがあれば、クロノゼラフは迷わず命を絶つだろう。

そんな真似はさせない。今度こそ共に戦い、最後まで共に生きるのだ。

「……愛している、ヴィルベル。我が唯一の、愛しい小鳥……」

唇を離したクロノゼラフがしたたる蜜よりも甘く囁く。

応《いら》えの代わりにカイは逞しい背中に抱き付き、もう一度口付けをねだった。

――馬っ鹿も――――――ん！

炸裂した癇癪が、きぃぃぃいんとクロノゼラフの頭蓋を揺らした。だが誰も驚いたりしない。真夜中の格納庫に居るのは宿直の当番兵だけだし、彼らは皇太子の邪魔をしないよう控え室に下がっている。

もっとも、彼らが供をしていたとしても、この声は聞こえなかっただろう。声の主を見ることすら出来まい。長い尾羽を犬の尻尾のように振り、両翼をばさばさと羽ばたかせながら空中で地団太《じだんだ》を踏む紅蓮の魔鳥は、フェニクス——魔神アシュタルトに肉体を滅ぼされ、心臓石だけになった存在なのだから。

　伝説通り、クロノゼラフが集めておいた遺灰からよみがえったフェニクスの心臓石は、ネルガとの一戦の後は基地にて厳重に保管されていた。新たな機体を造るにも死神《グリムリーパー》級ともなれば年単位の期間がかかる上、カイ…ヴィルベルがイムドゥグドに認められた今、フェニクスに乗れるパイロットが居ないというのが現状なのだ。

　そのフェニクスの心臓石が厳重警戒領域ではなく格納庫、それもイムドゥグドの機体の中に保管されていたのは、本人、いや本鳥の希望らしい。他に移動させようとするとたちまち炎の渦が巻き起こるので、誰も外へ持ち出せなかったのだ。

　おそらくフェニクスはカイを待っていたのだろう。純粋無垢なヴィルベルは魔鳥の心も蕩かし、その声さえ聞いていた。だからフェニクスは十八年前、ヴィルベルを死なせまいと、最期の力を振り絞ってまでその肉体と魂を再生させたのだ。

　そこまでして救ったパイロットと再び会いたいと願うのは道理。カイもフェニクスとイムドゥグドに会いたいとねだったため、クロノゼラフはその願いを叶えてやった。それが今日の昼間のことだ。

　だが愛機たちとの再会を心底喜んでいたカイは、途中で体調を崩し、急きょ予定を変更して一泊することになった。クロノゼラフは貴賓用客室で休むカイの世話をかいがいしく焼き、カイが深く寝入った深夜、格納庫に忍んできたというわけだ。

　そしてクロノゼラフ一人になったとたん紅蓮の魔鳥が現れ、どこの雷親爺かと思うような怒声を浴びせられたのである。

——馬鹿もん、馬鹿もん、馬っ鹿もーん！　貴様という奴は、貴様という奴はっ！

　ひっきりなしに吐かれる怒号は、フレースヴェルグとイムドゥグドを癒やしてみせたあの甘く透明な歌声とは似ても似つかない。

「…先ほどからそれしか言えぬのか？　不死鳥どのは」

　他の者なら即座に凍り付かせてやるところだが、肉体を持たぬ相手にそれは出来ない。怒られる心当たりもあるクロノゼラフが控えめな口調で問うと、フェニクスは鋭い蹴爪のついた脚で宙を踏み付けた。

――貴様に言うのはそれだけでじゅうぶんじゃ。儂が再生させたパイロットに魔神の種を植え付け、あまつさえ孕ませた貴様にはな！

「……」

――……貴様、何故笑う？

　初めて怒り以外の感情を見せたフェニクスに指摘され、クロノゼラフはようやく自分が会心の笑みを浮かべていることに気付いた。

「…いや、薄々察してはいたが、不死鳥どのがそう申すのなら間違いは無かろうと思ってな。そうか。我が小鳥に我が種が宿ったか」


　この身に宿る魔神の血が覚醒した時、クロノゼラフは一つの願望を抱いた。愛しい者の肉体を造り替える魔神の血。それをもってすれば、カイに自分の子を産ませることが出来るのではないかと。

　帝位を継がせるためではない。クロノゼラフに世継ぎを産んでやれないと悔やむカイのため…ひいては自分のためだ。

　魔神の子は十月十日で生まれる人の子と違い、長い時間をかけ、母体の腹の中で成長する。クロノゼラフの子ならおそらく五年近くはかかるだろう。子が腹の中に居る間、子の安全のためだと言えば、カイはクロノゼラフの傍で大人しくさえずっていてくれる。

　生まれたらすぐに次の種を宿してやればいい。魔神の血を覚醒させたクロノゼラフとその種を植えられたカイは、若く充実した姿のまま常人の数倍の寿命を生きる。その間ずっと孕ませておいてやれば、クロノゼラフの小鳥は決して離れていかない。

――恐ろしい奴じゃ。だから貴様とは決して関わらせたくなかったのに。

五感を失ったはずのフェニクスが幻の身体をぶるりと震わせる。

――貴様は忌々しいアシュタルトめにそっくりじゃ。あやつが魔界から舞い戻ったのかと、初めて逢うた時はおののいたものよ。

「そんなに似ているか？」

――姿かたちもだが、心の有り様がな。気まぐれに降りた人の世界で一人の人間を見初め、嫌がるその人間を徹底的に追い詰め手籠めにした。

その人間は犯されてもなおアシュタルトを拒み続けたが、子を孕まされたことで諦めがついたのか、ようやく受け容れた。

歓喜したアシュタルトは愛しい者が手に入った以上不要だからと、生まれた子を置き去りにし、愛しい者だけを連れて魔界へ帰ってしまったのだ。置き去りにされたその子こそ、初代アシュタル魔帝国の皇帝である。

フェニクスの口から語られた、今となっては誰も知る者の居ない真実は、魔帝国の威信を揺るがしかねないものだ。皇太子という身分では認めるわけにはいかない。

だがクロノゼラフ自身は驚くより納得していた。自分がアシュタルトなら同じことをしただろうと思うからだ。実際、クロノゼラフはカイを孕ませた。一生自分に縛り付けておくために。

「…その話を聞かせるため、わざわざ私を呼んだのか？」

クロノゼラフがカイを置いてまでここに来たのは、昼間、フェニクスが囁いたからだ。カイに知られぬよう一人で来いと。今までカイにしか語りかけてこなかったくせに。

――違う。警告のためよ。

「警告？」

――アシュタルトめの相手と違い、我がパイロットは貴様を思うておる。…認めたくはないがな。貴様の子を宿したことも、戸惑いつつも喜ぶであろう。だからこそ…。

炎にも、鮮血にも似た紅い不死鳥の双眸がクロノゼラフを射貫く。

――アシュタルトのように、狭い鳥籠に閉じ込める真似だけはしてくれるな。あの者は自由に羽ばたいてこそ輝くのだから。

ざわ、と魔神の血が騒いだ。肉体を持たぬ身であっても、クロノゼラフがカイの意に反して閉じ込めようものなら、フェニクスは鉄槌を下すつもりなのだろう。死にゆくヴィルベルを救ったように。

魔神と魔獣はそもそも同じ存在だ。たまたまアシュタルトが人に近い姿を持ち、魔帝国の祖となったから神と呼ばれるようになったに過ぎない。不死を誇るフェニクスが本気で襲ってくれれば、アシュタルトの血を覚醒させたクロノゼラフであっても少々分が悪い。

だが。

「安堵せよ。私のもとでさえずっていてくれる限りカイは自由だ」

クロノゼラフがセラフィエルやネルガを呑み込んだ頃、カイの腹の子は生まれる。長い懐胎《かいたい》期間の代わりにある程度成長し、高い知能と魔力を備えた状態で。

クロノゼラフと同じ思考を持つその子は父と共に戦闘機《テンペスタ》を駆り、愛する母親に大陸全土を捧げるだろう。

その後も生まれ続ける子たちが母親のために魔国や人間の国々を呑み込んでいく。この世界の全てがカイのための鳥籠になるのだ。これ以上の自由が存在するだろうか。

――貴様は、……、……。

それきり黙ってしまったフェニクスは、しばらくして姿を消した。納得したのか呆れたのか、様子を見ることにしたのかはわからないが、当分の間、クロノゼラフの前に現れることは無いだろう。

クロノゼラフはふっと笑い、きびすを返した。カイが体調を崩したのは、きっと腹の中の子がフェニクスたちの魔力に反応したせいだ。存分に甘やかし、新たな種を植えてやればすぐに回復する。

我が子が宿ったのだと教えたら、愛しい小鳥はどんなに嬉しそうなさえずりを聞かせてくれるのだろうか。

楽しい想像に浸りながら、クロノゼラフはカイのもとに急いだ。

あとがき

　こんにちは、宮緒葵《みやおあおい》です。『魔神皇子《まじんおうじ》の愛《いと》しき小鳥《ことり》』お読み下さりありがとうございました。前作『あの夏《なつ》から戻《もど》れない』に引き続き、後書きは本編のネタバレがありますので未読の方はご注意下さいね。

　私は昔から戦闘機が大好きで、いつか戦闘機のパイロットが大活躍するお話を書きたい…出来たらBLで…という野望を抱いていたんですが、クロスさんの担当さんのご厚意でようやく願いが叶いました。その担当さんも、最初にこのお話のプロットを読まれた時は『これ、本当に一冊で纏まりますか？』と不安そうにされていましたが。

　カイがヴィルベルでありヴィルベルがカイである、という設定をいかに途中まで伏せながら自然に明らかにしていくかも苦心しましたが、一番大変だったのはルビかもしれません。お気付きの方もいらっしゃると思いますが、今回は『戦闘機《テンペスタ》』のように全ての用語にルビを振る総ルビがとても多いのです。ルビだけで数ページ分あるんじゃないかな…。実際に振って下さったのは担当さんなので、頭が上がりません。

　カイ（ヴィルベル）とクロノゼラフのその後は、クロノゼラフの計画通り、クロノゼラフとその子どもたちによって大陸が制覇され、一大帝国が築かれることでしょう。二人の子どもの数は、最終的には二桁はいきそうですね。

その子たちも血の濃い子孫を増やしていくため、まだまだ魔神の血は絶えず、死神《グリムリーパー》級戦闘機《テンペスタ》が大空を飛び交うことになりそうです。戦闘機《テンペスタ》は燃料が魔力、魔力はクロノゼラフのように強い執着心から生じるので、人間の鉄鋼機《カリュプス》より環境に優しい乗り物かもしれません。

今回のイラストはみずかねりょう先生に描いて頂けました。みずかね先生、お引き受け下さりありがとうございました！　パイロットスーツやら戦闘機やら、大変なものが多いですが、先生ならきっと素晴らしい二人を描いて下さると思うので拝見出来るのが楽しみです。

担当のＩ様、今回もありがとうございます。総ルビでは本当にお手数をおかけしました…。

最後までお読み下さった皆様、ありがとうございます。よろしければご感想を教えて下さいね。

それではまた、どこかでお会い出来ますように。

CROSS NOVELS既刊好評発売中

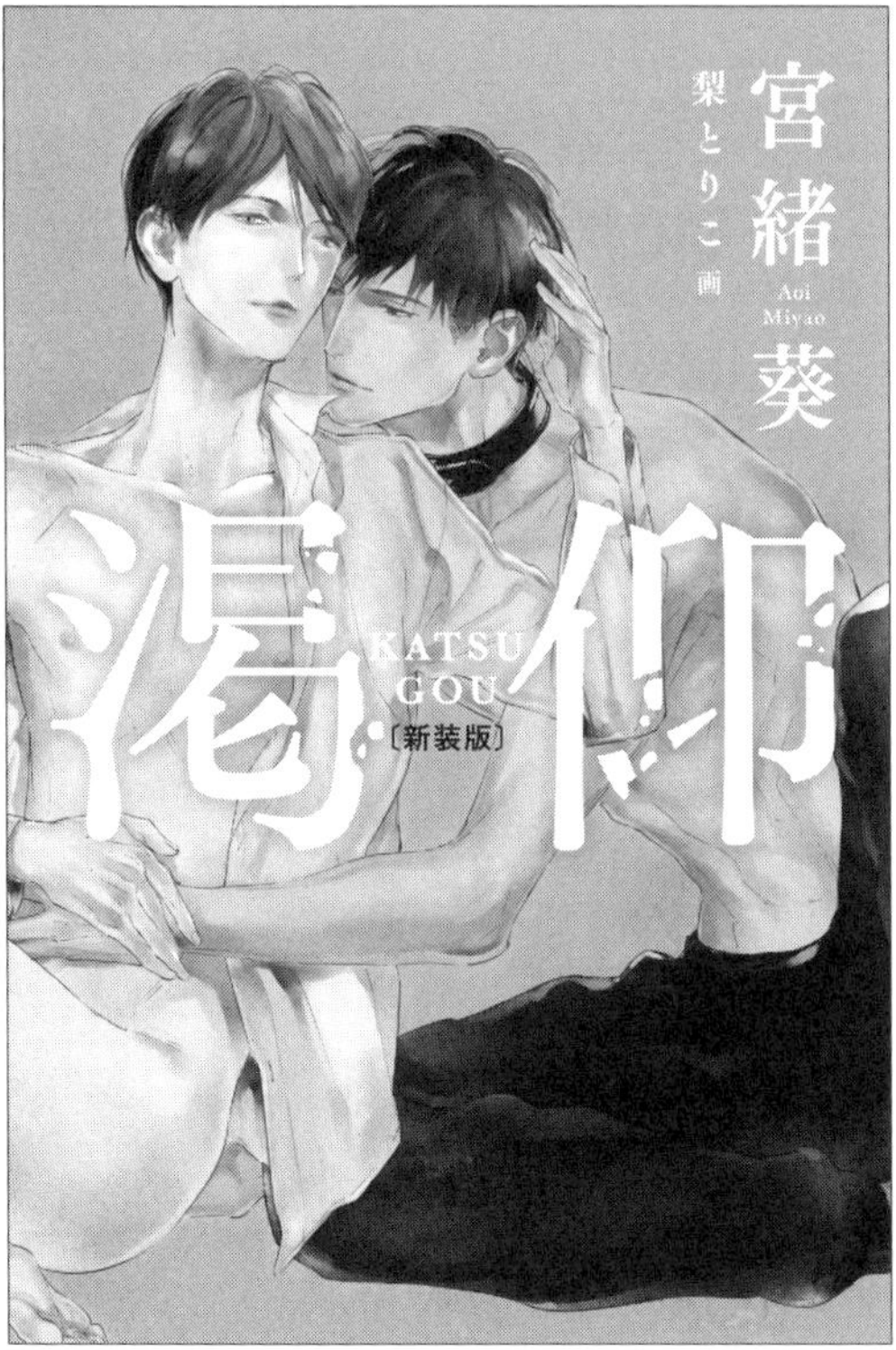

お前は僕の一番大切で、可愛い犬だよ

渇仰 新装版　四六判

宮緒 葵　Illust 梨とりこ

家も仕事も恋人も全て失った明良の前に、一人の男が現れた。

達幸――ある事件以降、六年間連絡を取らずにいた幼馴染だ。

若手人気俳優になった達幸との再会に戸惑う明良だが、気づくと高級マンションへ強引に連れ込まれ、「俺を明良の犬にしてよ」と懇願されながら身体と心を彼の熱い雄で、激しくかき乱され……！

大人気シリーズ「渇仰」「渇命」を一冊にまとめ、大ボリュームの新規書き下ろしを加えた新装版、ついに登場！

CROSS NOVELS

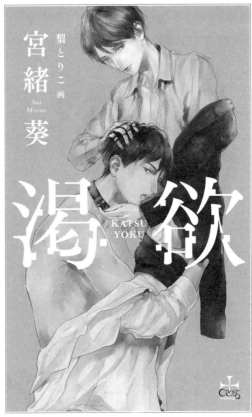

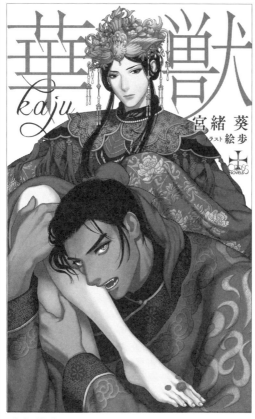

CROSS NOVELSをお買い上げいただき
ありがとうございます。
この本を読んだご意見・ご感想をお寄せください。
〒110-8625
東京都台東区東上野2-8-7　笠倉出版社
CROSS NOVELS 編集部
「宮緒 葵先生」係／「みずかねりょう先生」係

CROSS NOVELS

魔神皇子の愛しき小鳥

著者
宮緒 葵

2023年8月23日　初版発行　検印廃止

発行者　笠倉伸夫

発行所　株式会社 笠倉出版社
〒110-8625　東京都台東区東上野2-8-7　笠倉ビル
[営業]TEL　0120-984-164
FAX　03-4355-1109
[編集]TEL　03-4355-1103
FAX　03-5846-3493
https://www.kasakura.co.jp/
振替口座　00130-9-75686

印刷　株式会社 光邦
装丁　Asanomi Graphic

ISBN 978-4-7730-6380-6
Printed in Japan